À mon fils Yuda, qui est arrivé après et qui,
avec sa musique, a inspiré ce livre.

Dieu dit à Abraham : « Saraï, ta femme, tu ne l'appelleras plus du nom de Saraï ; désormais son nom est Sarah.

« Je la bénirai et par elle je te donnerai un fils ; oui, je la bénirai et elle sera à l'origine des nations ; d'elle seront issus les rois des peuples. »

Abraham tomba face contre terre, il se réjouit et se dit : « Un homme de cent ans va-t-il donc avoir un fils, et Sarah va-t-elle enfanter à quatre-vingt-dix ans ? »

וַיֹּ֤אמֶר אֱלֹהִים֙ אֶל־אַבְרָהָ֔ם שָׂרַ֣י אִשְׁתְּךָ֔ לֹא־תִקְרָ֥א אֶת־שְׁמָ֖הּ שָׂרָ֑י כִּ֥י שָׂרָ֖ה שְׁמָֽהּ׃

וּבֵרַכְתִּ֣י אֹתָ֔הּ וְגַ֨ם נָתַ֧תִּי מִמֶּ֛נָּה לְךָ֖ בֵּ֑ן וּבֵרַכְתִּ֙יהָ֙ וְהָיְתָ֣ה לְגוֹיִ֔ם מַלְכֵ֥י עַמִּ֖ים מִמֶּ֥נָּה יִהְיֽוּ׃

וַיִּפֹּ֧ל אַבְרָהָ֛ם עַל־פָּנָ֖יו וַיִּצְחָ֑ק וַיֹּ֣אמֶר בְּלִבּ֗וֹ הַלְּבֶ֤ן מֵאָֽה־שָׁנָה֙ יִוָּלֵ֔ד וְאִם־שָׂרָ֔ה הֲבַת־תִּשְׁעִ֥ים שָׁנָ֖ה תֵּלֵֽד׃

L'écriture du yiddish employé dans ce roman correspond à la prononciation dont usent les Juifs de Hongrie et de Roumanie, qui substituent le son *i* au son *u*. *Shul* (synagogue) devient *shil*, *kugel* (tourte de pommes de terre) devient *kigel*, *rabbeinu* (notre rabbin) devient rabbeini.

Les Eckstein de Williamsburg, 1890-2007

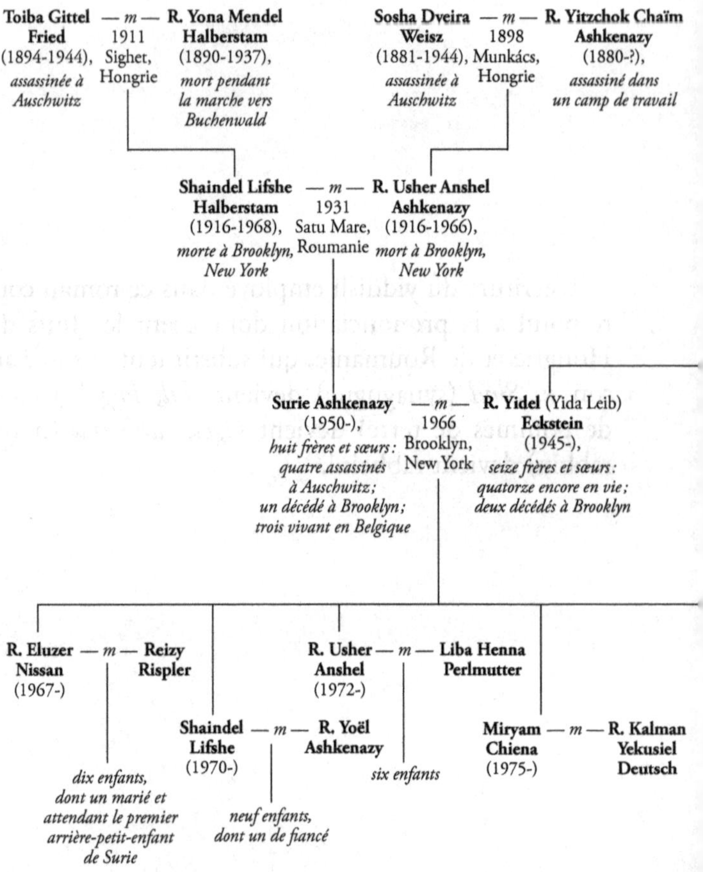

Miryam Chiena Schiff (1903-1944), *assassinée à Auschwitz* — *m* — 1922 Vişeu de Sus, Hongrie — **R. Eluzer Nissan Krauss** (1902-1943), *lieu de décès inconnu*

Tzila Ruchel Bruch (1942-?), *morte à Sighet, alors Roumanie* — *m* — 1919 Sighet, Hongrie — **R. Chaïm Tzvi Eckstein** (1893-1944), *tué dans une forêt, près de Sighet, alors Roumanie*

Faige Bruche Krauss « Dead Onyu » (1929-), *onze frères et sœurs : dix assassinés à Auschwitz ; un vivant à Kiryas Joel, New York* — *m* — 1945 camp de réfugiés d'Asten, Autriche — **Moshe Arel Eckstein « Dead Opa »** (1927-), *huit frères et sœurs : six assassinés à Auschwitz ; deux vivant à Williamsburg, New York*

Tzila Ruchel (1977-) — *m* — **R. Yisroël Shulem Landa**

sept enfants, dont Miryam Chiena (13 ans)

Chananya Yom Tov Lipa (1981-2003)

Toiba Gittel (1985-) — *m* — **Yechiel Michel Nissan Schwimmer**

Mattisyahu Mechel (1990-)

Nuftali Burech (1992-)

Chaïm Tzvi (1994-)

La sage-femme dit à la femme hassidique : « Vous arriverez à terme le 13 juillet. N'est-ce pas une perspective réjouissante ? »

Surie marqua un temps d'hésitation.

« Non, dit-elle. J'avais espéré avoir enfin un peu de temps pour moi.

— Est-ce que vous n'avez pas déjà des petits-enfants ? Vous devez être très prise de toute façon. Qu'est-ce qu'un enfant de plus dans une famille comme la vôtre ? »

Surie se borna à répondre avec douceur qu'un enfant est un monde en soi.

1

Après la consultation, assise à l'arrêt de bus du *bikkour holim**, Surie contemplait, tout en prenant sur elle pour ne pas pleurer, le flot des gens qui entraient à l'hôpital de Manhattan ou en ressortaient. On était vendredi en fin d'après-midi, le lendemain du désastreux mariage de sa fille. Professionnels en blouse blanche, coquettes secrétaires nanties de leurs dossiers, mères en leggings et haut transparent, queue-de-cheval leur balayant le dos, tout ce monde se hâtait vers son week-end. Il y avait même, debout sur le trottoir d'en face, un jeune homme hassidique qui regardait dans sa direction et ressemblait à s'y méprendre à Lipa, son fils. Où aller pour s'isoler ? L'hôpital se dressait derrière lui, tour de verre et d'acier qui, même à distance, sentait le germicide.

* Toutes les notes marquées par un astérisque sont réunies en fin d'ouvrage.

« Vous êtes à l'écoute de *All Things Considered*[1]. » Un taxi s'arrêta tout près, lui masquant le jeune homme et beuglant le programme d'une station de radio. Jamais elle n'écoutait la radio. Les présentateurs s'exprimaient en anglais et bien trop vite pour qu'elle pût suivre ce qu'ils disaient. Cependant, pour une raison qu'elle ignorait, Yidel, son mari, conservait au sous-sol un poste des années 1950 qu'il ouvrait de temps en temps pour en bricoler les lampes.

Yidel raffolait des jeux de mots et des devinettes, de ces plaisanteries éculées sur l'emballage des bonbons dont les enfants se régalaient. Il se plaisait à chanter sous la douche, le soir avant d'aller se coucher, alors que les hassidim s'efforcent de ne pas faire de bruit dans la salle de bains. Il s'agissait d'une transgression, mais vénielle. Il aimait beaucoup allumer un feu dans la cour et y jeter des branches de bois mort. Il aimait prendre la situation en main, trouver des solutions, faire la chose adéquate. Cela pouvait être un tantinet agaçant, mais ce n'était pas, dans l'ensemble, la pire chose au monde. Il aimait se retrouver assis sur le lit avec tous les siens rassemblés autour de lui et leur raconter des histoires dans la demi-obscurité. Il avait aimé ses fils. Tous, sans exception. Bien qu'elle fût une femme fatiguée de cinquante-sept ans, il n'avait pas non plus cessé de l'aimer d'amour. Seulement, continuerait-il lorsqu'il saurait la nouvelle ? Ou bien quelque chose se refermerait-il en lui comme une tapette à souris ?

1. Émission d'information de la radio publique NPR. (*Toutes les notes sont du traducteur.*)

Elle glissa la main dans son sac pour y prendre son livre de prières. Au cours de ces quatre dernières années, sa bouche avait éprouvé le besoin d'articuler les paroles des psaumes comme d'autres bouches celui de mâcher du chewing-gum. Mais elle ne trouva pas de livre. Son sac ne contenait qu'une paire de lunettes à monture verte, une brochure traitant de la grossesse, un carton de rendez-vous à la maternité, l'accouchement à domicile n'étant apparemment pas envisageable cette fois-ci, un flacon de vitamines prénatales et une couche jetable offerte. Jusqu'alors, elle avait chaque fois débordé d'une joie effervescente, comme une eau de Seltz de bonheur au parfum de bébé. Elle avait désiré chacun de ses enfants avec quelque chose qui confinait à la déraison, cela dès l'instant où elle s'était découverte enceinte. Mais c'était différent cette fois-ci. Elle était trop vieille. Et puis c'était attirer le mauvais œil que de programmer un rendez-vous chez le médecin au lendemain d'un mariage !

La veille, Yidel, toujours avec son optimisme exaspérant, avait déjà oublié tous les désappointements de ce mariage.

« C'est tellement bon de voir toute la famille sur son trente et un et réunie en un même lieu, avait-il déclaré dans le taxi qui les ramenait à la maison. Quelle belle coterie ! Quel *nachas** !

— La mère du marié n'avait pas de foulard sur sa perruque, lui repartit-elle, scandalisée. Nous ne savions pas qu'elle était ce genre de femme ! Qu'ils étaient ce genre de famille ! »

Il était plus de trois heures du matin. Sa fille toute d'innocence se trouvait on ne savait où en compagnie d'un garçon qui se rognait les papillotes, d'un garçon qui portait un pantalon long au lieu du trois-quarts de mise, des chaussettes noires au lieu de chaussettes blanches. Son *schtreimel** à deux sous – probablement des queues d'écureuil teintes ! – était rejeté à l'arrière de son crâne comme s'il n'avait pas l'intention de le remettre un jour, dégoulinant de modernité. Dans la salle du *kabbolas ponim**, tout le monde avait pu voir ce spécimen marcher jusqu'à sa belle enfant, et tous avaient fait la grimace. Toutes les connaissances de Surie lui glissaient des regards pour voir comment l'ancienne reine de leur cercle prenait une union aussi mal assortie. Même sa meilleure amie s'était éclipsée après de dix minutes de bal en marmonnant quelque chose qu'elle n'avait pas saisi. Peu importe. Elle en savait la raison.

Pendant le recouvrement du visage de la mariée, moment habituellement solennel, ce garçon la couvait d'un grand sourire exempt de la moindre parcelle de pudeur. Il ne s'était pas borné à lui tenir timidement la main après la *houppa**. Il s'en était emparé avec un air de jubilation. La jeune femme était rougissante, sa mère empourprée. Ainsi que ses amies. Qui pouvait dire ce qui se passait dans leur chambre d'hôtel ? Surie aurait voulu fermer les yeux pour ne plus les rouvrir pendant très très longtemps.

Yidel tapota la manche de sa robe noire cousue de perles.

« Notre fille a vingt-deux ans, lui dit-il. Elle était en train de monter en graine. Nous devrions nous réjouir. Et puis ce sont de braves gens. Je t'assure. Ce garçon a une bonne place dans la vente de matériel électronique.

— Tu savais à quoi t'en tenir ?

— Ce n'est pas comme si nous étions toujours une famille impeccable, Surie. Les gens jasent.

— Quoi ? fit-elle, soudain agitée, prise d'une bouffée de chaleur, son visage poudré rougissant pour la vingtième fois de la soirée. Qu'est-ce qu'ils disent ? »

Mais elle le savait, bien sûr. Par-derrière, leur communauté faisait des gorges chaudes à propos de Lipa, son sixième enfant, mort quatre ans plus tôt. Avec pour résultat que sa petite perle, son septième enfant, avait dû se résoudre à prendre mari et entrer dans une famille bien en dessous d'elle, sans quoi elle risquait de rester célibataire.

Plus tôt dans la journée de cet épouvantable vendredi, lendemain du mariage – se pardonnerait-elle jamais ce timing ? –, la sage-femme lui avait remis une poignée de substances en lui recommandant :

« Prenez une vitamine tous les matins et tous les soirs. Il vous faut des folates.

— Des folates ? Qu'est-ce que c'est ? avait-elle demandé, traduisant mentalement en yiddish les propos de la sage-femme, alors qu'elle avait la tête encore tout occupée par le mariage. C'est quoi, un tube neural ? »

« Anomalie du tube neural », marmonna-t-elle en anglais avant de rouvrir son sac pour déposer le flacon sur le trottoir. Ces vitamines n'étaient pas kasher. Elle en achèterait dans une pharmacie extérieure à la communauté. On y regardera son foulard, ses vêtements d'un air interdit, on rira en douce de son accent, mais au moins ne se répandra-t-on pas en commérages.

Val, la sage-femme, avait mis au monde la totalité des dix précédents bébés de Surie. En dépit de tout son savoir-faire, cette femme n'avait pas eu d'enfants ; elle ne pouvait donc savoir ce que c'était. Elle ne pouvait savoir ce que cela faisait d'être attachée physiquement pendant des *années* à un petit corps plein d'exigences. D'éprouver le fardeau de le maintenir en vie. Toutes ces années difficiles passées à les élever, et pour aboutir à quoi ? À un mariage avec une basse classe pareille ? À un tel opprobre, un tel affront ?

Ensuite, une expression étrange était passée dans le regard de la sage-femme. Une lumière oblique, comme le soleil balayant les eaux sombres du fleuve, une illumination, quoique fugace. À quoi Val s'attendait-elle donc de sa part ? À des larmes de joie ? À des sourires ? Surie était *vieille*. Dès le moment où elle avait relevé les premiers symptômes, elle avait su, au plus profond, ce qu'ils signifiaient. Malgré sa honte, elle s'y était presque résignée, cela jusqu'à ce que Val lui annonce que c'étaient des jumeaux. Des jumeaux ! Depuis son cancer du sein, elle avait les muscles des bras si ankylosés qu'elle parvenait à peine à enfiler son cardigan le matin. Comment ferait-elle pour soulever deux bébés ? La voyant sangloter, Val détourna le regard et dit quelque chose à propos de détection du diabète gestationnel et de femmes multipares. Ces termes lui étaient inconnus. *Tubes neuraux*, *test de glycémie* et *parties intimes* n'avaient pas d'équivalents en yiddish. Comme il n'existait pas non plus de *s'il vous plaît* en yiddish, elle se rabattit sur l'anglais.

« S'il vous plaît, adjura-t-elle dans le vide. S'il vous plaît. »

La sage-femme se pencha en avant dans l'intention de tendre une main secourable, mais, percevant avant même d'avoir allongé le bras une sorte de froideur, comme un rejet, elle débita à toute allure des mots touchant le corps exaspérant de Surie : *préservatif*, *retrait*, *méthode du rythme*, *diaphragme*, *pilule*. Elle s'était depuis longtemps réconciliée avec ce savoir occulte. Élevée au sein d'un foyer catholique, elle avait renoncé à la foi quarante ans plus tôt, à l'époque où elle avait embrassé sa profession. La foi n'excusait en rien l'ignorance. C'était chez elle une opinion cardinale.

Surie n'était pas étrangère à sa propre fertilité. Elle continuait de consulter chaque matin son calendrier menstruel, bien que ses règles eussent cessé voilà plus de dix ans. Elle avait été ravie quand la chimiothérapie l'avait précipitée dans la ménopause. S'estimant tirée d'affaire après de nombreuses années sans récidive, elle avait arrêté le Tamoxifène. Peut-être que, se réjouissant d'être libéré du médicament, son corps avait rebasculé d'un coup dans ce qui était l'opposé de la ménopause ? Peut-être que cela expliquait cette grossesse ? Mais Val déclara que le Tamoxifène n'était pas un moyen de contrôle des naissances. Il parut évident à Surie que la sage-femme se trompait.

Val était plus âgée qu'elle. La chair lui pendait sous le menton, bien qu'elle fût mince comme un rail. Elle discourut jusqu'à ce qu'apparaisse à la commissure de ses lèvres une écume blanche qu'elle finit par enlever du bout d'un doigt ganté de bleu. Surie n'avait pas souvenir qu'elle eût parlé lorsqu'elle l'avait aidée à accoucher de ses autres bébés. Elle avait, à l'époque, l'impression que la sage-femme avait un peu peur d'elle. Mais aujourd'hui, cette dernière se montrait intarissable. Vous souvenez-vous de la quantité de sang lors de vos dernières règles ? Vous courez le risque de faire une hémorragie. Je suis en train de vous parler. Pouvez-vous m'accorder un peu d'attention, je vous prie ? Mouchez-vous. Ce n'est pas le moment de vous effondrer. Vous savez ce que c'est qu'une hémorragie ? Le fait de perdre son sang. Jusqu'à ce que mort s'ensuive. Le bagout de cette femme avait dû être approuvé par quelqu'un quelque part.

« Votre mari va être *tellement* surpris quand vous allez le lui annoncer ! »

D'ordinaire, Surie disait tout à Yidel. Mais bizarrement, deux mois s'étaient écoulés et, sans bien savoir pourquoi, elle n'avait toujours pas desserré les lèvres pour lui apprendre qu'ils allaient être de nouveau parents. Comment avait-elle pu laisser passer tout ce temps ? Elle n'avait pas réalisé qu'elle était enceinte au cours des quelques premières semaines. Puis, une fois qu'elle en avait pris conscience, la grossesse lui avait paru être un mauvais rêve, quelque chose qui n'était tout simplement pas possible. Ensuite, cela avait été les tremblotements à la périphérie de sa vision, des visages qui ne pouvaient exister, le parfum de la terre fraîchement retournée, l'odeur de menthe et de pommes. La démence du grand âge, avait-elle pensé. C'était déjà un miracle qu'elle eût pris un rendez-vous. Et voilà qu'au mariage elle avait dansé comme si elle était une grand-mère normale et non une femme enceinte. Quoique, bien évidemment, elle ignorait attendre des jumeaux.

« Si cela se révèle nécessaire, prenez des jours de congé. Est-ce que vous travaillez ? Abstenez-vous de boire du vin. » Trop tard. Elle en avait vidé plusieurs verres d'un trait pour oblitérer l'horreur que lui inspirait cette union. Sans doute Val sentait-elle son haleine alcoolisée. « On sait que cela entraîne un syndrome d'alcoolisation fœtale. »

La sage-femme dit cela comme si Surie avait, à un moment ou à un autre, entendu parler dudit syndrome. Comme si elle en avait forcément entendu parler. Si c'était le cas, elle ne se le rappelait pas. Cette Val n'était pas une mauvaise femme. Chaque fois que Surie ne se souvenait pas de quelque chose, elle disparaissait pour revenir avec une brochure de plus à lui fourrer entre les mains. Et chaque fois, elle lui tapotait l'épaule comme pour dire que tout allait bien se passer. Attendre des jumeaux à l'âge avancé de Surie ne pouvait bien se passer.

« Le café provoque un travail prématuré, un risque majeur pour les grossesses gériatriques », ajouta-t-elle.

Gériatrique. Ce mot… est-ce qu'il désignait les personnes âgées ? Val pensait-elle que sa place était plus à l'hospice qu'à la maternité ?

« Si vous ne voulez pas porter ces bébés, à votre âge, vous n'y êtes pas obligée. » Val s'approcha pour ajouter en baissant la voix : « La plupart des mères vieillissantes font une fausse couche. Si vous le souhaitez, je peux parler au médecin d'un avortement thérapeutique. »

Surie eut envie de vomir. Elle avait la bouche pleine de salive. La gorge lui brûlait. Elle secoua la tête. Des mots affreux, interdits. Dieu m'en garde ! *Chas vecholila** ! *Avortement*.

Un long couteau argenté dans la main de la sage-femme, un hurlement sinistre, du sang partout. Des murmures derrière des portes fermées, ses trois fils qui vivaient encore à la maison la montrant du doigt, une froideur extrême figeant les quelques amitiés qui avaient survécu à Lipa. Une muraille de pierre la coupant de la lumière divine. Que de commentaires prononcés à voix basse n'avait-elle pas entendus à propos des avortements ! C'était assurément une pratique ignoble. Seules d'autres espèces de gens tuaient des bébés. Il n'y avait que les *goyim** pour penser que les fœtus n'étaient pas vraiment vivants.

Le lendemain matin, le samedi, elle fit toute la vaisselle du festin de la veille, que ses enfants mariés avaient préparé pour la nouvelle épousée. Elle avait la chair de poule en voyant de quelle façon sa fille souriait à son nouveau mari, à croire qu'elle avait de l'affection pour lui, comme si elle avait elle-même jeté son dévolu sur lui, comme s'il était à l'image de ses saints frères. Comment sa fille pouvait-elle penser qu'elle lui aurait choisi pareil individu si elle avait eu de meilleures options ? Ses belles et innocentes petites-filles s'allongeaient à tour de rôle sur le canapé pour se faire des massages, chacune se plaignant de ce qu'elle n'avait pas eu droit à ses cinq minutes, gémissant sous la pression d'une main entre les omoplates, complètement inconscientes de la tragédie qui frappait la famille, qui allait bientôt en affecter tous les membres ! Et jusqu'aux conjoints.

La bouche de Surie avait besoin d'un café et d'une grosse tranche de gâteau. Pouvait-elle se les autoriser ? Son estomac se soulevait chaque fois qu'elle voyait une barre chocolatée, et cependant, mystérieusement, elle avait un besoin maladif de gâteau au chocolat. Un jour seulement était passé, que déjà elle avait oublié les recommandations de la sage-femme. Peut-être qu'en plus d'être enceinte elle faisait un Alzheimer précoce ? Cette Val parlait trop vite. Une interprète en yiddish n'aurait pas été de trop, sauf que Surie aurait eu honte de pleurer devant quelqu'un de sa communauté. Et ce n'était pas tout..., elle se la représenta en train de calculer les années depuis sa précédente grossesse – treize ! – avant de lui lancer un regard de surprise et d'incrédulité. Der Oibershter* sait ce qu'Il fait. Der Oibershter vous donnera la force. Pas de mauvais œil, ma chère ! Vos bébés vous maintiendront jeune ! C'est le *bashert**. Mais par-devers elle, cette femme penserait que c'était aux enfants de Surie de faire des bébés et non plus à elle. Et elle se demanderait à qui elle allait annoncer en premier cette nouvelle insensée.

Donner naissance à un enfant revenait à proclamer publiquement qu'elle et Yidel se trouvaient toujours désirables longtemps après l'âge normal de la maternité. Aucune de ses connaissances n'avait été enceinte depuis une décennie. Les filles avec lesquelles elle avait grandi, ses amies, ne s'ouvraient jamais de leur vie privée. Il était facile de supposer qu'elles ne regardaient plus du tout leur époux, de les imaginer revenues à l'état virginal de leurs primes années. Ces filles, qu'elle se représentait toujours en uniforme de collégienne et coiffées de leurs tresses, étaient aujourd'hui grands-mères, et l'une d'elles même arrière-grand-mère. Elles réfléchiraient aux tenants et aboutissants de sa grossesse. La plupart des mères de la communauté avaient fermé boutique au début de la quarantaine, ce qui semblait juste, convenable, décent. Personne ne voulait ramener à la maison un bébé – deux bébés ! – affligé d'un syndrome de Down ou de quelque autre catastrophe liée à un âge trop avancé. Et la voici, elle, à cinquante-sept ans, grand-mère de trente-deux petits-enfants, toujours en pleine forme. Les femmes de la communauté diraient « *mazel tov** », mais en privé elles rougiraient pour elle, la dévergondée érotomane. Et cette nouvelle singulière venant s'ajouter à la mort de Lipa et au conjoint de Gitty… Ah, ses pauvres petites-filles ! Jamais elles ne pourraient échapper à la flétrissure familiale, quelle que soit l'excellence de leur comportement ou de celui de leurs mères respectives.

Surie prit appui sur l'évier. Elle aurait voulu rentrer sous terre. Plusieurs nouilles flottaient dans l'eau froide et savonneuse. C'était dégoûtant. La nausée du matin lui remonta dans la gorge. C'était bien pire avec les jumeaux que cela ne l'avait été avec les enfants uniques. En raison de sa corpulence, parce que son ventre bombait devant elle et débordait sur les côtés, et du fait que ses chairs étaient fermes et non pas molles, elle put à peine atteindre le robinet. Étirant le bras, elle coupa l'eau, tourna les talons et sortit sur l'escalier d'incendie pour goûter la fraîcheur de la brise venue du fleuve.

Se déplaçant précautionneusement, car son surcroît de poids la déséquilibrait, elle s'était arrêtée sur une portion de grille rouillée. Le garde-corps était branlant. Ce n'était pas le moment de tomber du deuxième étage pour s'écraser sur la chaussée comme une pastèque trop mûre. Des guêpes à papier avaient constitué des colonies sous les avancées du toit et, bien que l'on fût au début de décembre et qu'il fît déjà froid, elles s'extrayaient maladroitement de leur nid, une à une, tout engourdies. Elles déployaient leurs ailes mais ne bougeaient pas. Le terrain vague sur l'arrière et le côté de l'immeuble était couvert de carottes sauvages fanées et de verges d'or noircies. Quand le vent soufflait, les feuilles des trembles faisaient en s'entrechoquant le bruit de la pluie.

Yidel était juste au-dessus d'elle, sur la partie plate du toit, en train de déambuler entre les peaux tendues sur des cadres et placées au soleil pour sécher. Il n'avait pas le droit de les toucher les matins de shabbat, mais il se plaisait à les contempler au retour de la synagogue. Il était *sofer*, ou scribe, de son état. Il lui lança :

« Bon shabbat, petite femme ! »

La grossesse, qui avait été apparente dès les premiers temps (elle avait voulu y voir une prise d'embonpoint liée à la ménopause), se souleva d'entre ses hanches en un ballonnement dense lui pesant sur les cuisses lorsqu'elle s'accroupit, dos tourné au vent. Elle était énorme. Il était vraiment insultant que sa famille pensât que toute cette chair était sienne. Yidel l'appela derechef, lui demandant de monter la dernière volée de marches branlantes pour le rejoindre sur le toit.

« Je suis trop grosse », hurla-t-elle. Un hassid qui passait dans la rue leva la tête, la main en visière pour mieux voir, puis poursuivit son chemin.

« Vous allez devoir passer chaque semaine à la maternité, pour vous faire suivre. Ne faites pas cette tête. Ce n'est pas une condamnation à mort. Vous savez bien que je ne suis pas alarmiste, lui avait dit la sage-femme. N'avons-nous pas plaisir à discuter, vous et moi ? Ensemble, nous allons en apprendre beaucoup sur ces deux bébés. » Et de lui tapoter gauchement l'épaule comme si elle était un petit enfant. Surie l'aurait volontiers mordue.

Une vraie caricature que cette femme ! Diplômée du Peace Corps[1], chaussée de sandales, exempte de tout maquillage, dégingandée, et avec cela un nez

1. Organisation américaine de coopération et d'aide aux pays en voie de développement.

énorme. Vieille fille endurcie, ne serait-ce que parce qu'elle était, à la base, d'une grande timidité. Elle avait été seule de sa cohorte disposée à travailler dans les taudis de Williamsburg auprès de femmes qui ne parlaient pas anglais et avaient un bébé chaque année. Val – esseulée, idéaliste, ne demandant qu'à aimer tout un chacun et à lui améliorer la vie – avait compté que toutes les mères s'amuseraient de ses T-shirts rigolos et de ses cheveux teints en orange vif, mais les femmes hassidiques ne savaient où poser le regard.

« Tu n'es pas grosse ! » Yidel, penché par-dessus la main courante, tout sourire, lui faisant signe de monter. Elle avait remporté le premier prix à la tombola du mariage. Avant la grossesse, sa balance lui indiquait cent vingt kilos. « Et quand bien même tu le serais, ça doublerait mes avoirs ! Allez, monte. »

Il ne serait pas aussi content d'elle s'il se savait bon pour deux scolarités supplémentaires et deux mariages de plus, cela à une époque où il s'apprêtait à prendre sa retraite. Ils avaient espéré que les bruits à propos de leur famille finiraient par s'éteindre. Or, doubler la ponction financière ferait doubler la honte. Pas ses avoirs.

Pendant près de vingt ans, il avait entraîné ses deux fils aînés, Usher et Eluzer, à devenir de méticuleux calligraphes, du même genre qu'il l'avait lui-même toujours été. Des *klei kodesh**, des instruments de sainteté que ces garçons, tous deux ordonnés rabbins et scribes. Il avait orienté avec régularité ses clients vers eux. À présent, il était très spécialisé : il ne rédigeait plus de *mezouza**, de *megillos**, de contrats de mariage ni de jugements de divorce. Il n'écrivait plus que des rouleaux de la Torah, uniquement des commandes particulières du *rebbé**. Un seul rouleau représentait toute une année d'écriture, de neuf heures à midi, du lundi au vendredi, avec une plume d'oie taillée à la main. Chaque après-midi, il sablait des peaux tendues d'agneau mort-né jusqu'à ce qu'elles deviennent lisses comme de la glace, les découpait à la dimension, traçait à la règle des lignes sur le parchemin, cousait les feuilles ensemble à l'aide de tendons séchés. Il façonnait les enrouleurs en bois, taillait ses plumes d'oie, préparait sa propre encre noir de jais. Le sous-sol était en permanence rempli de cadres tendus de peaux séchées. Cela sentait la viande en décomposition et la chaux, le chêne humide et le cheveu brûlé. Cette odeur était la première chose que leurs hôtes remarquaient. Elle montait à présent jusqu'à Surie deux étages plus haut via l'escalier d'incendie, cela malgré un vent soutenu. Mais au cours des quatre dernières années, Yidel n'avait écrit que deux rouleaux. Désormais, il pouvait s'écouler des semaines sans qu'il rapporte des peaux fraîches à la maison. Celles qui se trouvaient sur le toit étaient les dernières qu'il tendrait jamais. Il avait annoncé, d'une voix où perçait de la jubilation, qu'il prendrait sa retraite le jour de son anniversaire. Soit six jours avant le terme de la grossesse de Surie.

« Rebbetzin* Eckstein ! » appela-t-il à nouveau, et de poser la main sur la rambarde, un pied sur la première marche de l'escalier qui descendait vers elle. Très peu de gens l'appelaient rebbetzin, bien qu'elle fût épouse d'un rabbin. C'était une petite plaisanterie de la part de Yidel.

« Ne descends pas ! lui dit-elle en secouant la tête tout en reculant d'un pas. J'ai du travail. »

Elle avait besoin de temps pour réfléchir, pour trouver comment lui annoncer la chose.

Elle ne savait plus que penser de cet éclat passager qu'elle avait vu dans le regard de la sage-femme. Sur le moment, elle avait voulu y voir de l'admiration. Les Juifs traditionnels qui vivaient à Williamsburg, qui faisaient vivre la sage-femme, appartenaient à un groupe humain qui n'avait jamais fait partie du monde séculier. Ils vivaient comme ils avaient toujours vécu. Ils tannaient des peaux dans leur sous-sol et les étendaient au soleil comme ils l'avaient fait en Europe. Ils lisaient des livres traitant des lois, de l'éthique et de l'histoire d'il y a deux millénaires. Ils s'habillaient comme dans les années 1940 et 1950 et révéraient des anciens qui n'avaient jamais lu un mot d'anglais. Les hommes passaient toute leur existence à étudier la parole de Dieu et, au lieu de devenir épais et balourds, ils finissaient émaciés et alertes, et dans leurs yeux brûlait l'éclat intense d'une vive intelligence. Les femmes élevaient des familles splendides, de magnifiques familles aux centaines de petits-enfants, aux milliers d'arrière-petits-enfants. À n'en pas douter, la sage-femme, quand elle avait annoncé la nouvelle à Surie, regardait les jumeaux comme un miracle et leur mère comme une sainte femme. Cette lueur dans son regard était assurément inspirée par du respect. S'il s'était agi d'une marque de pitié, Surie n'aurait pu tenir le coup.

Elle regagna l'intérieur, vida l'évier, ôta son tablier humide et enfila sa *shabbos ponzhelo**. Elle fit passer les lunettes à monture verte de la poche du tablier à celle de son nouveau vêtement. Le bord de cette veste d'intérieur sentait le vomi de la veille, mais elle ne pourrait être nettoyée avant la nuit tombée. Elle ferma son odorat aux parfums qui montaient de la mijoteuse et de la plaque du four. Un *tcholent**. Du *kigel**. Une soupe grasse. Dans la soirée, il lui faudrait se remettre sur son trente et un pour se rendre à un énorme *sheva brochos** à l'intention de sa fille. Elle afficherait un sourire pincé pareil à un corset. La grande horloge du séjour tinta douze fois. Elle se versa une tasse de café, mais son estomac se souleva. Elle se glissa dans la salle de bains et s'y enferma.

« Est-ce que ça va ? » Yidel attendait de l'autre côté de la porte comme il l'avait fait presque chaque jour depuis qu'ils étaient mariés. Âgé de soixante-deux ans, il était son aîné de cinq années. Rabbin respecté, il portait de longues chaussettes blanches et un pardessus en soie, un *bekishe*, sur un pantalon qui lui descendait à hauteur des genoux ; sa barbe grise atteignait le troisième bouton de sa chemise ; son schtreimel, en martre véritable, était pelotonné comme un chat sur une chaise. Sous son bras était plié le *tallis** jaune qu'elle lui avait remis le jour de leur mariage, quarante et un ans plus tôt.

Son travail sur les saints manuscrits était inscrit dans son corps. Il avait les épaules voûtées, des hanches douloureuses, de l'arthrite dans ses doigts tachés d'encre. Il avait des varices et du ventre, conséquence de tant et tant d'heures en position assise. Mais son travail l'avait également marqué de façon positive. Il était capable de rester concentré pendant des heures sur une même activité. Jamais il ne s'emportait. Sa physionomie était aussi paisible et innocente que celle d'un ange. Sa renommée avait crû avec les années. Il était de par le monde des gens qui reconnaissaient dans l'instant un parchemin de sa composition. C'est un Eckstein, disaient-ils. Magnifique.

Surie tira la chasse et cracha dans l'eau. La majeure partie du vomi fut emportée. Elle se nettoya les dents et la langue à l'aide d'un peu de dentifrice déposé sur son doigt, puis tira de nouveau la chasse.

« Donne-moi cette *izei**, veux-tu ? dit-elle. La marron. » Sachant grâce à des années d'expérience de quoi elle parlait, il lui passa sa serviette préférée par l'entrebâillement de la porte.

« Avec quoi comptes-tu faire le *kiddouch** ? » lui demanda-t-elle après s'être essuyé le visage. Elle se couvrit la bouche de la main, de crainte qu'il ne flaire les jumeaux dans son haleine.

« Quand les garçons doivent-ils arriver ?

— Pardon ? » Yidel tripota son sonotone, se rappela que c'était shabbat, rabaissa vivement la main. « Qu'est-ce que tu dis ? » interrogea-t-il derechef, la main en coupe autour de sa bonne oreille. Le hurlement de la ponceuse rotative dont il se servait pour polir les peaux lui avait gâté l'ouïe.

« J'ai décongelé un *bundt** et deux *bilkelach** », dit-elle doucement en passant devant lui.

Se voyant prendre rapidement du poids, elle avait voulu vérifier si elle ne souffrait pas de reflux, de diabète, d'un déséquilibre thyroïdien, toutes ces causes de surcharge pondérale chez la femme. Son médecin traitant – ignorant son état – lui avait dit de réduire les sucreries et de consommer plus de protéines. Elle avait fini par comprendre qu'elle était enceinte deux semaines plus tôt, à la fin de la sixième semaine, en réalisant que la graisse ne pouvait pas lui comprimer la vessie ou lui provoquer des nausées. Les premiers temps de sa grossesse s'étaient écoulés dans une sorte de brouillard. Elle avait été trop accaparée par les fiançailles et le mariage pour mettre Yidel au courant. Et voilà que maintenant ce n'était plus un bébé qu'il fallait lui annoncer, mais deux. Peut-être avait-elle espoir de faire une fausse couche ? Quelle honte !

« Surie », dit-il. Il lui prit la main et la retint sans la serrer. Il y avait derrière ses pupilles une lueur très pâle, comme du cristal voilé. Était-ce à cela que ressemblait l'amour ? Ce voile de brume était-il ce qui conduisait les vieillards à la cécité ? La *catinkelach** ou quelque chose comme ça ? Peut-être avait-il en tête d'aller s'allonger avec elle ? Ou bien était-il contrarié qu'elle ne soit pas montée le rejoindre ? Après tant d'années de cette communication muette, il se pensait capable de lire les silences de sa femme. C'était habituellement le cas. Elle, toutefois, s'échinait encore à essayer de comprendre leur langage tacite.

Elle avait toujours été fière du savoir-faire de son époux, fière d'être mariée à celui qui calligraphiait les manuscrits de la Torah pour le rebbé. Elle ne l'aurait pas plus dérangé au cours de ses heures matinales d'écriture qu'elle ne serait sortie sans ses bas. Au cours de leur première année de mariage, ils avaient mis au point un langage des signes de sorte qu'elle pût lui demander s'il avait besoin de quelque chose et qu'il pût lui répondre sans prononcer un mot ni interrompre son saint ouvrage. Un sourcil légèrement haussé, un geste de la main, un sourire, un hochement de tête. Yidel remarquait tout jusqu'au plus infime mouvement des lèvres de sa femme. Souvent, elle éclatait de rire et lui disait qu'il était capable de lire ses pensées. Cette pratique du silence était devenue une habitude profondément enracinée.

Tous deux comptaient que toute chose importante passe tacitement de l'un à l'autre. Avec pour effet qu'ils avaient la parole un peu rouillée. Surie attendait qu'il finisse par remarquer la ferme rotondité de son ventre et s'adresse à elle un beau matin pour lui demander, en passant, la date de son terme. Comme cela ne se produisit pas, elle ne savait à quoi s'en tenir. Elle s'inquiétait de ce que quelque chose clochât peut-être entre eux, de ce que l'amour de Yidel pour elle ne fût peut-être plus marqué de la même attention. Et elle continuait d'attendre et d'espérer qu'il finisse par s'aviser de son état.

Toutes les fois précédentes, il avait deviné qu'elle était enceinte, lui ayant acheté un test de grossesse avant même qu'elle ne soit elle-même au courant. Et de se prendre dans les bras, de se réjouir et de commencer à chercher des prénoms. Tous deux raffolaient d'être parents. Yidel gardait en mémoire les paroles mystiques qu'il avait pensées au moment de la conception de chaque enfant, et il avait consigné chacune de ces formules dans un livre minuscule pour le lui offrir le jour de leur vingt-cinquième anniversaire de mariage. Pour un homme, il ne manquait pas d'intuition. Mais pas en ce moment. Qu'est-ce qui n'allait pas entre eux ? Pourquoi ne devinait-il pas ? Pourquoi ne le mettait-elle pas au courant ?

Se détachant de lui avec douceur, elle s'éloigna de quelques pas dans le couloir.

« Les garçons vont arriver d'un moment à l'autre », dit-elle en regardant la main de Yidel d'un air entendu. Sans se l'expliquer, elle sentait ce qu'il voulait au seul contact de leurs peaux, à la manière dont s'élargissaient ses pupilles noires. « Ce ne serait pas bien.

— Surie », dit-il, mais quand elle tourna les talons, il se borna à soupirer et à hausser les épaules.

Comment lui annoncer qu'elle était enceinte alors qu'il avait si allègrement repeint les vieux meubles d'enfant pour le sixième petit de Tzila Ruchel ? Quatre ans plus tôt, sitôt qu'ils étaient rentrés de leur voyage en Californie, il avait ressorti le berceau fatigué, la table à langer et la chaise haute pour les décorer de scènes campagnardes roumaines. Comment pouvait-elle lui retirer tout cela, son bonheur d'être *zaidy** après toutes ces âpres et terribles années passées à imposer une stricte discipline, chose qui n'était pas dans sa nature ? Il savait sans doute qu'elle le savait sans toutefois s'en ouvrir à lui. Il lui avait toujours témoigné de l'adoration, répétant à leurs enfants que leur mère était une sainte, un amour, sa préférée, la meilleure de toutes les femmes. Qu'allait-il penser d'elle ?

« J'ai beaucoup de chance », dit-il en lui emboîtant le pas. Il lui reprit la main, l'attira à lui et, d'un geste emprunté, porta les doigts de Surie à sa bouche. Il faisait ce même geste avec sa propre mère les vendredis soir. Surie supposa qu'il allait lui déposer un baiser sur les doigts, mais il se contenta de tenir sa main en l'air pendant un moment avant de la relâcher. Ils gagnèrent la cuisine, elle disposa sur la table les *challoth** et le gâteau, puis lui servit un verre de vin, et quand leurs trois plus jeunes fils arrivèrent, elle s'assit pour les regarder manger, serrant les lèvres, respirant à peine de crainte de vomir.

Le lendemain matin, elle choisit de revêtir son bon cardigan noir sur son corsage pied-de-poule. Elle lissa ses boucles sur un côté de son foulard. Les cheveux en nylon, raides et grossiers, se montraient intraitables. Yidel lui avait offert pour leurs fiançailles un collier en or qu'elle mettait chaque fois qu'elle sortait, bien que ce fût la chose la plus hideuse qu'elle eût jamais vue. Chaque dimanche matin, quand la grande horloge – celle de sa mère – sonnait dix heures, ils sortaient dans les rues populeuses de Williamsburg. Yidel marchait devant, chacun d'eux remorquant un caddie d'une main et tenant un parapluie de l'autre. Cela lui ressemblait bien de faire les courses avec elle, habitude qu'il avait prise dès la première semaine de leur mariage. « Attends-moi », lui avait-il dit au moment où elle mettait son manteau pour aller au ravitaillement. Alors même qu'aucun autre mari de sa connaissance n'aidait sa femme de cette manière, elle avait vu cet intrépide jeune homme de vingt et un ans enfiler son manteau et emporter le caddie dans les escaliers. Il l'avait attendue dehors sur le trottoir le temps qu'elle règle ses achats. Ils avaient une ribambelle d'histoires à propos de leurs courses ensemble, anecdotes qui les faisaient rire, le soir quand ils étaient bien bordés, chacun dans son lit, les lumières éteintes et les enfants endormis.

« Tu te rappelles la dame qui avait acheté un flamant rose en plastique pour mettre sur sa pelouse et voulait lui donner ton prénom ? »

« Tu te souviens de la fois où tu as gagné le prix du millième client, ce qui faisait que le contenu de ton chariot était offert, alors que tu n'y avais qu'un malheureux savon ? »

« Et cet homme qui avait amené son perroquet pour qu'il l'aide à choisir du fromage ? »

Surie remontait l'horloge chaque dimanche matin, les contrepoids en plomb s'élevant à l'intérieur du caisson en acajou, après quoi elle réglait l'heure. L'horloge de sa mère avait plus de deux cents ans. Elle avait été abandonnée dans le logement des parents de Surie par son précédent occupant, qui n'avait probablement pas su comment emporter cette chose massive – plus haute qu'une personne normalement constituée, ornée de bobèches dorées, avec un cadran en argent gravé au nom de quelque horloger new-yorkais. À la mort de sa mère, Surie avait fait le tour de l'appartement, laissant courir les doigts sur les photographies, les bibelots, la brosse à cheveux, la planche à découper rayée d'estafilades. Pour finir, elle avait jeté son dévolu sur les bougeoirs de shabbat. Puis, se ravisant sur le seuil, elle avait demandé à Yidel de prendre l'horloge. Tout au long de son enfance, elle avait aimé, couchée dans son lit, la précision du tic-tac, le carillon aigu, le lustre de l'acajou, l'étrangeté d'un objet si ancien, alors que tous les gens de sa connaissance étaient arrivés sans rien aux États-Unis.

Ce dimanche-là, elle se tenait devant l'horloge au moment où celle-ci sonna dix heures. Elle avait dix-huit ans et tenait à la main les bougeoirs de sa mère. Elle avait cinquante-sept ans. Comment était-il possible d'avoir ces deux âges simultanément ? Elle suivit Yidel au rez-de-chaussée et écarta du pied deux poules blanches avant de se précipiter dans le passage à la suite de son mari. Les Eckstein élevaient leurs propres volailles. Ils ne consommaient pas de viande rouge. Les bêtes occupaient un vaste poulailler que Dead Opa*, le père de Yidel, avait construit en 1951 dans l'arrière-cour. Il en avait aussi eu un en Autriche dans le camp pour personnes déplacées. Les volatiles picoraient des vers et des vis rouillées dans la poussière gris pâle. Les Eckstein possédaient vingt-cinq poules à la fois, trente à l'approche de Roch Hachana*, mais jamais de coq. Lors d'un Souccot* où Tzila Ruchel, leur fille aînée, eut une *soucca** qui s'étirait sur toute la longueur de la façade, avec des portes qui s'ouvraient et se refermaient constamment, les poules s'égaillèrent dans la rue et causèrent des collisions.

C'étaient des bestioles imbéciles. Elles bondissaient en l'air comme des balles de caoutchouc. Elles caquetaient, gloussaient, braillaient. Surie ne pensait pas en se mariant qu'elle en viendrait à entretenir une basse-cour. Aucune de ses amies du voisinage n'avait une cour pleine de plumes blanches et de fientes. De temps en temps, Yidel appelait de lointains couvoirs pour commander des poules à double usage, qui pondaient dans tous les coins du poulailler et finissaient en de délectables soupes et ragoûts quand leur ovulation diminuait. Comme sa fertilité à elle aurait également dû le faire.

Dans son enfance, les siens n'élevaient pas de poules. Ils ne tannaient pas des peaux au sous-sol, ne foulaient pas le raisin pour faire du vin ni ne pressaient des olives. Ils étaient parfaitement normaux jusqu'à ce que sa mère se voie diagnostiquer un cancer du sein à l'âge de cinquante ans. Surie était la plus jeune de huit enfants, la seule non mariée et encore à la maison. Son père, en panique, s'était hâté de la marier afin que sa mère puisse la conduire sous la houppa. L'ironie était qu'il avait succombé à une crise cardiaque peu de temps après le mariage. Sa mère, elle, avait vécu encore deux années.

Surie avait seize ans quand elle avait été présentée à Yidel dans la salle à manger de la marieuse. Ils s'étaient entretenus une demi-heure. Une unique fois. Oui ou non ? lui avait-on ensuite demandé. Elle ne se rappelait plus son nom. Yuda Leib ? Ils n'avaient pas parlé d'élever des poules. Il possédait un doux sourire et un rire qui emplissait la pièce. Par la suite, elle réalisa qu'il sentait vaguement les plumes et les peaux, mais sur le moment, chez l'entremetteuse, elle avait trouvé exotique, insolite, exaltante l'odeur qui se dégageait de ses vêtements. Il avait une barbe d'un roux tirant sur l'orange.

« Comme le roi David », avait-il dit lorsqu'il avait vu qu'elle s'y intéressait. Quoique plus âgé qu'elle, il n'était encore qu'un tout jeune garçon, avec une barbe n'excédant pas deux centimètres en longueur. Rougissant d'un bout à l'autre, il était tout émoustillé et honteux de l'être, à la fois empressé et intimidé. Déjà le même Yidel, à vrai dire. « *Mazel tov* ! », s'était écrié son père quand elle avait soufflé un « oui ». Ses frères et sœurs mariés, sa mère et son père avaient fait irruption dans la pièce pour fêter cela, comme s'ils avaient attendu, l'oreille aux aguets, de l'autre côté de la porte. Sa mère avait pleuré et pleuré encore, qui aurait voulu que soient présents ses quatre premiers enfants, assassinés dans la Shoah ; mais Surie ne s'était pas laissé entraîner dans cette peine ancienne, elle bâtissait une nouvelle vie, un nouveau foyer, loin de l'ombre de l'Europe.

La première question de la rebbetzin après les accordailles avait été : « À quand remontent vos dernières règles ? » Était-elle censée en tenir le compte ? Oui, apparemment. Par chance, elle s'en souvenait. Le mariage fut fixé à deux mois plus tard, parfaitement programmé pour un pic de fertilité.

Le matin suivant l'union, une amie mariée de fraîche date vint lui montrer comment nouer un foulard sur sa tête rasée. Surie se regarda dans le miroir. Toutes les personnes mariées savaient ce qui lui était arrivé le soir précédent. Les femmes grimaçaient avec elle lorsqu'elle s'asseyait. Les hommes appliquaient une tape dans le dos de Yidel, répondaient à ses sourires d'un air entendu. Mais pour l'apparence, hormis le foulard, elle restait inchangée. Elle avait du mal à croire que rien n'était inscrit sur son front qui aurait proclamé ce qu'elle avait fait dans la chambre plongée dans le noir. De plus, elle ne savait si elle était censée y avoir pris plaisir, mais c'était le cas, et elle ne cessait d'adresser de grands sourires à Yidel avant de se dissimuler la bouche derrière la main. Qui plus est, bien qu'elle ne le sût pas, elle était déjà enceinte.

Elle l'était aujourd'hui aussi, enceinte à seize ans et enceinte à cinquante-sept ans, deux âges dont on pourrait espérer qu'ils soient à l'abri d'une grossesse. La pluie tombait, créant de grandes flaques sur le trottoir. L'eau pénétrait ses souliers. Elle et Yidel accomplissaient leur promenade dominicale, remontant Division Avenue, puis prenant par Lee Avenue. Ils s'arrêtèrent chez Flaum pour acheter des pickles et du hareng. Il y avait un poissonnier à deux portes de chez eux, mais depuis quarante ans ils faisaient leurs courses chez Flaum. Yidel laissa tomber quelques pièces dans la main ridée de l'homme qui stationnait en fauteuil roulant près de l'entrée du magasin et marmonnait constamment, « *Tshebiner yeshiva**... ».

Dans Rodney Street, le boucher. Puis, de retour sur Lee, l'épicier. Des écailles de poisson flottaient, scintillantes, dans les caniveaux. La pluie qui se déversait des toits s'abattait sur les empilements de sacs d'ordures et de cartons aplatis. À la boulangerie, Yidel ajouta cinq jolis cookies au gâteau élaboré qu'ils avaient commandé pour l'apporter chez l'hôte du sheva brochos de ce soir-là. « Pour les filles de Tzila Ruchel », dit-il. Leur fille de trente-sept ans habitait à l'étage du dessous. « Et un de plus pour ma préférée », ajouta-t-il en lui souriant tout en jetant un sixième gâteau sec dans le sac en papier. Les caddies devenaient de plus en plus lourds et penchaient d'un côté, leurs roues faisant entendre des grincements. Yidel retira les sacs les plus lourds de celui de Surie pour les déposer dans le sien. Ils regagnèrent leur immeuble juste avant l'heure du déjeuner. L'horloge sonna les douze coups de midi.

« Vas-y, passe devant », lui dit Yidel. Il se chargerait de monter les caddies. Pourtant, il n'était plus tout jeune. Elle avait parfois peur qu'il ne fasse une crise cardiaque ou une attaque. Que se passerait-il si elle lui annonçait tout à trac qu'elle attendait des jumeaux ?

« Je vais faire chauffer la soupe », dit-elle.

2

Dans l'après-midi du surlendemain de l'échographie, quarante-huit heures envolées après avoir appris qu'elle portait des jumeaux, Surie se trouvait de nouveau devant son évier, occupée à nettoyer avec de l'ammoniaque et une guenille les coupelles en verre qui recevaient les bougies de shabbat. Elle avait les larmes aux yeux, mais c'était toujours le cas quand elle utilisait de l'ammoniaque.

« J'ai décidé de prendre chaque semaine le bus du bikkour holim avec Schwartz *néni**, dit-elle à Yidel. Le vendredi après-midi. J'ai du temps libre. » On était lundi. Elle le prévenait longtemps à l'avance.

Ce n'était pas vraiment un mensonge que de lui dire qu'elle allait visiter les malades à l'hôpital. Elle apporterait du gâteau au chocolat. Elle s'arrêterait pour lire quelques psaumes aux patients. Après quoi elle se rendrait au service d'obstétrique. S'il s'agissait d'un mensonge, c'était par omission.

Yidel ne répondit rien. Il était assis à table en train de lire le journal yiddish.

«Je m'ennuie», expliqua-t-elle. Une humidité se formait sous ses bras et au bas de sa colonne vertébrale. Elle s'accumulait sous le bombement de son abdomen. «Des journées vides provoquent d'étranges choses.»

Pourquoi mentir ainsi? Jamais jusqu'ici elle n'avait menti à Yidel. Elle enfonça la guenille dans le verre et lui imprima un mouvement de rotation.

«Les autres femmes disent qu'elles deviennent irritables quand elles en passent par le climatère.»

Yidel piqua un fard, froissa son journal, puis le replia et se leva. «Donc, tu es normale. Une épouse tout à fait normale. À la bonne heure. Dieu merci.» Il avait toujours été le plus aimant des pères, d'une patience infinie. Même si l'événement ne laisserait pas de le surprendre, il serait fier de ses jumeaux. L'âge ne l'avait pas ralenti; il montait et redescendait toujours allègrement les escaliers en transportant de multiples petits-enfants sur son dos et en débitant à pleine voix de vieilles comptines hongroises. Chaque jour, il emmènerait les jumeaux à la *shil** à bord de leur poussette, et ses amis seraient contraints de lui demander de la fermer, car il leur aurait déjà rebattu les oreilles avec les anecdotes sur les bébés et, non, ils n'auraient pas non plus envie de voir les dernières photos. À deux heures du matin, quand elle serait trop épuisée pour les sortir de leur berceau afin de les nourrir, il viendrait à la rescousse. Ensuite, quand elle se serait recouchée dans le lit en désordre, au milieu d'une odeur de lait aigre et de linge sale, elle l'entendrait leur murmurer des berceuses, un nouveau-né dans chaque bras, les berçant dans la pièce de devant pour ne pas la déranger.

Était-ce l'enthousiasme de son mari pour tout ce qui avait trait aux bébés qui l'empêchait de parler, cette incapacité à voir les conséquences à long terme ? Ce bonheur qu'il éprouverait, elle le savait, alors qu'elle-même n'était pas encore capable de ressentir quelque chose s'apparentant à de la joie ?

Ses petites-filles, dispensées d'école en raison du mariage, débouchèrent bruyamment en haut de l'escalier, chacune adorable, une pêche dorée et lumineuse. Elle s'essuya les mains et les attira à elle.

« Mes chéries, mes petites agnelles, venez, Bubbie* va vous préparer un bon cacao. Et je crois que Zaidy a lui aussi quelque chose pour vous. »

Les fillettes suivaient leur scolarité dans une *heder** située sur Division Avenue, à un pâté de maisons de là en direction du fleuve. Tout au long de la journée, Surie entendait tinter les cloches d'Ikvei, les chants de centaines de filles, leurs bavardages tandis qu'elles s'alignaient pour monter dans les bus à la sortie des classes. Ses petites-filles n'avaient qu'à traverser Wythe Avenue pour rentrer à la maison. Mais elle se demandait bien pourquoi Tzila Ruchel avait choisi de les envoyer dans un établissement aussi strict. Sa fille entendait-elle glaner des louanges en se montrant la plus religieuse de la famille ? Ou bien s'agissait-il d'une sorte de prise de distance, une manière de signaler à la communauté que la famille de Tzila Ruchel n'était pas vraiment apparentée au pauvre Lipa ? Les quatre filles de Surie avaient fréquenté *di alte heder** à l'angle de Marcy Avenue et de Keap Street et cela avait bien fait l'affaire.

Elle ouvrit le réfrigérateur pour y prendre le lait. Tzila Ruchel, maintenant âgée de trente ans, venait de donner naissance à son septième enfant et avait besoin d'aide les après-midi, aide que Surie n'était que trop heureuse de lui apporter. Elle arracha la capsule métallique de la bouteille et versa du lait dans une casserole. Elle aida les filles à ôter leurs imperméables dégoulinants d'eau et les accrocha aux pointes fichées au-dessus de la fenêtre. Les petites poussèrent des exclamations en découvrant les cookies et se serrèrent contre leur grand-mère dans la cuisine exiguë. Surie leur caressait la tête, leur déposait des baisers sur les joues. De tels amours.

« Saviez-vous, leur demanda-t-elle, que le rabbin Shimon ben Shetach captura quatre-vingts sorcières d'un coup ? Voulez-vous savoir comme il s'y prit ? » Les sorcières dévoraient des êtres humains dans leurs cavernes. Il devait y avoir par terre des crânes couverts de mousse. L'odeur du lait en train de chauffer lui soulevait le cœur. Les petites auraient honte que leur vieille grand-mère soit enceinte. Elle-même avait honte, honte de son corps perfide. Quand elle serait au courant, Tzila Ruchel, cette *mefunek**, ne lui enverrait plus ses filles après l'école. Et même si par miracle cette enquiquineuse les laissait venir, la maison de leur grand-mère ne serait plus un havre de paix. Elle retentirait des hurlements de nouveau-nés affamés.

« Votre oncle Lipa raffolait de l'histoire de Shimon ben Shetach et des sorcières. »

Les fillettes, qui pépiaient à propos des nouvelles robes qu'elles avaient portées le soir du sheva brochos, regardèrent leur grand-mère en fronçant le sourcil.

Elles connaissaient les noms de tous leurs oncles. Qui donc était cet inconnu, ce Lipa? Lipa se tenait auprès de l'horloge de l'arrière-grand-mère, une main posée sur l'écusson d'ivoire, actionnant la clé, les contours de son corps se mouvant comme rideau dans un courant d'air, se gonflant, se tordant, retombant. Il se tenait là depuis plusieurs minutes, sans piper. Ç'avait été lui aussi devant l'hôpital. Elle le contempla un moment, le cœur battant de plus en plus vite. Il leva lentement les yeux vers elle.

«Votre oncle… dit-elle. Il était ici. Mais plus maintenant.»

Les petites eurent un sourire incertain, puis s'animèrent de nouveau à propos des bateaux que Yidel leur confectionnait avec les feuilles de son journal. Elles ne s'intéressaient guère au rabbin Shimon ben Shetach et à ses sorcières et pensaient peut-être que leur grand-mère les faisait marcher à propos de cet oncle. Elles n'avaient pas remarqué que leur bubbie était grosse comme une petite automobile. Elles n'avaient aucune connaissance des choses de la vie. La pluie frappait les vitres comme une grêle de menus graviers.

«Nous pouvons descendre les faire voguer dans la ruelle», proposa Yidel. Il lança à Surie un regard en forme de point d'interrogation. Elle se tenait au rebord de la table. Les jointures de ses doigts étaient blanches, mais Lipa n'était plus à côté de l'horloge. «Allez demander la permission à votre mère. Mais ne la réveillez pas si elle dort.»

On avait veillé fort tard la nuit précédente. La jeune mariée s'était endormie, mâchoire pendante, pendant le repas donné en son honneur, sur quoi Tzila Ruchel s'était levée précipitamment pour aller lui tapoter l'épaule.

Les petites enfilèrent leur imperméable trempé et se jetèrent dans l'escalier avec des piaillements et des rires. Le père et la mère de Yidel, aveugles tous les deux, vivaient au rez-de-chaussée de l'immeuble. Dans les années 1950 et 1960, le deuxième étage avait été mis en location, mais Tzila Ruchel y avait ensuite emménagé après son mariage. Surie avait habité au premier depuis le jour de son union avec Yidel. Elle et Tzila Ruchel avaient par la suite échangé leurs appartements de sorte que cette dernière n'eût pas à remonter le lourd landau sur plusieurs volées de marches. Or aujourd'hui, à l'âge qu'elle avait, Surie n'aurait pas été capable de cet effort ; quant à Yidel, même s'il y avait été disposé, ce n'était plus un exercice pour lui. Allait-on devoir échanger de nouveau les appartements ? Surie n'en avait aucune envie. Elle aimait beaucoup la vue qu'elle avait de son deuxième étage sur le fleuve et le pont. Elle espérait qu'un changement survienne. Que, d'une manière ou d'une autre, deux nouveaux bébés ne viennent pas s'ajouter à leur famille à la réputation déjà ternie. La sage-femme s'était exprimée dans ce sens. Soixante-quinze pour cent des femmes au-dessus de quarante-cinq ans faisaient une fausse couche. Son estomac se serra. Elle n'était pas enchantée par l'idée de donner naissance à des jumeaux, mais elle ne voulait pas non plus les perdre. Une âme était chose précieuse.

Et si, cependant, ces deux-là naissaient avec le syndrome de Down ? Des femmes, même plus jeunes qu'elle, laissaient des nouveau-nés anormaux à l'hôpital plutôt que de les ramener chez elles. Elle ne pouvait leur jeter la pierre. La plupart de ces mères n'étaient plus toutes jeunes et avaient déjà dix ou douze rejetons. Elles n'avaient tout simplement pas la force d'élever un enfant avec des besoins particuliers. Mais que se disaient-elles sur le caractère précieux des âmes ? Surie ne se sentait pas non plus la force requise. Que se dirait-elle, le cas échéant ?

Lors de la consultation de l'avant-veille, Val avait oublié que Surie habitait le même immeuble que sa fille, les enfants et la belle-famille de celle-ci. « Quelle est la différence entre *in-laws*[1] et *outlaws*[2] » ? avait-elle demandé et, tandis que Surie haussait les épaules, elle avait conclu sa blague : « Les outlaws, eux, sont recherchés. » Cette femme, qui n'avait pas grand-chose de féminin, partit d'un rire éraillé avant de se couvrir la bouche de sa main gigantesque. « Excusez-moi, dit-elle. J'ai un peu honte de moi. » Surie ne connaissait pas le mot *outlaw*. Cela voulait-il dire « cousins » ?

« Mes cousins sont venus pour les fêtes », déclara-t-elle avec circonspection. Elle détestait quand les gens la jugeaient peu intelligente ou incapable de suivre une conversation en anglais, quoique ce fût souvent le cas. Certains invités étaient restés après le Souccot pour le mariage. « Ils ont dormi sous la soucca, sur le toit. » Il y avait entre les immeubles un minuscule puits d'air

1. *In-laws* : ensemble de la belle-famille.
2. *Outlaws* : hors-la-loi.

protégé par un pan de toit en zinc qui n'était accessible que par la fenêtre de la cuisine. Avant les fêtes, malgré son âge et la difficulté de l'opération, Yidel était passé par la fenêtre pour clouer des planches ensemble et bâtir ainsi une pièce. Il avait recouvert les chevrons en bambou à l'aide de rameaux de résineux. Les cousins apportèrent des sacs de couchage en disant qu'ils allaient camper là. C'était plus simple que de descendre trois volées de marches pour gagner la soucca de Tzila Ruchel chaque fois qu'ils voulaient un verre d'eau.

« Ah oui ? fit la sage-femme en fronçant le nez. Avec autant de monde dans la maison, j'espère que vous laissiez chaque matin les fenêtres ouvertes pendant au moins une demi-heure. C'est… » Et de laisser sa phrase en suspens.

Sur le mur du bureau, un bébé flottait tête en bas dans l'étroit cadre d'un échafaudage blanchâtre.

La sage-femme suivit son regard. « Ça, c'est à neuf mois, dit-elle à propos de cette affiche. Vous ne vous rappelez pas ? C'est quand la tête du bébé est tout en bas du pelvis. » Elle faisait de grands gestes impudiques. Elle était pénible à regarder. Surie se sentait un peu triste pour cette femme qu'elle imaginait avoir été toute sa vie la cible de plaisanteries peu bienveillantes.

Surie n'avait jamais vu d'image de l'intérieur de son corps. Ses os. Ses organes. Avant cette grossesse-ci, la sage-femme s'était toujours déplacée jusque chez elle et sans apporter ni brochures ni schémas. Surie aurait fait brûler une littérature aussi obscène. Si un de ses fils était tombé dessus !

Toute espèce d'images étaient interdites chez elle. Photographies. Tableaux. Sculptures. Il y avait deux tapisseries figurant des fleurs dans la salle à manger, ainsi qu'une pièce de velours noir cousue de paillettes sur laquelle était peint le mur des Lamentations. C'est tout juste si elle avait persuadé Yidel d'accepter que leur portrait de mariage soit accroché dans l'intimité de leur chambre à coucher. À présent, très troublée, elle confondait le mot *pelvis* avec *peltz*, « fourrure », et pensait que Val parlait de la façon dont les goyim se plaisaient à faire poser leurs bébés sur une peau d'ours.

« Nous ne faisons pas ça, déclara-t-elle. Nous prenons une photographie du nouveau-né à son treizième jour. Nous le couvrons de colliers dorés et l'habillons en blanc, un joli ensemble tricoté.

— Comme c'est intéressant », commenta la sage-femme, qui conservait un vague souvenir de semblables pratiques après d'autres naissances.

Couvrir un nouveau-né de bijoux n'avait rien d'hygiénique. Elle trouvait curieux que même de très vieilles juives comme Surie parussent jeunes. Cela tenait-il à leur perruque, à leur pittoresque couvre-chef et à leur foulard ou bien à une espèce d'innocence particulière que toutes possédaient ? Peut-être était-ce l'absence de maquillage ? Peut-être elle-même gagnerait-elle à laisser ses cheveux orange redevenir gris ?

« Vous allez peut-être devoir emprunter des colliers supplémentaires puisque ce seront deux bébés au lieu d'un seul.

— Seul le premier est rédimé. Le *cohen** ne veut pas des autres. »

Val fit entendre un reniflement, ramassa une feuille de notes et y griffonna quelques mots. « Ah, très bien », dit-elle. Ses questions tombaient toujours à plat. Chaque fois qu'elle estimait avoir assimilé les choses, chaque fois qu'elle pensait qu'unetelle apprécierait sa compréhension des aspects culturels, *pan*, sur le bec.

Le bouton du chemisier de Surie se détacha et tomba par terre. Elle farfouilla dans son sac pour en sortir une aiguille et une bobine. Elle déroula une longueur de fil, en plaça l'extrémité entre ses dents et se mit à la mastiquer. Elle mordait ce fil comme s'il était la menace du syndrome de Down. Elle le mâchait vigoureusement. Elle entendait le désagréger. Puis elle prit l'aiguille, l'enfila et, en quelques estocades, remit le bouton en place sur son vêtement.

« Ça n'a pas traîné, observa Val. Je devrais peut-être vous engager à la place d'une des infirmières en chirurgie du service. Elles n'ont que des pouces, l'une comme l'autre. »

Surie eut un sursaut, sourit. Elle avait recousu des boutons presque chaque jour de sa vie d'adulte et jamais personne n'avait émis le moindre commentaire sur son savoir-faire.

3

Ce soir-là après le sheva brochos, quand les fillettes eurent dévalé les marches pour aller retrouver leur mère, Surie lava tous les plats qui restaient, les essuya et les rangea. Elle décida de mettre une chemise de nuit que lui avait offerte une amie en guise de plaisanterie après son opération du cancer. À l'hôpital, après avoir jeté un œil à l'intérieur de la scandaleuse boîte, elle avait poussé un cri d'effroi et piqué un fard. Cela avait été fort drôle à l'époque, exactement ce qu'il fallait pour lui insuffler un sursaut d'énergie mutine à un moment où elle se sentait au plus bas. Elle aurait dû s'en débarrasser, mais ne l'avait pas fait. Elle retrouva la boîte au fond de sa penderie et l'ouvrit. Une chemise de nuit blanche sans manches avec un nœud en soie rose. Elle l'enfila, puis couvrit ses bras nus d'un cardigan. Le bombement de son ventre se voyait sous le tissu fin et moulant. Quand elle ressortit de la salle de bains, son mari leva la tête pour la regarder. « Jolie robe », dit-il.

Le matelas de son lit jumeau s'affaissa lorsqu'elle se coucha. Elle ne rabattit pas immédiatement les couvertures sur elle. Quelque temps plus tôt, quand ses règles avaient cessé, ils avaient décidé de rapprocher leurs lits pour la nuit. Chaque matin, elle les écartait de nouveau et poussait entre eux une petite table de nuit. Allongée sur le dos tout près de la limite entre les deux matelas, elle lissa le tissu au plus près de son ventre et regarda son mari du coin de l'œil. Il contemplait le plafond.

« Yidel, dit-elle, elle te plaît vraiment ? »

Il ne regarda pas de son côté.

« Ce n'est pas une robe, tu sais.

— C'est une bonne chose que tu sois un modèle aussi raffiné pour nos *einiklach**, dit-il. Leur bubbie est toujours tellement élégante. »

Il fixait le plafond du regard tout en mordillant ses poils de moustache. Le tic-tac de la vieille horloge dans la salle de séjour paraissait anormalement sonore.

Elle étira encore le tissu et souleva les hanches, espérant qu'il remarquerait.

Est-ce qu'il rougissait ? Mais oui ! Et elle de même. Cette chemise de nuit dépassait les bornes, trop transparente, trop impudique pour lui. Elle se mit brutalement sur son séant, sauta du lit dans un bruit de ressorts et courut se changer.

« J'aime bien celle-ci, la vieille en coton », dit-il quand elle revint. Cette chemise possédait des manches et un col haut avec des rangs de dentelle. Il passa le bras autour d'elle et lui posa les lèvres sur la nuque.

« Elle sent ton odeur.

— Qu'est-ce que je sens ?

— Le détergent. Peut-être cette poudre que tu utilises pour récurer l'évier ? Et la crème à polir l'argenterie. »

Elle poussa un soupir et tira les couvertures sur ses épaules. Une fois bien couverte, elle ramena les genoux à l'intérieur de sa chemise de nuit. Ses cuisses lui comprimaient le ventre et elle sentait les jumeaux palpiter au plus profond.

« Comme c'est romantique, dit-elle. Des produits ménagers.

— J'aime beaucoup être grand-père », murmura-t-il.

Il aimait un grand nombre de choses. Il raffolerait aussi des jumeaux. On se lassait parfois de l'entendre évoquer ses engouements ainsi que de trébucher au sous-sol sur les reliefs de ses multiples activités. Les carreaux de mosaïque. Les machines à tricoter les chaussettes. L'amoncellement des outils dont il se servait pour faire du parchemin, dont cette ponceuse rotative qui l'avait rendu sourd. Les pots de peinture entamés. Au moins s'essayait-il à des choses. Certains hommes avaient grand-peine à s'extraire de leur lit le matin. Et puis il y avait quelque chose de touchant dans le côté juvénile avec lequel il se laissait emporter par ses tocades.

« Être zaidy est la meilleure chose qui me soit arrivée. Dommage que ce ne soit pas tombé quand j'étais suffisamment jeune pour y prendre plus de plaisir, au lieu d'avoir autant de mal à me baisser au-dessus du caniveau avec les petites cet après-midi.

— Tu es très vieux », souffla-t-elle en riant.

Elle était tout près de lui annoncer la venue de jumeaux. Elle lui prit la main et se la posa sur le ventre afin qu'il les sente bouger, qu'il découvre la grossesse par lui-même.

« Décrépit », dit-il en l'attirant à lui. Mais ensuite, il descendit la main plus bas. « Et toi de même, madame Javel.

— *Crac, crac, ouille*, fit-elle en contrefaisant les articulations de son mari. Ou peut-être devrais-je dire : *splish, splash.* » Elle s'adossa à son épaule.

Quand les bébés seraient nés, elle perdrait cette chose des plus précieuses, cet amour paisible qui s'était installé après que les enfants étaient devenus moins demandeurs, quand Yidel et elle avaient enfin eu un peu de temps pour se découvrir l'un l'autre. Elle avait un goût de rouille dans la bouche.

Sur l'appui de la fenêtre, par-delà les lunettes vertes de Lipa, deux pigeons se serraient à l'abri de la pluie, faisant entendre d'étranges gloussements. Ils avaient les yeux clos et leur plumage paraissait presque turquoise à la lueur de la lampe de chevet.

« Le Pathmark qui vient d'ouvrir est probablement moins cher que chez Greenstein, dit Yidel.

— J'aime mieux donner mon argent à une vraie personne. Quelqu'un qui me connaît.

— Certes », dit-il.

Elle sentait à la chaleur de sa voix qu'il souriait. Elle savait au ton de leur voix quand les enfants lui mentaient. Yidel était-il incapable de voir quand *elle* mentait ? Peut-être son sonotone avait-il besoin de piles neuves. Elle en achèterait demain. Elle s'écarta de sa main chaude et tendit le bras pour éteindre la lampe.

« Tu es un homme bon, Yidel », dit-elle. Il arracha drap et couverture à son matelas et en jeta les pans sur son lit à elle. Il s'endormit rapidement, le visage contre son dos, les genoux glissés contre les siens.

Nulle parole à présent pour la détourner de ses pensées. Plus de petits-enfants accourant pour réclamer à boire ou de l'aide. Plus de mari aux mains douces et chaudes. Rien avec elle dans la chambre hormis la solitude de son secret. Arriverait bientôt, que cela lui plaise ou pas, le moment où toute la famille saurait qu'elle était enceinte, et non pas d'un bébé mais de deux. Quelle inconséquence, penseraient-ils. Une mère ne devait-elle pas se soucier de la santé de ses enfants à venir ? Pourquoi prendre des risques inutiles ? Quel genre de mère donnerait naissance à un petit handicapé si elle avait la possibilité d'éviter cela en faisant un peu attention ? Et de tels enfants, des enfants *handicapés*, causeraient de terribles problèmes à leurs frères et sœurs. Quand viendrait le moment pour eux de se marier, leur famille serait marquée. Encore plus marquée.

Surie se retourna dans le lit et s'écarta de la respiration ténue de Yidel. Les poils blancs au-dessus de ses lèvres, à peine visibles dans la pénombre, se soulevaient à chaque inspiration. Elle sentit un chapelet de bulles minuscules monter des profondeurs de son ventre et elle eut un haut-le-cœur. Le bébé ! Les bébés ! Par quel étrange prodige d'ingénierie interne était-elle tombée enceinte ?

Un jour, alors qu'ils étaient en Floride pour les vacances, une petite vieille en fauteuil roulant avait compté à voix haute les enfants de Surie, puis lui avait demandé, comme celle-ci passait à sa hauteur : « Ah, ma petite, vous ne savez donc toujours pas comment ça arrive ? » Bien sûr qu'elle le savait. Ces moments avec Yidel restaient toujours aussi plaisants que quand ils étaient tous deux plus jeunes, plus souples, plus alertes, plus insatiables. Au temps où leurs deux corps avaient tout ce qu'il fallait et où ceux-ci étaient en état de marche. Aujourd'hui, même si cela prenait plus longtemps, ils avaient toujours du plaisir ensemble. Ils s'étaient un peu adaptés, ils avaient varié les positions et utilisaient un lubrifiant recommandé par le médecin, mais il n'avait rien perdu de son toucher et elle non plus. La main de Yidel entre ses cuisses restait tout aussi excitante qu'au premier jour.

Mais voilà où cela l'avait conduite. Lors de ce même séjour en Floride, elle avait vu un dauphin sauter en l'air et retomber dans un formidable éclaboussement. Une dame avec un micro scotché sur la joue avait expliqué que les dauphins bondissaient ainsi hors de l'eau afin de se débarrasser de parasites logés dans les crevasses de leur peau. Si seulement. Si seulement.

« Pourquoi ne dors-tu pas ? »

C'était à croire que Yidel possédait des antennes finement réglées sur elle. Il savait presque toujours quand quelque chose la tracassait ou si elle avait ne fût-ce que mal à un pied. Cette communication tacite dans laquelle il excellait. Pourtant, il n'avait rien relevé des signes de sa grossesse : les nausées matinales, les crises de larmes, les varices douloureuses et les pieds gonflés, les courses jusqu'à la salle de bains, les sommes dans l'après-midi, les poussées de boutons, un dégoût pour la carpe farcie, le ventre rebondi, les mouvements des bébés, d'insupportables démangeaisons.

Elle ne pouvait lui parler des dauphins et de leurs parasites. Elle ne pouvait pas même lui dire qu'elle avait perdu la clé de l'horloge et avait dû en acheter une en remplacement chez un brocanteur de Borough Park. Comment alors aurait-elle pu lui avouer qu'elle avait presque, pas tout à fait, prié pour faire une fausse couche ? « Je réfléchissais à ta mère », dit-elle à la place, pour meubler le silence.

Dead Onyu*, sa belle-mère, se faisait vieille et n'y voyait plus, mais elle ne s'en laissait pas conter. Chaque jour, quand Surie faisait sa visite au rez-de-chaussée, Dead Onyu gardait sa main dans la sienne plus longtemps que nécessaire, attendant manifestement qu'elle lui dise quelque chose.

« Je pensais à l'état de son appartement. Cela devient trop lourd pour elle. Peut-être pourrait-on lui envoyer une des filles de Tzila Ruchel pour l'aider ? Miryam Chiena ? »

Elle éprouvait le besoin d'éviter sa belle-mère, au moins jusqu'à ce qu'elle ait tout dit à Yidel.

« Mais il va falloir procéder avec doigté, sinon elle sera terriblement froissée, après quoi ton père va monter sur ses grands chevaux et tu sais ce que ça donne. »

Dead Opa, le beau-père de Surie, employait des vocables, des jurons, qui avaient cours jadis, avant que pareil langage ne devienne inacceptable au sein de la communauté, et les prononçait d'une voix si forte que les voisins entendaient tout, ce qui faisait parfois jaser. Elle frissonna à la pensée des cancans bien pires qui fleuriraient lorsque sa grossesse serait connue.

« Les murs sont tachés par le noir de ses bougies. Les abat-jour sont littéralement constitués de toiles d'araignée et de poussière.

— Des araignées, j'espère que non », répondit Yidel d'une voix endormie. Il roula plus près d'elle et appuya le menton sur son épaule.

« Si, il y en a. Beaucoup. Je l'ai vue en aspirer une l'autre matin, croyant que c'était un bout de fil. Elle m'a dit qu'elle ne comprenait pas. Elle croit qu'il y a un problème avec son aspirateur, attendu qu'elle ne cesse de sentir ces mêmes bouts de fil un peu partout.

— Elle touche les araignées ? »

Il lui chatouillait la nuque. Allongé tout contre elle, il était brûlant. Serait-ce si terrible s'il se rendait compte ? Oui ! Il ne fallait surtout pas qu'il le découvre de cette façon ! Malgré l'état de confusion dans lequel elle se trouvait, elle sentit son corps commencer à réagir.

Mais quand il remonta le bas de sa chemise de nuit, elle s'écarta de lui. Elle n'était pas prête. Elle était trop fatiguée. Elle avait mal à la tête. La vérité était que, s'il s'allongeait sur elle, bassin contre bassin, il s'apercevrait qu'elle était enceinte de cinq mois. Un ventre bardé de graisse était mou. Un ventre renfermant un enfant, des enfants, ne l'était pas. À quoi pensait-elle donc lorsqu'elle l'avait laissé y poser la main ? Cela faisait deux mois qu'elle ne s'était laissé approcher, ce qui ne leur était jamais arrivé. On aurait dit que Yidel était au bord des larmes.

Ils étaient maintenant allongés sur le dos, les yeux grands ouverts, fixant à travers la pénombre la rosace en plâtre du plafond. Derrière s'étendait une auréole qui ressemblait à une carte de l'Europe. Ils étaient convenus qu'une partie de cette tache d'humidité rappelait la Roumanie. La Hongrie, la Roumanie, la Hongrie, la Roumanie de nouveau. Qui pouvait dire à quel pays appartenait aujourd'hui leur terre natale ? Sighet se trouvait sur la frontière avec l'Ukraine, avaient-ils conclu en montrant du doigt son emplacement. Le père et la mère de Yidel habitaient Sighet avant de se retrouver dans le camp pour personnes déplacées d'Asten, en Autriche, puis à Brooklyn. La moitié de la population était alors juive, soit huit mille individus. Aujourd'hui, plus aucun juif ne vivait là-bas, mais cela n'empêchait pas Dead Onyu et Dead Opa d'exprimer quotidiennement le souhait d'y retourner. Or qu'auraient-ils vu là-bas ? Ils étaient aveugles l'un comme l'autre.

Aussi réelle pour Yidel et Surie que l'East River, la Tisa dessinait un filet brun sombre entre la tache qui figurait l'Ukraine et celle qui dessinait la Roumanie.

Après un long silence, Yidel demanda : « Que serait-il advenu de nous s'il n'y avait pas eu la Shoah ? Est-ce que c'est toi que j'aurais épousée ? Est-ce que nos enfants seraient venus au monde ? »

Cela n'aurait pas été le cas de Surie. Sa mère avait accouché d'elle à un âge où la plupart de ses amies avaient cessé d'enfanter. Elle avait dit à Surie que chacun des enfants auxquels elle avait donné naissance après la Shoah était un doigt enfoncé dans l'œil de Hitler, puisse son souvenir s'effacer. Il était étrange de penser que cette femme était, à trente-cinq ans, tenue pour vieille. Qu'aurait-elle dit de Surie ?

Yidel et elle pouvaient presque voir des éphémères voleter au-dessus de la Tisa dans leur grande danse d'accouplement. Le bleuissement de l'aube montait le long des murs. Du dehors leur arriva le bruit lugubre de la gigantesque grue de l'arsenal pivotant sur son axe.

À un demi-pâté de maisons de chez eux, Division Avenue croisait Kent Street, qui se terminait en cul-de-sac au bord de l'East River. Lorsqu'ils attendaient le bus pour se rendre à la *yeshiva**, les trois plus jeunes fils de Surie poussaient souvent jusqu'au bout de la rue pour s'asseoir sur la rambarde et, les pieds ballant dans le vide, lancer des cailloux et leurs bâtons de sucette dans le fleuve. L'eau présentait la couleur et la texture de l'écorce d'avocat. Il pouvait y avoir là un homme, un inconnu, pas un des leurs, en train de dormir dans une voiture abandonnée. C'était habituellement le cas. Les palissades de chez Certified Lumber étaient couvertes de graffitis. Dans la cour, les poules criaillaient comme elles le font au moment de pondre. Des bateaux passaient, faisant retentir leur corne de brume. Dans la chambre en dessous de la leur, le nouveau-né de Tzila Ruchel fut réveillé par le carillon de la grande horloge et se mit à pleurer. Devant la porte de l'immeuble, des sacs en plastique noir attendaient d'être enlevés par des bennes aux grandes épaules arrondies. Les jours de chaleur, le fleuve dégageait des odeurs de cendres et de poisson en décomposition. Ce matin-là, un lundi, elle sentait les squames épaisses qui apparaissent sur le crâne des bébés, un combiné de transpiration, d'huile et d'épuisement.

Quel endroit pour élever des enfants ! Elle avait pourtant fait cela pendant trente ans et, jusqu'à cet instant, n'y avait jamais arrêté sa pensée. Des images lui revinrent de la première fois qu'elle avait donné naissance dans cette maison, la chambre peu éclairée, avec un parfum de terre fraîchement remuée, de pluie, de moisissures et de forêt, de choses en train de pousser. Elle avait bien cru mourir cette nuit-là. Elle se rappela les larmes de Dead Onyu devant la portion du crâne du bébé qui apparaissait et disparaissait, et combien elle avait tenu à pousser pour découvrir enfin le visage de son enfant, et elle revit l'instant où sa belle-mère le lui déposa entre les bras, où il tourna la tête et se mit à téter. Elle s'en souvenait comme si cela se passait en ce moment même, et se mit à verser les mêmes larmes qu'alors, des larmes d'émerveillement, de peur, de douleur et de quelque chose de froid, mince et argenté, sur quoi elle n'arrivait pas à mettre un nom. Elle leva la main pour toucher ses seins, mais le cancer les lui avait pris ; alors, elle posa la main sur son torse et ses doigts parcoururent les épaisses et sinueuses cicatrices.

Cela faisait des mois qu'elle ressentait des fourmillements et des douleurs dans la poitrine. Elle n'avait pas opté pour une reconstruction. Quand bien même elle l'aurait fait, elle n'aurait pu nourrir les nouveaux bébés. Mais le chirurgien avait dû laisser quelque chose, des cellules qui savaient qu'elle était enceinte. Elle se revit en train d'attendre le bus à l'angle de Kent Street et de Division Avenue, vêtue d'un épais manteau de laine qu'elle avait passé autour de la tête de ses cinq enfants pour les protéger du froid, elle se rappelait la pression de leurs petits crânes contre ses cuisses et son ventre, les pavés rouge brique, le vent. Les enfants qui chantonnaient : « *Der roite godeh! Der roite godeh!** » La rue toute en briques rouges. Elle s'était dit qu'il fallait qu'elle se souvienne de ce moment. Elle avait compris qu'il valait d'être conservé en mémoire.

Le vide de la maison quand ils étaient tous à l'école, l'insupportable battement de l'horloge, le déclenchement presque explosif du carillon. Elle se revit assise au milieu de la nuit sur le bord de la baignoire, son fils Lipa toussant et bleui par le croup, la vapeur sentant les chaussettes moisies, la peur la rongeant comme un rat attaque à coups de dents une poubelle en fer. Elle se rappelait les alignements de couches battant au vent sur le toit de l'immeuble, ses enfants jouant aux « bateaux » dans les panières vides, et elle, de nouveau enceinte, s'étirant, se baissant, étendant sur le fil une interminable ligne de linge humide.

Passant les jambes par-dessus le bord du lit, elle se leva dans la demi-obscurité. Elle se sentait tellement fatiguée. Dès tôt le matin, elle avait les chevilles enflées et les jambes en feu. Dehors, il pleuvait toujours et des gouttes luisaient, prises dans les mailles métalliques de la moustiquaire. Provenant du dehors, un bruit quasi incessant semblable à un raclement de chaises. De temps à autre, un fracas métallique, comme quelque chose qu'on laissait tomber. Allez savoir ce qu'on fabriquait maintenant à l'arsenal. Autrefois, on y mettait les voitures emportées à la fourrière. Aujourd'hui, c'étaient des activités dont elle ignorait tout. Un studio de cinéma, murmurait-on à la boucherie. Dans la cuisine, elle alluma le feu sous la bouilloire et commença à faire griller du pain pour ses plus jeunes fils, encore célibataires et vivant à la maison, dix-sept, quinze et treize ans, tous portés alors qu'elle était dans la quarantaine, les plus grands risques qu'elle prendrait jamais, avait-elle pensé alors.

Comment vais-je pouvoir m'en sortir ? demanda-t-elle au grille-pain, à la bouilloire et à l'évier en inox.

Demain matin, lui répondirent-ils, tu mettras Yidel au courant et il en sera aussi heureux que surpris. Il ne sera ni fâché, ni blessé, ni triste. Il se chargera de faire la cuisine afin que tu puisses fabriquer les bébés comme il faut, et il te donnera des prunes umeboshi pour que tu cesses de vomir autant. Il demandera à Tzila Ruchel d'envoyer ses filles pour qu'elles se rendent utiles dans la maison, qu'elles fassent le ménage, passent le balai. Le matin, Dead Onyu se postera dans la rue pour attendre le bus du heder avec les plus petits. Yidel achètera des bas de contention pour tes jambes fatiguées et, quand tu te reposeras, il te massera les pieds et te donnera du calcium pour les crampes.

« Les crampes », dit-elle dans un tressaillement.

Elle n'avait nulle envie de repenser à son dernier accouchement, qui s'était mal passé, très mal, et avait duré des jours. Elle n'avait nulle envie de se rappeler la façon dont elle avait passé les mains autour du cou de la sage-femme en lui hurlant qu'elle voulait aller à l'hôpital. Un blizzard soufflait et la sage-femme était arrivée couverte de neige, poussant devant elle une bonbonne d'oxygène. Le chariot laissait sur les planchers de fines traces sombres d'humidité qui ne séchaient pas.

Le travail requis pour entretenir la vie en ce monde ! Était-il multiplié par deux dans le cas de jumeaux ? Elle ne s'en sentait plus l'énergie même pour un seul enfant. Elle avait beau tenter de penser à autre chose, elle en revenait encore et toujours à la même question.

En Roumanie, il y avait de petites cavités sur les berges de la Tisa. Si on avait le cœur de s'y introduire, muni d'une lampe de poche, on découvrait, tracées à l'ocre, des représentations de vaches, de lions et d'ours. Quand elle avait une quinzaine d'années, Dead Onyu était entrée avec sa sœur dans une de ces grottes, et c'est ainsi qu'elles avaient échappé à la rafle de toute la population. Ces peintures n'étaient pas anciennes. Elles étaient l'œuvre d'écoliers du cru, dont Dead Opa. Lui aussi s'était caché là. Tous deux avaient perdu la vue pendant que Yidel et Surie se trouvaient en Californie, quand la flamme de leur chauffage à gaz portatif leur avait sauté au visage. Les pauvres vieux avaient de surcroît failli mourir d'un empoisonnement à l'oxyde de carbone. Comme si la perte de Lipa n'était pas un châtiment suffisant.

À six heures, de retour du *mikvé**, les trois plus jeunes fils de Surie entrèrent dans la cuisine tout en se débarrassant de leurs longs manteaux. Ils se lavèrent les mains en silence, puis s'assirent à table devant un petit déjeuner de pain grillé, d'œufs et de café. Leurs houppelandes étaient trempées de pluie. Ils avaient coiffé des sacs de courses en plastique par-dessus leurs chapeaux de castor. Ils sentaient la laine humide et l'amidon vaporisé. Surie entendait à travers les vitres le vent s'engouffrant entre les immeubles, hululant au long des ruelles en provenance de Wallabout Channel et, avant cela, de l'East River. Des mouettes y planaient en donnant de la voix.

Quelque part dans l'avenir, il y avait deux nouveaux enfants, peut-être des garçons comme ceux-ci. Au lieu de donner à manger à des adolescents à près de soixante ans, elle en aurait alors près de quatre-vingts. Ces nouveaux enfants auraient honte d'elle, de son âge effroyable, de sa fragilité, de la façon dont elle employait encore, de loin en loin, des mots hongrois, alors que les parents de leurs amis parlaient tous un impeccable yiddish. Ils ne ramèneraient pas leurs camarades à la maison pour leur faire goûter son *babka***. Pour l'apparence, la voix et la pensée, elle serait pareille à Dead Onyu et Dead Opa. Afin de se détourner de cette vision, elle se figea et chercha à se remémorer tout ce que la sage-femme lui avait dit au sujet de la grossesse et de l'accouchement. La voix de fumeuse de Val, tâchant de se faire amicale, y échouant :

« Vous le savez déjà, madame Eckstein, mais la plupart des bébés naissent la tête en premier. S'ils se présentent par les pieds, on appelle cela un siège. C'est beaucoup plus fréquent lorsqu'il s'agit de jumeaux. Est-ce que vous vous rappelez ce qu'il s'est passé pour votre troisième ? Je n'ai pas besoin de vous décrire le travail. Vous êtes mieux placée que moi ! Même si les contractions restent supportables, la sensation pendant le couronnement, quand la tête apparaît, est généralement très intense. Comme une brûlure. Ça ne vous posera pas trop de problèmes. Nous savons déjà que vous savez comment on les expulse. La dernière fois, vous poussiez de grands cris. Il vaut mieux pas. Geindre me convient mieux. Mes oreilles, je me fais vieille, vous voyez ce que je veux dire ? »

Jamais au cours des accouchements antérieurs à la naissance de Chaïm Tzvi, son plus jeune fils, Surie n'avait crié ni même gémi. Elle avait enduré, ce qui était le mieux qui se pouvait dire de l'expérience. Elle s'était transportée par la pensée à l'endroit où Dead Onyu jouait au bord du fleuve, cours d'eau bien différent de l'East River. La Tisa n'était pas polluée, elle était peu profonde sur ses bords ; les enfants y entraient avec de petits filets pour essayer de capturer les vairons qui nageaient juste sous la surface. De minuscules escargots jaunes leur rampaient sur les pieds, de longues algues vert pâle se contorsionnaient autour de leurs chevilles. Quand la tête de Chaïm Tzvi apparut après trois longues heures de travail, Surie était en train d'entrer dans l'eau glacée de la Tisa, poussant un cri de victoire lorsque fut brandi en l'air un filet où se tortillaient quantité de petits poissons.

À seize ans, une Surie jeune mariée était venue vivre dans l'immeuble de trois appartements qu'habitaient Dead Onyu et Dead Opa. À seize ans toujours, elle avait eu son premier enfant, un garçon. Dead Onyu, alors jeune femme fringante de trente-huit ans, venait de donner naissance quelques jours plus tôt à son dix-septième enfant, si bien qu'elle n'était pas en état de lui prêter assistance. « Votre famille ne me laisse pas souffler », avait dit Val à Dead Onyu. C'était sa première année à Williamsburg et elle n'avait pas la *moindre* compréhension de la communauté.

« On pourrait s'attendre à ce qu'une vieille pro telle que vous sache désormais comme éviter ça, avait-elle ajouté. Ne pensez-vous pas que le moment est venu de lever le pied ? Est-ce que vous n'avez pas suffisamment démontré à Hitler que vous ne vous laisserez pas tuer ? »

Pendant son travail avec Chaïm Tzvi, Val avait incité Surie à faire du bruit. Zut alors, elle pouvait bien hurler si elle pensait que cela pouvait l'aider. De la sueur s'échappait du turban de Surie et ruisselait sur son corps. La sage-femme l'avait encouragée à meugler ou brailler ou pleurer. Quelque chose. N'importe quoi. Mais Surie avait gardé le silence presque jusqu'à la fin. « J'ai du mal à vous cerner, vous autres », avait laissé tomber Val.

Alors que commençait le travail préludant à la naissance de ce dixième enfant, Surie avait arpenté le salon de son appartement et, empruntant l'étroit couloir, poussé jusqu'à la chambre du fond, où dormaient les cinq garçons. Elle avait toujours espéré avoir sept fils et obtenir ainsi un accès direct au paradis. Elle marchait de long en large. Elle s'arrêta devant la grande horloge, dont chaque battement la traversait comme un courant électrique, et elle supplia sa mère depuis longtemps défunte de solliciter une intervention divine. Du rez-de-chaussée lui arrivèrent les pleurs du nouveau-né de Tzila Ruchel, son premier petit-enfant, l'aînée de son aînée. Tzila Ruchel était allée, elle, à l'hôpital. Elle avait tenu à être accouchée par un médecin.

Revenant auprès de la sage-femme après plusieurs circuits dans l'appartement, Surie lui avait dit : « Pourquoi faudrait-il que je crie, pourquoi faudrait-il que je geigne, alors que je suis en train d'accomplir ce pour quoi je suis faite ? Alors que je m'acquitte de mon rôle au sein de la Création ? Dieu merci, je connais ma place au monde. La Torah parle de bien des choses, mais toujours, toujours, des enfants qui sont engendrés, des enfants pour lesquels on doit se sacrifier. Chaque partie de ma vie est tournée vers les enfants, les mettre au monde, les élever.

« Les promeneurs qui se tiennent dans la synagogue les jours de fête, voilà le peuple juif. Et les bus scolaires jaunes qui embouteillent les rues chaque matin, voilà le peuple juif. Et tous les bébés en pleurs sous le châle blanc de leur père pendant la bénédiction, voilà le peuple juif. Leurs petites mains, leurs pieds, leur tête rasée, leurs longues papillotes bouclées, le chœur de leurs voix à la fin de la Shoah quand nous pensions qu'il ne restait plus un seul enfant, le bruit des pleurs d'un bébé était suffisant pour faire déborder tous les cœurs. Des familles qui n'avaient pas les moyens d'acheter des couvertures avaient assez d'argent pour élever des enfants, car c'était la véritable et seule richesse du peuple juif. Quand les nations de la terre soutiennent que nous avons volé toutes les richesses, on ne peut le nier, car nos lieux de culte ne sont-ils pas remplis de pierres précieuses, nos écoles de diamants, tous les lits de nos foyers d'or, d'argent et d'onyx ? Quand elles affirment que nous avons le sang d'enfants chrétiens dans nos *matsoth**, ce n'est pas vrai. C'est le sang d'enfants *juifs* qui s'y trouve. Nous avons le sang d'enfants juifs dans l'air que nous respirons. C'est tout ce pour quoi nous vivons. »

C'étaient plus de paroles que la sage-femme n'en avait jamais entendu dans la bouche d'aucune de ces femmes et elle se sentit honteuse. Bien des mois allaient s'écouler avant qu'à une de ses patientes en plein travail, avec foulard et bas couture taupe, devant ce silence stoïque, cette absence de curiosité, ce déni de son épuisement, Val lance une nouvelle fois : « J'ai du mal à vous cerner. »

C'étaient plus de paroles que Surie n'en avait jamais adressé à la sage-femme et, quelques minutes plus tard, elle se souviendrait à peine de les avoir prononcées. Sans signe avant-coureur, elle attrapa Val par le col et se mit à hurler qu'elle voulait aller à la maternité, et l'autre de répondre en riant : « On dirait bien que nous sommes en train d'avoir un bébé ! »

Chaïm Tzvi, son dernier fils, vit le jour et lui fut déposé sur la poitrine. Elle rendit alors grâce à Dieu avec l'espoir que c'en était terminé, qu'il n'y aurait plus d'autres enfants, après quoi elle se retira en ce lieu où vont les nouvelles mères quand toute la violence est derrière elles. Cela, c'était treize ans auparavant. Oui. Elle avait déclaré ce qui, à l'époque, était vrai à ses yeux. Jusqu'à ce fameux accouchement, ses grossesses l'avaient toujours transportée. Aujourd'hui, elle avait des poils blancs en des endroits qu'il était préférable de ne pas nommer. Elle n'avait plus besoin de porter un soutien-gorge. Son médecin lui recommandait une arthroplastie du genou. Les pleurs de ses petits-enfants lui portaient parfois sur les nerfs. Elle ne voulait pas être enceinte. Pas cette fois.

4

Un vendredi matin de décembre, deux semaines après la visite à la maternité, Surie et Yidel se levèrent à l'aube. Après avoir expédié le petit déjeuner, ils se séparèrent, lui pour se rendre à la synagogue et y étudier les psaumes, elle pour astiquer le candélabre avant Hanoucca*. La pluie avait cessé, la température avait baissé et le vent avait tourné au nord-ouest. Le ciel, d'un bleu vif et sec, augurait de la neige dans l'après-midi.

« Mets un foulard », dit-elle à Yidel avant de lui passer autour du cou l'un des nombreux foulards noirs qu'ils possédaient. Il lui était permis de le toucher. Les garçons étaient déjà partis à l'école. Il n'y avait personne pour surprendre ce geste d'intimité.

Yidel chaussa ses caoutchoucs par-dessus ses souliers et fourra les pans du foulard à l'intérieur de son manteau. « Au revoir », dit-il. Il appliqua la paume de sa main sur la joue de Surie, main qu'elle prit entre les siennes.

« Je passe prendre de l'huile d'olive.

— Assez pour tout le monde. Au moins deux grands bidons. Allez, dépêche-toi ! »

Il hocha la tête avec un regard vers l'horloge, puis il récupéra sa main et s'en fut.

Un homme tellement bien, un mieux-que-bon mari. Il avait toujours raffolé de leurs bébés, les prenant sur ses genoux, plongeant des heures durant le regard dans leurs yeux bleu ardoise. C'est lui qui leur badigeonnait le corps avec une lotion calmante à la calamine et leur préparait bains à l'avoine après bains à l'avoine l'année où ils eurent tous la varicelle en même temps ; il s'était chargé de traîner les énormes panières de linge sale jusqu'au sous-sol, vingt ou vingt-cinq par semaine, puis il remontait ces lourdes charges jusque sur le toit pour que Surie étende le tout sur les fils à linge. Avant les rencontres parents-enseignants, il préparait une liste de questions, puis, le soir de la réunion, au nombre des rares pères à venir dans le bâtiment des filles, il glissait sa corpulence derrière un étroit pupitre. Sur sa table de chevet, sous la plaque de verre qui en protégeait le plateau, se trouvait son plus grand trésor, un mot écrit par Tzila Ruchel à l'âge de six ou sept ans disant qu'il était le meilleur papa du monde. Un tout petit billet couvert de baisers tracés au crayon gras. Pourquoi s'en faisait-elle ? Yidel serait aux anges d'être à nouveau père. Quelle importance s'il s'apprêtait à prendre sa retraite ? Quand elle lui annoncerait la chose, il sauterait en l'air comme faisaient les poules. Il glousserait et battrait des ailes. On entendrait ses exclamations de joie jusqu'à Crown Heights. Ce n'était pas la crainte de sa réaction qui la retenait. C'était autre chose. Mais quoi ?

Pendant l'absence de Yidel, Surie s'activa sur la vieille *menora** en argent. Cet objet avait fait tout le voyage de Roumanie. L'unique sœur alors encore vivante de Dead Onyu, aujourd'hui défunte, en avait fait don à Surie pour son mariage. À seize ans, cette dernière était coiffée de deux longues tresses lui tombant dans le dos. Quand elle avait été pour la première fois en présence de Yidel, quelques semaines plus tôt, elle portait une robe vert foncé en rayonne datant des années 1930. Elle avait trouvé cette robe, coupée en biais, dans un des ballots que des personnes charitables s'étaient mis à déposer devant leur porte après que sa mère eut reçu son diagnostic et que son père eut été obligé d'arrêter le travail. Elle avait un petit nœud à la taille et des ruchés sur la poitrine.

Yidel était soigné et bien mis. Il portait des vêtements neufs qui ne fleuraient pas les boules à mites. Pour ce qu'elle en vit, il ne la regarda pas du tout. Elle plaisantait parfois au sujet de cette brève rencontre.

« Je t'ai zieutée en douce, lui répondait-il toujours dans un sourire. Oh là là.

— C'est faux, répliquait-elle. Tu me croyais rousse. Ça, je m'en souviens. Et tu as cru que je portais une robe rose. »

Les vis maintenant les pieds avaient foiré, si bien que la menora était chancelante. Tout comme moi, se dit-elle tout en passant en mouvements circulaires le chiffon à polir. Elle avait les pieds enflés, les chevilles violacées, la peau abîmée et ridée. De grosses veines bleues serpentaient sur ses jambes. Il était bien trop tard pour des bas de contention. S'il avait su, Yidel l'aurait obligée à en porter dès le premier jour, non parce qu'il voulait que sa femme eût de belles jambes, mais parce qu'il entendait atténuer ses douleurs.

Elle fit les vitres avec du vinaigre et du papier journal. Quand elles furent d'une netteté impeccable, elle recouvrit l'appui de fenêtre de papier d'aluminium pour le protéger du feu et des coulures de cire, puis elle y aligna une rangée de candélabres en fer-blanc. Il n'était pas de plus beau spectacle que toutes les fenêtres de Williamsburg éclairées de menoras, tandis que tournoyaient doucement des flocons de neige. Et il n'en était pas de pire que les gyrophares bleu et rouge des pompiers devant un appartement en flammes.

Elle mit vingt livres de pâte à *gogosha** à lever sur une étagère près de la cuisinière. Elle transporta un troisième chargement de linge au sous-sol, puis plia le second. Elle pela des pommes de terre pour les *latkes** et les mit à tremper dans une casserole d'eau froide posée dans l'évier. Elle fit reluire la menora en bronze originaire de Hongrie qui avait appartenu à son père, puis elle astiqua celle qu'elle avait apportée pour la *bar-mitsva** de son fils Lipa. Plaquée argent, elle s'ornait d'un relief figurant des lions tenant un bouclier. Elle la replaça dans la vitrine. Ensuite, elle prit dans le tiroir une bougie commémorative qu'elle plaça sur l'appui de la fenêtre avec les menoras. Puis ce fut l'heure du déjeuner.

Ses six enfants mariés grimpaient les escaliers en riant et en s'interpellant, accompagnés qui de sa femme qui de son mari, ainsi que de tous leurs enfants.

Surie avait trente-deux petits-enfants. Chaque vendredi soir, elle allumait une bougie pour chacun d'eux et prononçait leurs noms en une longue psalmodie pleine de dévotion. Eluzer, son fils aîné, avait quarante ans ; il n'était plus un enfant, mais l'était toujours à ses yeux malgré sa taille, son âge, son sérieux, sa longue barbe qui commençait à grisonner. La fille d'Eluzer, aînée de ses dix enfants, était déjà mariée. Dans quelques mois, Surie serait arrière-grand-mère.

Dead Onyu et Dead Opa firent entendre des gémissements tandis qu'on les installait dans le fauteuil électrique à crémaillère qui leur fit gravir tour à tour l'escalier. Enfants et petits-enfants se ressemblaient tous, avec leurs longs visages, leurs yeux bleu marine et leurs vêtements noirs.

Surie avait de nombreux noms. Surie. Onyu. Mamme, Mommy, Shviger, Tantie, Bubbie. Bientôt, on l'appellerait Dead Onyu, c'est-à-dire arrière-grand-mère, et Dead Onyu deviendrait Ook Onyu, soit arrière-arrière-grand-mère. Tout le monde parlant en même temps un yiddish mâtiné de hongrois, les enfants et les enfants des enfants de Surie la serraient dans leurs bras, lui baisaient la main, lui disaient ce qu'ils avaient apporté pour le repas familial. En ce jour de l'année, pour la première fois depuis quatre ans, les siens s'étaient mis aux fourneaux plutôt qu'elle. Prenant possession de la minuscule cuisine, ses filles se mirent à râper les pommes de terre. Son deuxième fils, qui aimait cuisiner, commença à faire frire les beignets. Une odeur d'huile chaude, d'oignons et de couches de bébé emplit bientôt l'appartement. La table croulait de mets élaborés, chacune de ses filles et belles-filles ayant cherché à surpasser les autres à coups de *delkelach**, de tarte Dobos, d'*aranygaluska**, de *krumplileves**, de *papanași** au fromage blanc ou de *flódni** noix-pommes-graines de pavot.

Le logement était exigu et mal éclairé. Improvisant un jeu de quilles dans le long couloir, les enfants lançaient leur boule tour à tour, culbutant des bouteilles d'eau minérale en plastique emplies de sable. D'abord le groupe des filles, puis celui des garçons.

À mesure qu'elle se répandait dans l'appartement, l'odeur d'huile chaude commença d'incommoder Surie qui sentait monter une nausée en dépit de ses tentatives pour se boucher le nez. Son estomac n'allait pas tarder à se soulever. Il n'y avait chez eux qu'une petite salle de bains dotée de deux portes, l'une donnant dans leur chambre, l'autre ouvrant sur le couloir où les enfants étaient en train de jouer. Ils entendraient tout. Ils s'inquiéteraient, courraient trouver leurs parents, et une de ses belles-filles enceintes glisserait à l'oreille d'une autre belle-fille quelque boutade sur les nausées matinales. Elle voyait d'ici leur effroi si elle leur disait attendre des jumeaux. L'ange qui passe, les visages qui s'empourprent, les yeux écarquillés. Personne pour dire : « À la bonne heure. » Nul ne lui demanderait quel était son terme. Les regards passeraient d'elle à Yidel et retour, tout le monde se dirait qu'une espèce de crime avait été perpétré, celui d'engrosser une arrière-grand-mère.

Il lui fallait se soustraire à ces odeurs ! Elle s'adressa à Dead Onyu : « On dirait que tu as froid. » La pièce était terriblement surchauffée. La vieille femme avait le visage en nage.

Elle lui attrapa le bras et se rembrunit. « Qu'est-ce qui ne va pas, Surie ? Veux-tu m'en parler ? »

Libérant son bras, Surie lui dit qu'elle filait en bas lui chercher son chandail.

On ne la laissa pas faire : « Aujourd'hui, tu ne fais rien, Mamme, lui dit Eluzer en la conduisant jusqu'à un fauteuil avant de lui approcher un repose-pieds. Je vais te chercher ton cardigan. » Tzila Ruchel lui apporta un verre de cacao brûlant où flottaient des boules de guimauve. Une petite-fille se jucha dans son giron. N'était-ce pas affreux que de ne pas toujours parvenir à associer le bon prénom au visage d'un enfant ? Des gouttelettes de transpiration se voyaient sur son front. Elle se passa la langue sur les lèvres. Ce goût de sel lui plut. Mais elle craignait de vomir sur la tête de la petite. Le malaise finit par passer, elle put se laisser aller contre son dossier et respirer de nouveau.

Quelqu'un ayant ouvert une fenêtre, un courant d'air froid passa sur elle, porteur de la senteur vert sombre du fleuve. Elle voyait par l'ouverture des nuages s'amonceler au-dessus de la cime des plus hauts platanes. Des oies du Canada passaient par centaines en cacardant, rangées en V, filant vers des régions plus chaudes. Sur les branches de l'arbre le plus proche, des corneilles faisaient le gros dos contre le vent. Les rouages de la grande horloge grincèrent, un cliquetis, un temps de flottement, puis le carillon. Il était trois heures, plus qu'une heure avant shabbat. Un unique flocon entra par la fenêtre, puis un deuxième.

« Il neige ! » lança une des fillettes. Et tous de se presser autour des croisées avec force exclamations. « Der Oibershter est en train de vider le duvet de son matelas ! »

Surie gagna sa chambre à coucher et leva les yeux vers la carte d'Europe dessinée au plafond. Son lit était couvert de manteaux, montagne de tissu de laine noir doublé de soie noire. Elle avait envie de s'allonger. Elle était très fatiguée. Elle avait les jambes douloureuses. Elle se gratta la nuque, l'intérieur du poignet, le maxillaire. Si elle n'y prenait garde, elle allait se faire saigner. Elle ôta son beau foulard, sa courte perruque et coiffa un turban en coton. Elle se regarda dans le miroir. Tu parles d'une bubbie. Elle ôta le turban pour remettre foulard et galette de cheveux rêches. Ce pouvait être la dernière année où ses enfants venaient pour Hanoucca. L'an prochain, ils sauraient ce qu'elle gardait secret cette année. Elle ferait mieux de goûter cette journée. Qui pouvait dire à quoi ressemblerait l'année prochaine ? Allez savoir si elle serait seulement encore de ce monde ? Être enceinte à cinquante-sept ans… Elle ferait mieux de rejoindre les siens.

« Tu es très belle, Bubbie. »

Surie sursauta. Assise derrière le miroir, à l'entrée de la garde-robe vieillotte, se trouvait la plus âgée de ses petites-filles, l'aînée de Tzila Ruchel, née treize ans plus tôt dans les mêmes temps que son Chaïm Tzvi. Assise sur un manteau plié en quatre, la fillette avait un livre posé sur les genoux. Son épaisse chevelure blonde se séparait en deux tresses. Elle était réputée très intelligente. Bien plus intelligente que Chaïm Tzvi, qui avait souffert d'une naissance longue et difficile. Tout le monde s'en faisait pour elle. Être trop intelligent n'était pas une bonne chose. Au lieu du visage de sa petite-fille, Surie voyait celui de son sixième enfant, celui de son fils Lipa avec ses yeux foncés, son air triste et ces étranges lunettes vertes avec lesquelles il était un jour rentré à la maison. Tout petit, il aimait bien lui aussi s'installer dans la garde-robe avec un livre. Il lui arrivait de s'y endormir et Surie devait alors le soulever pour le transporter jusqu'à sa chambre, sa chère petite tête dodelinant sur son épaule, ses douces papillotes lui faisant comme un coussin contre la joue. Aujourd'hui, ce premier soir de Hanoucca, était le quatrième anniversaire de Lipa. Si seulement il était encore ici. Elle ne dirait rien de l'étrangeté de ses lunettes.

Lipa s'estompa lentement. Surie toucha les lunettes à monture verte glissées dans la poche de son tablier. Voici qu'elle se trouvait de nouveau seule avec la fillette. Elle s'approcha et lui tendit la main.

« Miryam Chiena, dit-elle, veux-tu que nous allions rejoindre les autres ? »

Main dans la main, elles regagnèrent la salle à manger. Tout le monde avait entamé les mets élaborés concoctés pour l'occasion, même si Hanoucca ne commencerait qu'une fois le soleil couché. Yidel, carré contre son dossier, les mains croisées sur le ventre, fredonnait un vieil air sans paroles. C'était leur habitude que de dîner tôt, puis d'allumer les bougies et de s'en aller parcourir les rues, contemplant les menoras aux fenêtres, allant voir les amis, dont beaucoup étaient eux-mêmes sortis dans les rues.

Un des garçons était assis sous la table en train de pleurer parce qu'il n'avait pas eu le dernier bout des couronnes au fromage.

« Allez, viens », lui dit Surie en se penchant par-dessus son ventre, le souffle difficile, pour le sortir de là et lui donner un des chocolats censés n'être que pour les grands. « Un traitement de faveur pour toi, mon biquet. » Aux anges, le petit se mit à lécher lentement la friandise sous le nez des autres enfants, en prenant bien son temps, en les mettant au supplice.

Lipa avait toujours été l'enfant qui pleure sous la table. Ses cousins en avaient toujours après lui. Il manquait de fermeté de caractère. Jamais il ne parvenait à renverser les bouteilles en plastique avec la boule, et il préférait rester dans la chambre à coucher de sa mère, s'occupant à classer les souliers de celle-ci dans la garde-robe. Il ne voulait jamais s'habiller de noir comme tout le monde. Dès l'âge de cinq ans, il avait réclamé des chaussures marron, des pantalons bleu marine, des chemises à rayures bleues, une kippa bordeaux cousue d'une étoile jaune. Surie avait toujours refusé. Il demandait des choses pourtant tellement dérisoires. Pourquoi l'en avoir privé ? Pourquoi avait-elle craint le qu'en-dira-t-on au point de ne pas voir combien ces menues concessions comptaient pour lui ? À San Francisco, quatre ans plus tôt, on les avait conduits auprès de lui. Sur une table métallique au milieu d'un sol blanc gisait un corps recouvert d'une toile en plastique. L'ayant soulevée, Yidel regarda sans un mot le visage de leur fils. De grosses larmes tombaient de ses yeux dans sa barbe. « Ce garçon n'est pas mon fils », avait-il dit. Surie s'était précipitée jusqu'à la table pour lui arracher la toile des mains. C'était bien Lipa. Il n'avait plus ses papillotes. Il portait un tatouage sur le torse et un anneau de métal dans un mamelon. Autour de sa gorge, une ligne violacée se terminant en V sur le devant, comme l'encolure d'un maillot de corps, tandis que dans la chair grisâtre de son cou se voyaient des douzaines de petites coupures.

« Mon petit garçon, avait articulé Surie. Mon agneau. » Elle avait rabattu la toile, l'avait bordée sous lui. Elle avait caressé le plastique là où il lui recouvrait la tête.

« Viens, Surie. Allons-nous-en, avait soufflé Yidel.

— Non.

— Il n'a jamais été comme les autres. Dès le départ il a eu des problèmes. Regarde où ça l'a mené. Cela n'avait rien à voir avec nous.

— Ils n'auraient pas dû faire courir tous ces ragots sur son compte », avait-elle dit.

5

La communauté avait appris pour Lipa quand il avait été arrêté, neuf actes de malveillance étant retenus contre lui sur fond de fluides corporels infectés. Les responsables de la communauté avaient payé la caution d'un quart de million de dollars. Les rabbins déclarèrent d'une voix forte qu'ils ne croyaient pas à de tels mensonges à propos d'un des leurs. *Sha, shtiller** ! Il n'y avait personne de ce genre au sein de la communauté ; pareil comportement ne se pouvait pas parmi leurs semblables ; cette arrestation était le résultat d'on ne savait quelle machination. Toute cette histoire était un mensonge odieux inventé par des antisémites, une nouvelle forme d'accusation de meurtre rituel. Nonobstant ces déclarations, la nouvelle s'était répandue comme une traînée de poudre. Le lendemain matin de l'arrestation, quand Yidel entra dans le mikvé, toute la salle fit silence. Son plus vieil ami se dirigea vers lui pour lui appliquer une tape dans le dos et l'assurer ainsi de sa solidarité, mais se ravisa au dernier moment, redoutant de le toucher, craignant la contagion. Quelques personnes eurent des velléités de parler d'autre chose, mais le silence s'imposa de nouveau.

Revenu à la maison après son arrestation, Lipa leur avait dit que l'accusation était fondée, bien qu'il ait ignoré être malade ou qu'il y ait eu un risque pour autrui. À vingt-deux ans, il ne savait toujours pas les noms des choses qu'il faisait. Les policiers ne le croyaient pas. Qui *pouvait* ne pas savoir ? Ce jeune avait-il grandi sur la planète Mars ?

Surie se sentit souffrante, et quand elle eut au bout du fil un travailleur social chargé de lui expliquer la routine médicale et les précautions qu'il serait nécessaire de prendre, elle lui passa Yidel. Celui-ci s'accota contre le mur, le visage blême, tenant le téléphone à distance de son oreille. Avec pour résultat que l'un et l'autre ne furent pas certains d'avoir bien saisi les détails de la transmission infectieuse.

Désorienté, épuisé, crasseux, secoué de sanglots, Lipa fut donc relâché et confié à la garde des siens. Le recevoir à la maison angoissait Surie. Elle disposa sur le canapé recouvert d'un plastique un oreiller et une couverture qu'ils prévoyaient de jeter par la suite. Yidel dit à son père, à ses autres fils, à ses neveux et ses petits-fils qu'ils ne devaient pas rester seuls avec Lipa. Surie dit à ses petits-enfants que si ce dernier les touchait ou soufflait son haleine sur eux, ils mourraient d'une forme très maligne de cancer. Les vieux amis de Lipa ne se montrèrent pas à la maison. Pas plus que le *rav**.

Quand Lipa sortait acheter des cigarettes, les commerçants ne quittaient pas sa main des yeux jusqu'à ce qu'il ait déposé l'argent sur le comptoir. Après quoi ils se servaient d'un stylo pour transporter les billets dans le tiroir-caisse. Des hommes qui l'avaient toujours connu se pliaient en deux pour s'écarter de son passage et ne pouvaient affronter son regard. Les membres de sa propre famille sursautaient quand il entrait dans la pièce, et pour la toute première fois, la porte de l'appartement de Tzila Ruchel resta fermée à clé. Lorsqu'elle lui servait à manger, Surie, sa mère, manipulait porcelaine et couverts en portant des gants et un masque qu'elle jetait ensuite dans l'incinérateur. Quand il voulut retourner à Manhattan, il découvrit que la serrure de l'appartement qu'il partageait en colocation avait été changée. Même la communauté gay le traitait en paria du fait qu'il n'avait pas révélé sa séropositivité.

Il avait ignoré qu'il était malade, n'avait aucune idée des précautions à prendre. Jamais, avant son incarcération, il n'avait entendu parler de la crise du sida. Pour lui, un condom était un type d'appartement dont on était propriétaire plutôt que locataire[1]. Il ne connaissait pas le terme *gay*. Il ne mettait pas de mots sur ce qu'il éprouvait ou ce qu'il faisait, si bien qu'il était resté en marge. Quelques semaines après son arrestation, il vida le porte-monnaie de Surie et, omettant ainsi de se présenter au tribunal, fila en

1. *Condom* (abrégé de *condominium*) a aussi en anglais le sens d'« immeuble en copropriété ».

Californie en auto-stop. Dépourvu de diplôme de fin d'études secondaires, de permis de conduire comme de carte de sécurité sociale, il n'avait pu y trouver du travail. Il avait vécu pendant deux mois derrière une benne à ordures. Puis il fut découvert un soir par un jogger, pendu à un arbre dans un jardin public. C'était le premier soir de Hanoucca. Surie dut demander ce que c'était qu'un jogger.

« Enfin bon sang, avait lâché Yidel au sortir de la morgue, il était pédé, il méritait de mourir. » Sa voix se brisa sur le mot *méritait*, ses larmes redoublèrent et il se détourna pour s'essuyer le visage sur sa manche.

On ne put l'inhumer dans le carré de la communauté au cimetière de Kiryas Joel. Les rabbins s'y opposèrent. On ne pouvait pas l'enterrer en Israël. Les prenant en pitié, le rabbin de San Francisco déclara possible qu'il ait été assassiné, que ce n'était donc peut-être pas un suicide et qu'il pouvait par conséquent avoir une place dans le cimetière juif orthodoxe. Ce rabbin, qui était jeune, prononça très vite les formules consacrées au bord du trou profond creusé dans la terre et, intimidé par leur apparence surannée, le foulard de Surie, les papillotes de Yidel, il ne vint pas à leur hôtel leur prodiguer des paroles de réconfort. Aucun de leurs enfants ne fit le voyage pour assister aux obsèques, et Surie ne savait pas, même après toutes ces années, lesquels d'entre eux savaient exactement ce qui était arrivé à leur frère. Jamais on ne parlait de lui. Lorsqu'ils rentrèrent à la maison, ses photos avaient déjà été retirées des albums.

Les soupçons portant sur Lipa s'étaient apparemment répandus au-delà des limites de Williamsburg : ils avaient récemment envoyé leur Gitty à Londres afin qu'elle y trouve un bon parti, mais, même là-bas, elle avait rencontré des difficultés. Cette enfant en tous points parfaite aurait dû être en mesure d'épouser un homme fréquentant un *kollel**, un des meilleurs ; au lieu de cela, à vingt-deux ans et tout près de rester fille, elle avait dû se rabattre sur un garçon travaillant dans les affaires, qui refusait de porter des chaussettes blanches pour le shabbat. Allez savoir ce que les gens colportaient sur leur famille ! Et cette nouvelle cause d'embarras : tout le monde allait penser qu'elle couvrait la grossesse illégitime d'une de ses petites-filles en prétendant que les bébés étaient les siens. Elle aurait de la chance si elle parvenait à marier ses trois plus jeunes fils.

Lipa était atteint du sida. Il avait la maladie. Il avait des verrues. Il ne s'était pas soigné. Il était évident qu'il n'avait pas mangé depuis des jours. Il pesait moins de quarante kilos. Il avait vingt-deux ans. Le coroner remit à Surie les lunettes à monture verte dans un sac en plastique et lui demanda si elle souhaitait récupérer l'anneau qu'il portait au mamelon. Elle le prit également.

Les petites coupures autour du cou avaient été faites pas des ongles, lui révéla l'officier de police. En définitive, son garçon n'avait pas voulu mourir. Elle aurait voulu dire à ce corps de se hâter de passer dans la vie suivante, que cette vie-ci avait été pleine de chagrin et que la prochaine serait meilleure. Elle aurait voulu s'accrocher à ce corps et ne pas le laisser partir. Yidel lui prit la main et la lui caressa longuement. Debout auprès d'elle, il respirait l'odeur de formol. Il faisait très, très froid dans cette salle. Elle avait les mains toutes bleuies. « Viens avec moi, mon amour », lui dit-il à plusieurs reprises avant de l'entraîner dehors.

Au terme de leur furtive *chivah**, elle s'était demandé à haute voix, pendant le trajet les ramenant à l'aéroport de San Francisco, ce par quoi Lipa avait dû passer en gardant pendant tant de temps un secret aussi explosif. Avait-il voulu se confier à quelqu'un ? Était-il submergé par la peur ? Ce secret et les angoisses qui l'environnaient comme un brouillard avaient-ils modifié son comportement ? Les lunettes vertes étaient-elles un symptôme de ce secret ou un symptôme de son désir de s'en ouvrir ?

Yidel ne comprenait pas pourquoi Lipa n'avait pas fait semblant. Être comme leurs autres garçons, épouser une femme, avoir des enfants, s'installer. Oublier ce stupide secret. L'enfouir quelque part. Il ne doutait pas d'avoir croisé de jeunes hommes porteurs d'un secret similaire ; or tous s'étaient mariés, avaient eu des enfants et fait ce qu'on attendait d'eux. Quel besoin Lipa avait-il d'être aussi entêté, aussi voyant ?

Personne ne lui posait la question, déclara Surie, mais qu'y avait-il, après tout, de si terrible dans le fait d'aimer un homme plutôt qu'une femme ? Est-ce que la Torah interdisait d'aimer ? Elle ne savait pas, ne voulait pas savoir, ce que Lipa faisait derrière des portes closes. Mais elle ne savait pas davantage ce que ses amies, des femmes qu'elle connaissait depuis cinquante ans, faisaient en privé. Aucune ne parlait de ces choses. Comme elle aurait voulu que le voile du secret soit aussi resté abaissé dans le cas de Lipa ! Cela se serait-il passé différemment s'il avait pu amener un jeune homme à la maison et le présenter à la famille, lui montrer les albums de photos, l'inviter à leur repas de Hanoucca ? Lipa aurait-il toujours été de ce monde s'ils avaient su l'aimer tel qu'il était ?

Pour la première fois de leur vie de mari et femme, Yidel éleva la voix sur elle, disant qu'elle avait dû lire la presse laïque ou peut-être écouter les émissions de radio des gauchistes laïques iconoclastes. Elle répondit que jamais elle ne ferait une chose pareille. Le chauffeur du taxi se retourna pour dire à Yidel de la fermer, même s'il n'avait visiblement aucune idée de la nature de leur différend. Et de déblatérer contre les gens religieux, les traitant de charlatans, de tordus, de tyrans domestiques, ce sur quoi Yidel s'empourpra, ne suivant pas vraiment la teneur du propos, mais choqué par le ton employé. Il présenta ensuite des excuses, d'abord à Surie puis au chauffeur. Il demanda dans un murmure où elle était allée chercher une idée aussi scandaleuse. « Dans mon cœur », aurait-elle voulu répondre. Au lieu de cela, elle détourna la tête pour contempler l'eau en contrebas de l'autoroute, vaste étendue grise et clapoteuse.

Le style de vie de Lipa n'était pas un secret absolu, dit alors Yidel. Lipa lui avait révélé être homosexuel. Yidel avait réagi avec douceur, espérant que son fils puisse un jour changer d'orientation. C'est pour cette raison que ce dernier avait continué de venir à la maison, même après qu'il était parti vivre quelque part à Manhattan, où il travaillait dans la vente. Surie avait laissé ses amies croire qu'il était parti suivre les cours d'une yeshiva supérieure en Israël. Elle se rappelait que Yidel et Lipa étaient allés se promener le long de la portion de rivière cachée à la vue entre Division Avenue et Clymer Street, et qu'ils étaient rentrés avec les yeux rougis et la goutte au nez, imputant cela au froid et au vent. Ils avaient apparemment décidé que Surie n'était pas prête à entendre les détails, qu'elle serait susceptible d'en parler à une amie, qui elle-même en parlerait.

Surie avait une sensation d'âcreté dans la gorge, comme si des sucs gastriques étaient remontés et lui brûlaient l'œsophage. Pourquoi Lipa s'était-il tourné vers son père plutôt que vers elle ? Des larmes lui piquaient les yeux. Quel genre de mère était-elle donc ?

« Tu aurais dû me mettre dans la confidence. Il était aussi mon fils ! J'aurais tout gardé pour moi ! Quand ai-je livré le moindre de nos secrets ? À qui aurais-je pu en parler ? »

Yidel la regardait. Il ne détourna pas le regard. Ce fut comme s'il pouvait la clouer sur place par la seule force de ses yeux. Un SUV de la police approchait, sirène hurlante. Le taxi se rangea, puis, la voiture de police passée, se jeta dans l'espace vide qu'elle laissait derrière elle. Non mais vraiment, à qui aurait-elle pu en parler ? Pas à ses anciennes camarades de classe, qui, scandalisées, auraient pris leurs distances. Pas à son unique sœur, qui s'était vu diagnostiquer un cancer à la même époque qu'elle, mais n'avait pas survécu à la chimio. Pas même à Dead Onyu, qui avait un penchant pour le salace et aurait voulu savoir des détails bien au-dessus de la compréhension de Surie. S'il lui arriva parfois de se dire qu'il pouvait être plaisant d'agir différemment, de s'affranchir des normes de la communauté comme le faisait souvent Dead Onyu – s'abstenir de porter le tablier du shabbat, descendre en Floride et se baigner sur la plage, lire des livres en hongrois –, Surie avait peur de se lancer. Si elle avait autorisé Lipa à porter la kippa dont il avait envie, en velours bordeaux brodé d'une étoile jaune, ses autres fils et ses petits-enfants n'auraient pas été acceptés dans les écoles du cru. Les autres enfants auraient traité Lipa et sa moderne kippa de *goyishe kop**, une kippa *de fille*, avec ses ornements. Et leurs parents auraient eu la dent encore plus dure.

« Mais qu'est-ce qui te prend ? » avait-elle fait entre ses dents le jour où, ce dernier Pessah* avant son arrestation, Lipa s'était présenté à la maison affublé de ses lunettes vertes. « Tu es ridicule. On dirait un de ces… goys. Ceux qui portent des jupes roses. Enlève-moi ça et mets des lunettes normales. » Il n'en avait rien fait. Il lui avait baisé la main avant de repartir sans dire au revoir. Et ce fut la dernière fois où elle l'avait vu comme son fils, un enfant normal et sain. Il aurait été facile d'affirmer que cela tenait aux ragots au sein de la communauté, à la monnaie sur le comptoir, au canapé recouvert de plastique, mais Lipa s'était montré entêté. Quelques regards, un peu de plastique, ils ne l'auraient pas pour autant chassé de leur monde. Mais perdre ainsi l'amour de sa mère ? Tout était de sa faute à elle. La Californie. Les papillotes coupées. L'anneau dans le mamelon. L'ineffable nom du Seigneur tatoué sur le corps. Les épouvantables maladies. La corde à l'aube dans le jardin public.

Surie changea de position dans son fauteuil. Une vague de froid la parcourut du sommet du crâne jusqu'aux pieds. Elle se comportait exactement comme Lipa, s'accrochant à un secret explosif, un secret capable de la couper de sa communauté, voire de la tuer. Comme lui, elle voulait se confier à quelqu'un mais avait une peur bleue de le faire. Lipa avait été un enfant tellement droit. Il était celui vers qui on se tournait quand il s'agissait de savoir qui avait fini la crème glacée ou cassé un verre. Et pourtant, des années plus tard, il avait menti quant à l'endroit où il se trouvait, ce qu'il y faisait et avec qui. Elle qui n'avait jamais rien caché à Yidel, voici qu'elle lui mentait tous les jours. Elle s'était demandé ce qu'avait éprouvé Lipa. Eh bien, elle le savait à présent. Cela n'avait pas été un choix délibéré. Elle avait le sentiment qu'il se tenait dans la pièce avec elle. Elle sentait l'odeur du shampooing qu'il utilisait, menthe et citron vert. Au creux de son oreille, les battements du cœur de son enfant.

« Bubbie ? dit Miryam Chiena. Bubbie ? »

Debout près du fauteuil, elle caressait le visage ridé de sa grand-mère. Cette enfant était fascinée par les corps. Il ne fallait pas qu'elle s'approche d'une bibliothèque publique. Ç'aurait été sa perte.

« C'est Hanoucca. Réveille-toi. »

Surie était tellement immobile, pareille au fleuve par une journée torride, dormante en surface et, en dessous, pleine de choses cassées, de pierres et d'ordures. Miryam Chiena souleva les mains tavelées, les laissa retomber. Les yeux bleu pâle de Surie ne tressaillaient pas. La fillette se pencha pour lui appuyer deux doigts sur la carotide, comme elle avait vu Yidel le faire. Soudain, une bouffée de chaleur monta au visage de Surie, elle se pencha de côté et vomit sur le sol.

Ensuite, des voix à profusion, fortes et véhémentes, mais comme provenant du dessous d'un oreiller ou d'un lieu éloigné. Un glas étrange qui devait être l'horloge. Trois coups. Mais trois heures ne remontait-il pas à beaucoup plus tôt ?

« Recevoir autant de monde, c'est bien trop pour elle. On devrait faire ça chez nous.

— Mais elle est aux anges quand tous ses petits-enfants se trouvent réunis chez elle. Et puis on ne peut pas être plus près de la shil.

— En ce cas, que l'on fasse ça chez Tzila Ruchel. C'est tout aussi près.

— Il est préférable qu'elle ne sorte pas ce soir. Que les hommes aillent au *tish** du rabbin. Il vaut mieux que les femmes restent ici avec elle. Elle a peut-être attrapé quelque chose.

— Nous devrions dire les psaumes de guérison.

— Est-ce que personne ne va s'occuper d'elle ? »

Yidel arriva avec des plaids qu'il déposa devant Surie. Il prit sur la table une bouteille d'eau gazeuse, en déversa sur le tapis, puis ramassa le vomi à l'aide de serviettes en papier.

« Bubbie va se remettre, dit-il à Miryam Chiena, qui pleurait. Elle a une santé de fer. » Puis, comme la fillette ne cessait de sangloter : « Dimanche, je te ferai entendre son cœur avec mon stéthoscope pour te prouver qu'elle va bien.

— Je voudrais m'allonger », dit Surie.

Tzila Ruchel l'aida à se frayer un chemin entre ses douzaines de petits-enfants, ses fils et ses filles, tous inquiets, jusqu'à la chambre à coucher. Yidel y prit tous les manteaux pour les transporter dans le séjour. Il fit taire les petits enfants.

« Elle est fatiguée, leur dit-il. Mais elle va bien. Ne vous en faites pas. »

De retour dans la chambre, il se pencha pour murmurer à l'oreille de Surie :

« Tu leur as fait une belle frousse.

— C'est pas trop tôt, répondit-elle avec un petit rire. Eux m'ont fait peur pendant des années. »

Flottait dans ses yeux une lueur étrange qu'il n'y avait plus vue depuis très longtemps. Il eut beau chercher, il ne parvint pas à retrouver ce que cela signifiait. Il la dévisagea pendant toute une minute. Deux minutes. Il s'agissait de quelque chose de terriblement familier. Que signifiait donc cette expression ? Il la connaissait pourtant. Il en était certain. Mais il n'arrivait pas à mettre un nom dessus. Avec un soupir, il lui déposa un baiser sur le front, puis lui apporta un turban, détournant le regard pendant qu'elle ôtait foulard et postiche. Tout en remontant les couvertures, il lui demanda si elle désirait une tasse de thé.

« Non, sauf si tu tiens à me voir refaire le même tour. »

Yidel avait été, jusqu'à ce que son ouïe décline, secouriste bénévole au sein du Hatzolah, le service médical d'urgence juif. Il était permis aux hommes mariés de s'engager dans cette activité à condition qu'ils utilisent un bipeur au lieu d'un téléphone portable.

Étant allé quérir sa trousse de soins, il examina les yeux de Surie à l'aide d'une lampe torche, espérant toujours identifier ce qu'il y avait remarqué un peu plus tôt. Il lui demanda d'ouvrir la bouche et de dire *ahh*. Il vérifia ses réflexes. Tout était parfait.

« Je pense que tu es très malade, murmura-t-il. Je vais peut-être devoir te faire une RCP. »

Cela les fit rire, en sourdine, de crainte que les enfants n'entendent. Il se leva pour aller pousser discrètement le loquet. Surie souriait. Pour la première fois depuis quatre ans, elle sentait un peu de sa vigueur d'avant lui inonder la colonne vertébrale. Il y avait longtemps que Yidel ne s'était montré aussi enjoué avec elle.

Ils manquèrent l'illumination de Hanoucca. Au lieu de cela, ils restèrent allongés sous les chaudes couvertures à contempler sans rien dire les flocons qui passaient en tourbillonnant devant les fenêtres. La porte de la vieille garde-robe fatiguée étant restée ouverte, Surie voyait également la neige dans son miroir. Et vint-elle à se retourner tout à fait, elle la voyait encore, réfléchie dans le verre de leur portrait de mariage.

« Ah, m'amour », souffla Yidel, et de lui tenir la main en silence.

C'était le soir du *yahrzeit**. Quel moment plus propice ? Elle désirait plus que tout parler de Lipa. Son fils gisait dans l'interstice entre leurs deux lits, sans ses papillotes, le visage lisse et mauve, regardant tour à tour sa mère et son père, plus petit, bizarrement, et plus maigre qu'il ne l'était sur la table métallique. Comment aurait-elle pu parler à Yidel des jumeaux alors qu'ils ne parvenaient toujours pas à évoquer cette chose qui avait déchiré le tissu familial ?

« Il me manque, dit-elle.

— Qui ça ? demanda Yidel tout en sachant à quoi s'en tenir.

— Lipa. »

Il laissa échapper un soupir. Les parents n'étaient pas censés avoir des préférés. Ce n'était pas leur cas. Même si cela n'était pas précisé dans la Torah, les préférences étaient strictement interdites. Mais dans le coin du cœur de Yidel, il y avait un lambeau de sentiment pour Lipa qu'il n'avait pas pour ses autres enfants, un amour tendre, protecteur, sacré, qu'il ne pouvait évoquer sans risque de s'anéantir. Il comprenait le désir qu'avait Surie d'en parler, mais le risque était pour lui trop grand de perdre ce dernier petit fantôme de sentiment pour Lipa.

« Je vais dire le *kaddish**. » Ils faisaient un *minian** à la maison le premier soir de Hanoucca, de sorte que

Yidel ne voie pas des gens quitter les lieux au moment du kaddish récité en souvenir de Lipa.

« Oui. Je répondrai *Amen.*

— Dieu en soit remercié.

— Dieu en soit remercié. »

Au bout de peut-être une heure, ils se levèrent. Surie alla allumer les bougies du shabbat avec ses filles. Yidel chanta de sa belle voix de salle de bains. Surie, les joues luisantes et colorées, tapait dans ses mains, tandis que tous les petits accompagnaient leur aïeul, chantant faux et en retard sur le temps. Sur les appuis de fenêtre, des douzaines de menora, chacune éclairée d'une flamme unique, avec, juste au-dessus, la bougie du *shamash** qui avait servi à l'allumer. La chandelle du yahrzeit de Lipa brûlait à l'écart.

Mattis, âgé de dix-sept ans, se mit à chanter une mélodie sans paroles venue de Roumanie en même temps que la famille. Puis il entonna l'air préféré de Lipa, une chanson de Yom-Tov Ehrlich, « La Résurrection des morts » : « *Dos iz Chaïm, dis iz Nissim... men iz geven by alle brissim.* » Dehors, la neige se heurtait aux vitres avant de fondre, et des lumières clignotaient aux fenêtres des immeubles situés de l'autre côté du jardin public. Sentant derrière elle un courant d'air frais, Surie se posa les mains à plat sur l'abdomen afin de montrer à Lipa où regarder, car elle entendait partager son secret avec lui.

« Au temps des Hasmonéens, déclara Yidel comme il le faisait chaque année, les juifs affrontèrent de grands dangers. Les hellénistes voulaient que les juifs soient pareils aux Grecs, qu'ils acceptent leur mode de vie moderne et adoptent leurs coutumes. Mais Yochanan Cohen Gadol interdit aux juifs de se comporter comme des non-juifs. Alors, les hellénistes, furieux après lui, calomnièrent le Temple, affirmant qu'il renfermait d'immenses richesses. »

Uniquement des enfants en fait de richesses, pensa Surie. C'est là tout ce que nous avons jamais eu. Par la suite, elle ne se rappela pas la totalité de ce Hanoucca. Quelques détails seulement restaient vivaces dans son souvenir : le visage de Yidel, de son mari, penché au-dessus d'elle ; le parfum de Lipa, porteur de vagues notes d'humus ; les scintillements dans l'encadrement sombre des fenêtres ; les chants des enfants dévalant les escaliers et sortant sur le trottoir pour parcourir les rues glacées de Williamsburg.

Et les paroles qu'elle se dit intérieurement tandis qu'ils s'en allaient étaient celles que les femmes juives avaient prononcées sur la mezouza pendant des millénaires. « Dieu protégera désormais et à jamais ton départ et ton retour. » Courte et jolie prière qu'elle n'avait jamais laissée s'affadir dans sa bouche ni dans son cœur. Postée à la fenêtre, rassurée et tranquille, elle regarda sa famille, toute sa famille y compris Lipa, s'éloigner dans la pénombre de la rue. Bien qu'elle ne fût pas avec eux, elle se sentait une part d'eux et d'une certaine façon les accompagnait, et elle rendait grâce pour les bienfaits de sa vie.

De sa chambre, où elle était maintenant couchée, elle pouvait entendre, par la grille d'aération, Dead Opa et Dead Onyu, eux aussi au lit, s'entretenir à voix basse. Ils parlaient en hongrois, langue qu'elle ne comprenait pas parfaitement. Elle entendit prononcer son nom, puis celui de Lipa, et elle comprit que ses beaux-parents devaient la croire souffrante d'avoir repensé à la Hanoucca d'il y avait quatre ans. De simples nausées matinales, murmura-t-elle à l'adresse de la grille, quoique ce fût bien loin de la vérité. Yidel avait déposé à son chevet une barre de chocolat et une petite fleur. Il ne s'agissait pas d'une occasion particulière. Une de ces minuscules fleurs rouges qui apparaissaient en hiver sur les sommités du cactus. Ce chocolat était celui qu'elle préférait ; il avait dû le dissimuler aux enfants, car il s'agissait aussi de leur marque favorite.

Impossible qu'il se doute de quoi que ce soit pour les jumeaux : s'il y avait une chose qu'elle détestait lorsqu'elle était enceinte, c'était bien le chocolat.

6

Une semaine après le mariage, quand Surie fut repartie de l'unité réservée aux cas à haut risque, les sages-femmes, le médecin, son assistante et la diététicienne tinrent conférence, le hasard faisant qu'ils se trouvaient tous en même temps dans la salle de pause. Val, la sage-femme en chef, confirma ce qu'ils avaient tous pensé en voyant les épaules voûtées et le visage pincé de Surie : « Elle n'a pas informé son mari ! »

Tout en s'ouvrant un Tupperware de bhindi masala, l'obstétricien déclara :

« Ce n'est pas encore digne d'être signalé, mais, Val, vous qui avez parlé avec elle, est-ce qu'elle vous a paru dans l'état d'esprit qu'il faut pour opérer les bons choix pour sa santé et celle des fœtus ? »

Val but une gorgée de thé.

« Elle a déjà refusé l'amniocentèse.

— Beaucoup de femmes ne veulent pas en entendre parler.

— Pas quand elles ont la cinquantaine, fit observer l'assistante.

— Non en effet, pas quand elles ont la cinquantaine, acquiesça Val.

— Si quoi que ce soit se passe mal, elle nous le reprochera. »

Le médecin regardait Val en faisant grise mine.

L'échographiste les trouva rassemblés, bras croisés, autour de la cafetière. Ces gens n'étaient pas en train de célébrer un anniversaire. Elle attendit que le médecin dise quelque chose, mais il était occupé à chercher un sachet de sel dans son placard. Sa blouse blanche était immaculée. Il avait aux pieds des chaussures à cinq cents dollars la paire. Cela faisait plusieurs mois qu'elle menait des travaux d'approche, elle avait espoir qu'il l'invite bientôt à sortir avec lui, ceci à l'encontre des traditions de l'Inde du Sud et malgré l'absence d'une entremetteuse de la famille.

« Peut-être devrait-on noter la chose dans son dossier, juste pour le cas où il y aurait un problème », avança l'assistante. C'était elle qui avait le plus à perdre si jamais l'équipe se trouvait mise en cause. Elle venait d'obtenir son diplôme et avait un énorme prêt étudiant à rembourser. Elle planta une fourchette dans ses nouilles froides. Le métal tinta contre le bol en acier.

L'échographiste promena un regard sur le groupe. Tous hochaient la tête. Le médecin prenait des notes sur un bout de papier. Elle se frotta les doigts, regarda le médecin, puis regarda ailleurs. « Comment pouvez-vous dire ça ? demanda-t-elle. Ce n'est pas juste. Cette femme est une bonne mère. Simplement, elle est sous l'effet de la surprise. Voilà tout. Vous le seriez vous aussi, surprise, si vous aviez cinquante-cinq ans et que vous tombiez tout à coup enceinte.

— Cinquante-sept.

— Elle ne saurait même pas montrer où se trouve son utérus.

— Et alors ? reprit l'échographiste. Est-ce que l'un d'entre vous connaît le nom d'un de ses enfants ? »

Elle se garda de hasarder un chiffre quant à leur nombre.

« Est-ce qu'il y en a un parmi vous qui parle yiddish, hongrois ou hébreu ? »

Peut-être Surie ne parlait-elle pas l'hébreu. Elle avait lu des choses sur ce genre de juifs dans le journal du dimanche. Des brûleurs de drapeaux antisionistes.

« Est-ce que vous avez une idée du nombre de petits-enfants qui vivent sous son toit ? »

Elle-même l'ignorait. Elle avait été trop intimidée pour parler avec la femme au casque de soie, aux vêtements étrangement démodés tendus sur un énorme abdomen. Mais personne d'autre non plus n'avait essayé, pas même Val. C'est à peine s'ils avaient regardé Surie. Surtout le médecin.

« Ce serait une impardonnable marque de racisme vis-à-vis d'autres minorités, mais c'est acceptable dans le cas de personnes religieuses, c'est ça ? »

Un long silence s'établit dans la pièce. Deux sages-femmes passèrent devant elle et sortirent.

« Il n'y a pas d'excuse à l'ignorance, déclara le médecin.

— La vôtre ou la sienne ? » repartit l'échographiste.

De retour dans son bureau, Val mangeait un sandwich dinde mayonnaise tout en réfléchissant à sa prochaine initiative. Elle se plaisait à ouvrir ces femmes hassidiques à la culture moderne, à les amener à une prise en compte de leur corps, à leur apprendre les termes se rapportant à des choses sur lesquelles elles ne savaient pas mettre un nom avant son intervention, même si cela paraissait toujours glisser. Les sages-femmes plus jeunes s'en remettaient à elle. Elles n'avaient pas ri au moment où l'échographiste chapitrait le médecin. Elles regardaient la physionomie de Val, imitant son calme, même quand le docteur partit en claquant la porte.

« Que pouvons-nous faire pour soutenir Mme Eckstein ? » avaient-elles demandé d'un ton déférent. La plupart d'entre elles avaient vingt ou vingt et un ans.

« Des vidéos d'accouchement, répondit Val. Ou bien le prêt de quelques-uns de vos manuels. Ou du yoga prénatal. Plus de vitamines. Ou l'hypnose.

— Elle a honte de son corps. Si elle est dans la non-acceptation, cela va avoir un impact négatif sur la naissance. »

Val fut sur le point de répondre : « Je vais lui proposer des séances de préparation à l'accouchement », mais elle vit à quel point cela aurait été inepte, attendu que la femme hassidique avait déjà mis au monde dix enfants dont elle avait fait des adultes. Le spectacle de cette personne d'un certain âge en surpoids accroupie sur le sol au milieu de jeunesses de trente ans, la cohorte des femmes de yuppie, haletant et soufflant dans ses chaussures orthopédiques, le foulard lui tombant devant le visage ! Les pépettes branchées en déguerpiraient de peur. « Je ne pense pas qu'elle éprouve de la honte », dit-elle à ses jeunes collègues. Ce n'était pas tout à fait le mot exact pour décrire l'attitude de Surie. Peut-être le terme juste était-il *quant-à-soi*. Dans un monde où tout se savait, il y avait autour d'elle une barrière qui disait DÉFENSE D'ENTRER.

Dans sa cuisine de démonstration, la diététicienne souriait en repensant à la déconfiture du médecin. Elle avait grandi au sein d'un foyer orthodoxe de Williamsburg, quoiqu'elle ne fît pas partie de la communauté hassidique. Les siens étaient originaires de la Haute-Hongrie, membres de la communauté, ponctuels, cultivés, en prise avec le monde. Mais elle en savait suffisamment sur la communauté juive de Williamsburg pour se représenter la parfaite simplicité de la cuisine de cette femme et la tenue impeccable de son intérieur. Elle comptait parmi les femmes les plus âgées du service. Elle pensait connaître tout ce qu'il y avait à connaître au sujet de Surie, et savait quelle serait la réaction hassidique à quoi que ce fût d'inhabituel. Elle savait combien il était peu probable que Surie porte plainte contre quiconque. « Dieu en a voulu ainsi », dirait la femme hassidique. Si les choses tournaient mal, elle ferait son deuil, mais elle ne s'en prendrait ni au médecin ni aux sages-femmes. C'était elle, la diététicienne, qui avait apporté un petit gobelet scellé de jus d'orange à Surie, une semaine plus tôt, après qu'elle eut appris qu'elle attendait des jumeaux.

Elle avait vu sa vieille concitoyenne juchée sur la table d'examen, versant des larmes qu'elle tâchait de dissimuler. Elle avait ôté le couvercle et tendu le gobelet à Surie, qui ne l'avait pas pris.

« Il est kasher, avait-elle précisé en le lui proposant de nouveau. Je l'ai distrait de mon propre déjeuner. »

Tout en pelant ses radis, la psychologue se demandait s'il était prématuré ou inopportun de soulever la question de l'adoption. Il était trop tard, bien évidemment, pour envisager un avortement. Elle avait grandi à Brooklyn, dans le quartier de Bedford-Stuyvesant. Même s'il avait été brièvement question du judaïsme lors de ses cours à l'université, elle ne savait pas vraiment grand-chose sur les juifs. Sans qu'elle sache bien pourquoi, elle avait toujours l'impression que ces femmes coiffées d'un foulard de soie se moquaient d'elle par en dessous. Cette Mme Eckstein semblait tout à fait gentille, mais n'empêche. Ses très jeunes clientes se laissaient souvent persuader de renoncer à leur nouveau-né, et elle était convaincue que cela valait mieux pour tout le monde. Elle n'était pas sûre du protocole pour les femmes particulièrement âgées. Surie était sa première patiente hassidique et sa première grossesse au-dessus de cinquante ans.

Au premier étage de l'immeuble de Williamsburg, après avoir émergé d'un mauvais rêve, Tzila Ruchel se demanda s'il serait affreusement indélicat de glisser à sa mère une brochure de Weight Watchers. Elle avait toujours été forte, mais cela avait pris ces derniers temps des proportions inquiétantes. Sa combinaison faisait toujours comme un bourrelet entre son chemisier et la ceinture de sa jupe.

Au deuxième, Yidel se réveilla lui aussi. La gorge irritée, il gagna la salle de bains et y tomba sur le flacon de vitamines prénatales kasher de Surie. Elle en avait arraché l'étiquette. Sans allumer la lumière, il dévissa le capuchon et avala deux comprimés. Il croyait avoir affaire à de la vitamine C avec du zinc. Après quoi il alla se recoucher. « Merci d'avoir pensé à reprendre des vitamines », dit-il en tapotant la hanche de Surie.

À l'approche de l'aube, Miryam Chiena rêvait qu'elle avait une nouvelle tante et un nouvel oncle. Ils étaient plus jeunes qu'elle et se tenaient main dans la main au milieu de la chambre. « Bonjour », lui disaient-ils d'une même voix. Ils étaient bleus. Bizarrement, elle savait qu'ils étaient les enfants de sa grand-mère. Elle se réveilla en nage, appelant sa mère à grands cris. Mais quand Tzila Ruchel accourut, la petite la renvoya d'un geste et se mit à pleurer pour sa grand-mère.

En Californie, dans le cimetière, Lipa contemplait les étoiles. Il ne savait pas où il se trouvait. Il ignorait où était sa mère. Mais elle lui manquait.

7

Le mardi suivant la fête de Hanoucca, Surie sortit dans la lumière intense et froide de l'hiver. Du pied, elle repoussa dans l'entrée une poule solitaire. L'air était immobile et Williamsburg baignait dans ce moment paisible qui faisait suite au départ des bus scolaires. Penché au-dessus d'un balai en paille, Dead Onyu balayait la bande de béton entre l'immeuble et la rue. Le rosier qu'elle avait apporté de Roumanie s'étendait maintenant sur toute la façade. Quelques cynorrhodons pendaient à ses rameaux dénudés. Les enfants étaient à l'école et la plupart des femmes dans leur intérieur, à l'abri du froid.

Descendue au bas de la rue, Surie promena le regard sur Wallabout Channel. Un remorqueur traînait derrière lui une barge pleine d'ordures. Il donna un coup de corne dont l'écho se répercuta entre murs de ciment et entrepôts décrépits. Le bourdonnement de la circulation arrivait du pont de Williamsburg. Un hélicoptère passa au-dessus d'elle. Du bout de la chaussure, elle repoussa une bombe aérosol vide.

Aussi souvent que cela lui était possible, elle descendait contempler le fleuve, dont les eaux en perpétuel mouvement étaient chaque jour d'une teinte différente. À six mètres en contrebas, noire, turquoise, vert enfer, jade, olive, vert citron. Quelques flocons de neige descendirent du ciel bleu lumineux pour fondre au contact de l'eau. Il y aurait ce soir-là une réception du Hatzolah à l'Eden Palace. Le lendemain soir, sa nièce se mariait.

Quinze ans plus tôt, par une soirée d'hiver particulièrement froide, Yidel et elle avaient emmené Lipa et ses grands frères jusqu'à l'anse prise par les glaces. Les enfants étaient munis de patins qu'on leur avait prêtés. Descendus jusqu'à la glace par une échelle, ils s'étaient mis à y évoluer tant bien que mal, tombant sur le derrière, se lançant des boules de neige. Surie n'en menait pas large : et si la glace n'était pas assez épaisse à l'ouvert de la crique ? Jamais elle n'avait vu l'East River gelé. Étonnamment à l'aise sur ses patins, Lipa lui avait pris la main dans sa petite moufle pour l'entraîner jusque sous un autopont, puis la ramener au bout de leur rue. Comme elle avait ri et ri ! Yidel était-il assailli de souvenirs de ce genre ou bien traversait-il ses jours fermé à toute douleur ? Elle n'avait pas la réponse. Il paraissait impossible de faire sauter la gangue de glace qui s'était formée autour de son cœur pour retrouver l'homme tendre, le père affligé, qu'elle savait se trouver à l'intérieur.

Tout semblait impossible. Quand elle voulut ouvrir la capote de la vieille poussette, le tissu imperméable se déchira aux pliures. Elle ne retrouvait pas les vis pour remonter le lit de bébé. Et quand elle ressortit la boîte de couches en tissu, qu'elle gardait derrière le lave-linge pour en faire des chiffons, elles étaient toutes mangées aux mites. Ses doigts s'attardèrent sur les épaisses cicatrices laissées par la mastectomie. La seule tâche de nourrir ces nouveaux bébés serait un labeur constant; leur donner leur bain, les habiller, les câliner, tout cela ne lui laisserait pas une minute à elle. C'en serait fini des promenades contemplatives au bord du fleuve.

Elle monta au premier et s'immobilisa sur le seuil de l'appartement de Tzila Ruchel. Sa fille. Il aurait dû être facile de la mettre au courant. Elles étaient devenues comme de meilleures amies. Il n'y avait pas de secrets entre les personnes qui habitaient cette maison. Elle se demandait si Tzila Ruchel l'avait déjà entendue vomir comme elle le faisait chaque matin et si elle avait tout deviné. Peut-être que sa fille attendait dans sa cuisine qu'elle vienne lui annoncer la chose. Mais il y avait une trace de terre au-dessus du lambrissage, des traces de doigts sur les montants de portes, des jouets éparpillés sur le sol. L'appartement était silencieux. Tzila Ruchel devait être sortie.

Le logement était dépourvu de rideaux comme de décorations, hormis des dessins d'enfants collés sur les murs au ruban adhésif. Dans la cuisine, tous les placards étaient équipés d'une fermeture de sécurité dont Surie avait oublié le fonctionnement. Elle avait pensé se faire une tasse de café pour attendre le retour de Tzila Ruchel. Au lieu de cela, elle se mit à plier et ranger les vêtements de bébé dont croulaient les chaises. Cela fait, elle s'attaqua à la vaisselle du petit déjeuner, essuya et empila le tout sur le comptoir. Elle avait toujours voulu plus que tout être une bonne mère, mais elle sentait quelque chose de contraint dans cette aspiration toute simple. Elle voulait l'être pour les enfants qu'elle avait déjà mis au monde. Elle nourrissait des sentiments mêlés quant à la perspective de l'être pour les jumeaux. Et elle avait dans l'idée que si elle l'était pour eux, elle deviendrait une mauvaise mère pour ses enfants plus âgés. Ou du moins qu'ils la verraient ainsi.

Elle secondait Tzila Ruchel depuis des années et ce serait là une des premières choses qui changeraient. Après la naissance des jumeaux, il lui faudrait se lever chaque matin encore plus tôt que d'habitude, aller battre la semelle dehors avec les autres mères, sous la pluie, sous la neige, sous un soleil de plomb, attendre qu'arrivent et repartent les bus scolaires, cela deux fois par jour et à jamais. Quand Tzila Ruchel et elle trouveraient-elles un moment pour partager une tasse de café ? La compagnie, les plaisanteries familières, les services rendus au pied levé, un réconfort sans réserve, tout ce qui s'était mis en place entre elles deux se trouverait chamboulé. Elle était contente que Tzila Ruchel ne soit pas chez elle. Elle entendait profiter de ces quelques derniers mois avec sa fille avant que tout cela soit perdu. Nul besoin de se précipiter.

Après avoir essoré les lavettes à rayures bleues et les avoir mis à sécher sur le garde-corps de la fenêtre de cuisine, elle monta passer en revue son propre appartement. Il comptait trois chambres à coucher, une de taille moyenne et deux toutes petites, une cuisine tout juste assez grande pour accueillir un réfrigérateur et une table minuscule, une salle à manger, un salon et une salle de bains. Les murs avaient été maintes fois repeints à l'huile en vert foncé aux deux tiers de leur hauteur, la partie supérieure étant crème. Le plâtre bombait, un peu comme elle, en leur milieu. Le couloir courait presque jusqu'au fond. Là où il dessinait un léger décrochement, une échelle en fer menait au toit. Elle accrochait des bananes aux échelons pour les faire mûrir. En dessous du vasistas, le bois était foncé et son grain dressé comme un velours noir peluché du fait de l'eau de pluie qui s'insinuait par là et gouttait jusque sur le plancher. Elle avait beau frotter fréquemment le mur à l'eau de Javel, des foisonnements de moisissure montaient des plinthes de ce recoin. Partant du bout du couloir côté façade, un escalier pentu descendait en zigzaguant entre les appartements de Tzila Ruchel et de Dead Onyu pour se terminer dans l'entrée exiguë de l'immeuble. Des trotinettes, une poussette à triplés, un fauteuil roulant pliant et leurs caddies pour les courses occupaient presque tout l'espace de ce lieu carrelé de marbre. Le monte-personne et ses rails de guidage divisaient par deux la largeur de la cage d'escalier.

Bien qu'elle eût la réputation d'être une *baleboste** et que son intérieur fût toujours impeccablement propre, l'appartement était en piteux état. Elle aurait voulu que les pièces fussent baignées de lumière, peintes dans les tons pastel que portaient les bébés, frais, hygiéniques et sans danger. Les dimensions de l'horloge et son bois sombre, quoique de toute beauté, conféraient au séjour une atmosphère solennelle. Pesante. Elle ne se voyait pas solliciter l'aide de Yidel. « Je voudrais un pinceau. Je voudrais plusieurs pots de peinture. » À quand remontait le temps où elle avait décoré au pochoir les murs du couloir et appliqué un produit au polyuréthane sur les planchers ? La dernière fois avait dû être juste avant la naissance de son dernier. Préparer le nid. C'est comme cela que Val appelait cette envie de ranger, de se poser, de récurer et de tout repeindre. Mais peut-être la peinture contenait-elle un élément toxique qui pouvait ne pas être bon pour les bébés ?

Elle chaussa ses mules, s'assit sur le canapé sous la fenêtre et commença à réciter ses psaumes quotidiens. Elle dit quelques versets supplémentaires pour les personnes malades, un pour une amie dont la fille était toujours célibataire, un pour Lipa, qui aurait eu vingt-six ans le premier soir de Hanoucca. En prononçant ce dernier, elle sentit sa gorge se nouer et se mit à déglutir et déglutir encore, mais cela ne passait pas. Tenait-elle vraiment à imiter la vie encombrée de secrets de son fils, sa fuite vers Manhattan ?

Parvenue au bout des psaumes, elle demanda à Dieu : « Que vais-je faire ? » Elle n'attendait pas de réponse et n'en obtint pas. Toujours assise sur le canapé, elle se prit à contempler les grains de poussière qui flottaient dans la lumière oblique de l'hiver, tournoiement perpétuel dont les rythmes eurent le don de l'apaiser.

« Mamme ? » appela Tzila Ruchel, la sortant d'un sommeil où elle ignorait avoir glissé. Tzila Ruchel avait une brochure à la main. Surie s'était affaissée sur le côté, une cuisse ronde et creusée de fossettes exposée au-dessus du haut de son bas. Ses mules l'avaient quittée. Un large espace entre ceinture et chemisier révélait un slip blanc étiré sur le globe que dessinait son abdomen. Elle tira son corsage et sa jupe vers le bas et rajusta son turban.

« Je voudrais te montrer quelque chose. »

Dès qu'elle avisa la brochure de Weight Watchers dans la main de sa fille, Surie eut la vision de cette mendiante invariablement assise sur un seau retourné devant l'épicerie. Même si elle donnait toujours à ces indigents les piécettes qu'elle avait dans son porte-monnaie, si elle leur souriait et leur souhaitait bonne chance, les jambes de cette femme étaient de la couleur du coucher de soleil et ses ongles de pieds recourbés comme des cimeterres dorés. Sa chair se répandait partout sans que rien ne puisse la contenir. Cette pauvresse était un vaste désert de désespoir, elle s'en remettait au secours d'autrui plutôt que d'œuvrer à trouver ses propres solutions.

Surie se dressa et fourra les pieds dans ses mules. « Je n'ai que faire de ces bêtises », lança-t-elle à Tzila Ruchel tout en se mettant à balayer vigoureusement.

Il régnait une odeur, bien trop douce et qui prenait à la gorge, de caramel brûlé. Elle venait de passer son balai en nylon trop près de ce radiateur d'appoint qui avait failli causer la mort de ses beaux-parents. Si seulement Tzila Ruchel était rentrée plus tôt, peut-être auraient-elles pu passer un moment assises l'une à côté de l'autre, s'entretenir à voix basse, et peut-être sa fille, une fois dans le secret, l'aurait-elle prise dans ses bras pour l'aider à trouver la meilleure façon d'annoncer la chose à Yidel.

« C'est à cause de tout ce kigel du mois de *tishri**. En plus du gâteau. Je n'en congèlerai pas l'année prochaine. Nul besoin d'ouvrir un bundt à chaque repas.

— Oh, Mamme, je t'ai fâchée.

— Pas du tout. Tu m'as simplement rappelé que je dois faire plus attention à mon poids. Merci, ma chérie. » Elle balayait si énergiquement que l'air était plein de particules brillantes. « Je peux faire un régime toute seule. Pas besoin de dépenser de l'argent pour me faire peser par d'autres ! J'en suis parfaitement capable. »

Comme sa fille grincerait des dents quand les jumeaux seraient nés et qu'elle se rappellerait cet échange ! Elle secoua le balai en l'air comme pour ramasser les poussières en suspension. Sa fille recula d'un pas. Le lino vert de la cuisine fit entendre un craquement.

« Ce n'est pas encore Pessah, dit Tzila Ruchel, qui s'efforçait de repousser le nettoyage de printemps à la dernière semaine et, le moment venu, s'en tirait en jetant dans le lave-linge une taie d'oreiller pleine de Lego et en passant un coup d'eau de Javel sur les planchers. Pourquoi est-ce que tu t'actives autant aujourd'hui ?

— C'est *mon* boulot », dit Yidel, en tendant la main vers le manche à balai. Il remontait de chez ses parents.

« Tu as une meilleure ouïe, mais j'ai une meilleure vue. Quand tu balaies, tu ne vois pas les fourmis qui courent sur le sol.

— Tu sais te rincer l'œil, lui retourna Surie en anglais dans un sourire, mais pour trouver quelque chose, c'est autre chose. »

Tous deux se mirent à rire. Prise de fourmillements, elle se mit à fredonner une chanson de noces. Il lui faisait toujours ce genre d'effet. Quel homme adorable. Elle savait qu'elle avait beaucoup de chance, plus de chance que beaucoup de ses amies. Elle lui tendit le balai et dit : « Prêt pour la danse du *mizinkel** ? » Au mariage du plus jeune de leurs enfants, les parents dansent avec un balai pour signifier qu'ils balayent la maison après que le petit dernier a vidé les lieux. Pour eux, jamais il n'y aurait de danse du balai, jamais de foyer sans jeunes enfants. Elle avait toujours eu espoir d'épargner à ses enfants, tant qu'ils n'avaient pas atteint l'âge adulte, la mort de leurs parents. La disparition des siens l'avait anéantie. Son unique sœur en était devenue lunatique et renfermée. Quant à ses frères, ils étaient partis comme un seul homme s'installer en Belgique, « pour quitter cet endroit déprimant », avaient-ils déclaré.

En sorte que Yidel et les siens étaient sa seule famille. Il lui adressa un sourire matois, puis lança un regard à Tzila Ruchel. Il empoigna une extrémité du balai et commença à se balancer en fredonnant.

« Tu ne vas pas parler à tes enfants de l'infâme ballet auquel tu es en train d'assister dans ta propre maison, n'est-ce pas, Tzila Ruchel ? dit-il. C'est un secret de famille.

— Vous vous souvenez de ce fameux Pourim* avec Lipa ? » leur demanda Tzila Ruchel en riant.

Ce jour-là, Lipa avait fait son apparition affublé du ponzhelo et du turban de Surie et s'était mis à danser avec Tzila Ruchel devant tous les invités, avant de s'esquiver rapidement dans le couloir. Les cousins ne l'avaient pas reconnu, mais la proche famille l'avait poursuivi avec force exclamations pour tambouriner à la porte de sa chambre en réclamant de le voir encore.

« Personne ne se souvient de Lipa, dit Surie.

— Arrête, lui intima Yidel en levant la main comme s'il pouvait littéralement interrompre l'afflux des souvenirs comme un policier arrête des voitures. Je ne tiens pas à avoir cette conversation. »

Surie lâcha son extrémité du balai et gagna la chambre à coucher. Elle ouvrit son sac à main et contempla la liasse de brochures sur la grossesse qu'il renfermait. Une pour chaque mois, décrivant en détail la croissance du fœtus, les facultés nouvelles, quand apparaissaient les ongles, les cheveux, les iris. Le bébé était aujourd'hui gros comme un citron. Tel jour, de la taille d'une courge. Tel autre, de celle d'une pastèque. Tout cela à partir d'une simple graine négligemment jetée dans sa jachère.

8

À cinq heures le lendemain matin, Surie, descendue au bord du fleuve, regardait les mouettes s'élever et fondre sur des tripailles déversées par une conserverie de thon. Elles plongeaient la tête sous les vagues, puis reprenaient leur essor, arquant le dos, criant à tue-tête. Deux camions de pompiers passèrent en trombe, sirènes hurlantes. Il s'agissait probablement de la boulangerie de matsa. Les fours, situés au premier étage, ne cessaient de prendre feu. Les mouettes poursuivaient leur curée.

Surie ne savait pas nager. Elle ne savait pas voler. Elle ne possédait même pas le savoir-faire d'une blatte new-yorkaise, capable de s'aplatir à l'épaisseur d'un brin d'herbe, de s'insinuer entre deux plaques de plâtre, de subsister pendant des mois en grignotant la colle qui assujettit le papier peint à la paroi, de pondre un millier d'œufs alors même qu'elle se fait écraser sous une semelle de chaussure. La créature la plus simple et la plus primitive assumait mécaniquement son rôle dans la vie mieux qu'elle-même n'en était capable. S'il lui avait été possible d'interrompre sa grossesse d'une manière ou d'une autre, pas trop affreuse et qui fût tolérée par le rabbin, elle l'aurait fait. Est-ce que sauter à pieds joints l'y aiderait? Ou bien s'allonger à plat ventre sur le sol? Prier le Ciel? Elle n'en avait aucune idée. Elle avait peur d'essayer. Elle ne voulait pas faire quoi que ce soit de défendu. Et puis la pensée de faire du mal à un enfant, n'importe quel enfant, lui retournait l'estomac.

La mouette n'essayait pas de modifier sa destinée. Elle ne connaissait que le fleuve, le poisson, la croûte de pain rassis. Le cafard ne se dressait pas contre ce qui lui était donné. Il ne connaissait que le mur, la colle, la semelle. Qu'importait qu'elle fût effrayée par l'accouchement, le peu de force qui lui restait pour élever des bébés, la durée de sa propre vie? Pourquoi cacher quoi que ce soit à Yidel, qui n'avait jamais été autre chose que bon avec elle? Elle aurait dû être mouette, courageuse et déterminée. Elle aurait dû être blatte.

De retour à l'appartement, elle arrosa le géranium dégingandé qui poussait près de la fenêtre dans un pot en plastique, puis elle mit à la poubelle le contenu de quelques Tupperware depuis trop longtemps au réfrigérateur. Elle fit le lit de son dernier fils, glissa un billet doux sous l'oreiller de celui de dix-sept ans, après quoi elle prit un gâteau au chocolat dans le congélateur et alla attendre le bus de huit heures, celui du bikkour holim, qui allait la conduire à Manhattan. Lipa prenait un autre bus, ou peut-être le métro, quand il s'y rendait. La ville faisait peur à Surie. Est-ce qu'il avait eu peur lui aussi ?

En chemin pour aller se faire peser et mesurer, elle s'arrêta, une main posée sur le comptoir en granite de la réception, et offrit une épaisse tranche de gâteau au chocolat à la secrétaire, qui, la semaine passée, lui avait paru fatiguée et mélancolique.

« Ce n'est peut-être pas la chose la plus digeste à manger le matin, mais c'est délicieux, dit-elle. Le chocolat, ça vous remonte le moral. »

Quelques minutes plus tard, ladite secrétaire – pas une femme fluette non plus – apporta à Surie une blouse XXL qui couvrirait sa corpulence. Elle lui remit également un drap de rechange en guise de châle pour le cas où la blouse n'y suffirait pas.

Quand Surie monta sur la table d'examen et se laissa aller en arrière, Val remarqua la blouse.

« Je ne savais pas qu'on en faisait de si grandes, dit-elle en écartant le coton vert pâle parsemé d'hippopotames mauves.

— On en apprend tous les jours, lui repartit Surie, se voyant en blatte, se voyant en mouette. Peut-être qu'une autre grosse femme va venir dans votre service et vous saurez désormais où trouver quelque chose qui ne la fasse pas se sentir comme une boîte à sardines revêtue d'une sardine. »

La sage-femme éclata de rire, d'une part à cause de l'étrange image, d'autre part parce qu'il y avait un ton nouveau dans la voix de Surie. De plus, sa patiente l'avait regardée droit dans les yeux.

« Pourquoi n'avez-vous pas mis votre mari au courant pour les jumeaux ? interrogea Val. Vous craignez qu'il ne vous… fasse du mal ? »

Surie regardait maintenant par-dessus l'épaule de la sage-femme. Lipa, assis dans le coin de la pièce sur un haut tabouret, observait la praticienne occupée à écouter le rythme cardiaque des fœtus à l'aide d'un long cornet acoustique en bois. Le cœur du garçon battait aussi vite que celui d'un enfant en gestation. Surie sentait ce long silence lui brûler l'intérieur des lèvres et elle comprit un peu de ce qu'il avait été. Lipa était là puis il n'y fut plus, bien que sa mère n'en eût pas détaché les yeux.

« Nous sommes tous les deux très occupés, finit-elle par répondre. J'attends le bon moment pour le lui annoncer. » Et en son for intérieur : « Une fois que nous aurons parlé de Lipa, nous parlerons des bébés. »

Le médecin avait entre-temps réfléchi à la meilleure façon d'éviter à Surie les pires désastres obstétriques. Et si cela avait été sa propre grand-mère mystérieusement tombée enceinte ? Naani, incapable de lire une montre, mais qui savait toujours malgré tout l'heure qu'il était. Ou pire, sa très belle maman ! Que n'aurait-il pas fait pour les protéger du danger ! Mais la pensée de sa mère, si élégante, si réservée, vivant un moment d'intimité le fit tressaillir et rougir, et quoiqu'il fût, bien évidemment, disposé à traiter Surie avec compassion et avec le respect que sa formation lui avait appris à témoigner aux personnes âgées, quand il l'aperçut dans le couloir, il sentit ses mollets durcir, les muscles de sa mâchoire se contracter, et se ratatiner des parties de sa personne auxquelles il n'aimait pas faire référence pendant ses heures de travail.

Il l'aborda. Il était impératif, lui dit-il poliment, qu'elle fasse une amniocentèse au plus vite, peut-être même aujourd'hui, avant qu'il ne soit trop tard pour prendre toute décision importante.

« L'hôpital n'a jamais eu affaire à une mère aussi âgée. La plus vieille jusqu'ici était une femme de cinquante ans. Et encore elle ne portait pas des jumeaux. Il n'est pas exagéré d'y voir une question d'intérêt médical à l'échelle nationale. J'ai discuté de votre cas avec mes confrères. »

En fait, le docteur Bhatnagar avait été à deux doigts de se faire arracher la tête par le grand patron, furieux de ne pas avoir été avisé plus tôt de ce cas. Naturellement, Bhatnagar ne parla pas de cet épisode à Surie. Il pensait qu'elle serait heureuse d'apprendre que, loin d'être un problème, sa grossesse intéressait nombre de sommités.

Portant son regard par-delà le médecin, Surie contemplait les portes qui se succédaient au long du couloir, mais Lipa n'était pas en vue. Elle ouvrit son sac à main. Les lunettes vertes de son fils s'y trouvaient toujours dans leur pochette Ziploc.

« Il arrive parfois que… » Le médecin marqua un temps quand une image scabreuse de sa mère s'imposa à son esprit. Il se sentit revenu en enfance, pleurant dans les toilettes de l'école, traumatisé par de premiers détails murmurés concernant le sexe. « Pas ma mère ! » s'était-il écrié et ses camarades de faire cercle autour de lui, goguenards. Il continua de s'embrouiller, rapportant à Surie ce que le professeur avait dit, cela sans cesser de croiser et décroiser les mains devant son entrejambe :

« Nous avons une équipe vidéo à disposition pour les accouchements sortant de l'ordinaire. » Le visage de Suzie s'était figé. « Cela dans l'optique – il avait dit à son supérieur qu'aucune femme hassidique n'accepterait, mais l'autre était monté sur ses grands chevaux – d'une couverture médiatique. »

Elle referma son sac à main avec un clic.

« Un âge maternel avancé étant devenu un tel facteur problématique, et pourtant de plus en plus fréquent, les mères new-yorkaises seraient rassurées de voir que cet hôpital sait gérer ces grossesses à haut risque. »

Elle ouvrit le Ziploc, sortit les lunettes vertes, en ouvrit les branches et se les posa sur le nez. Il s'agissait d'une forte correction. Des larmes lui montèrent aux yeux.

« Je me demande… », commença-t-elle en abaissant les lunettes de sorte à voir le médecin par-dessus les verres. L'énorme monture vert cru avait quelque chose d'incongru sur ce pâle visage cerné d'un pudique foulard. « Je me demande ce que ça doit vous faire d'être filmé pendant que vous vous échinez à retirer un élément de matériel chirurgical que vous avez laissé par erreur à l'intérieur d'une patiente. »

Le visage du médecin s'affaissa comme un gâteau quand on claque la porte du four. Une moiteur se mit à sourdre de ses joues. Il se tortilla dans son veston sur mesure. Il était affreusement désolé, dit-il à Mme Eckstein, mais il y avait une chose dont il avait oublié de lui parler. Elle était à deux doigts d'une prééclampsie. Elle pouvait y laisser la vie. Les bébés pouvaient y laisser la vie. Cela arrivait communément et à des personnes en bien meilleure santé qu'elle.

Surie hocha la tête, le remercia pour l'information. Elle lui adressa un sourire, puis lui remit la blouse verte parfaitement pliée. Elle ne lui souhaita pas une bonne journée car ce n'est pas chose à souhaiter aux médecins. Une bonne journée pour un médecin, c'est une journée avec de nombreux patients gravement malades.

À deux heures de l'après-midi, installée dans le bus du bikkour holim qui allait la ramener à Williamsburg, elle ouvrit son sac en plastique de chez Harrods, détacha un gros morceau du reste de gâteau au chocolat et le mangea de bon appétit. Après quoi elle en proposa une part à la femme assise à côté d'elle. Cette dernière s'en trouva comme pétrifiée. Elle dévisageait Surie, puis détournait le regard, cela de façon répétée.

« Vous êtes certaine d'être montée dans le bon bus ? » demanda-t-elle, alors que Surie était méticuleusement vêtue selon l'usage de la communauté et s'était adressée à sa voisine dans le dialecte yiddish qui y avait communément cours. Cela ne tenait pas aux lunettes : elle les avait enlevées et rangées dans son sac à main.

Elles ne se connaissaient pas – la communauté comptait près de cent mille membres, et beaucoup de mères de famille ne quittaient guère leur foyer. Pourtant, cette femme ne pouvait apparemment pas croire que Surie en fît partie.

« Qu'est-ce qui ne va pas ? » lui demanda cette dernière. Elle avait pris ce bus maintes et maintes fois et jamais personne ne lui avait contesté le droit de s'y trouver.

« D'où êtes-vous ? interrogea l'inconnue. Vous ne ressemblez à personne de ma connaissance. »

Surie regarda son reflet dans la vitre assombrie. Elle releva quelque chose d'inhabituel dans sa posture, son port de tête, la disposition de ses lèvres. Et puis il y avait ce relâchement qu'elle ressentait dans les poumons, dans la poitrine, qui avait débuté à l'instant où elle avait ouvert la bouche pour s'adresser au médecin.

« Vous avez raison, dit-elle. J'ai dû me tromper. Je ne pense pas être sur la bonne ligne. »

Alors que le bus n'avait pas encore démarré, elle empoigna ses sacs et se leva. Elle ne se sentait pas comme la Surie qui s'était rendue à Manhattan plus tôt dans la journée. Elle ne se sentait plus comme la femme qui avait préparé ce matin-là cinq omelettes et un énorme pot de café. Mais elle n'aurait su dire en quoi elle était différente. Sa seule pensée était qu'elle allait traverser le pont à pied au lieu de prendre le bus et que l'air frais ferait du bien à son organisme.

Parvenue au milieu du pont de Williamsburg, au bout de quinze minutes de ce qui s'était révélé une rude montée, elle se retourna pour regarder à travers les poutrelles d'un rouge fané. Elle ne savait pas grand-chose de New York bien qu'elle y eût vécu toute sa vie. Loin en dessous d'elle, le fleuve se mouvait comme un foulard ondulant au vent, se tournant et roulant sur lui-même. Il n'avait rien de l'eau familière et tranquille du bout de sa rue.

Un touriste solitaire braqua son appareil photo sur un gratte-ciel dressé dans le lointain en s'exclamant : « L'Empire State Building ! »

Surie tendit le doigt vers l'eau en contrebas et dit : « L'East River. »

Le quidam lui demanda par deux fois de répéter, puis, l'air toujours perplexe, s'éloigna. Je t'aime, East River, pensa Surie. Elle rompit un morceau du gâteau et le lança dans l'eau. « Je fais mon possible pour vous aimer, mes bébés », murmura-t-elle avant de plonger les dents dans un autre morceau.

La semaine suivante, quand elle arriva à la maternité, elle demanda à la secrétaire comment *the East River* se prononçait correctement en anglais. Après avoir écouté attentivement la réponse, elle s'y essaya. Cela donna « di Est Drivver ». « *The East River* », corrigea plusieurs fois la jeune femme. Elle aussi avait un accent, peut-être de la Jamaïque, la tonalité chantante de son coin de Brooklyn, avec des *t* très marqués et bien nets. « *The Eeeeeastt Rivuh.* »

Les deux semaines qui suivirent son check-up, Surie choisit de rentrer à pied plutôt que d'étouffer dans le bus, ceci qu'il neigeât ou qu'un vent glacé soufflât du nord, les mains enfoncées dans les poches de son bon manteau de laine, son foulard tricoté remonté jusqu'au menton, fredonnant une petite berceuse pour les jumeaux, « *Rozhinkes mit Mandlen*[1] », et chaque fois qu'elle se trouvait près d'un touriste, d'un hipster ou d'un cycliste, elle répétait : « *The Eeeeeast River.* » En penchant la tête, elle pouvait apercevoir l'Empire State Building. Elle distinguait également le toit de son immeuble, sur lequel, dans les années 1960, Dead Opa avait installé des fils à linge pour les couches, des râteliers où tendre les peaux et un garde-corps en fer pour s'assurer qu'aucun Eckstein ne tombe accidentellement sur le trottoir.

Un jour de shabbat dans l'après-midi, au début de son deuxième trimestre de grossesse, Surie invita sa famille à une promenade sur le pont de Williamsburg. Ses enfants n'ignoraient pas qu'elle l'empruntait parfois à pied après être allée visiter les malades à Manhattan.

« Oui, mais est-ce que c'est permis ? demanda Yidel. De passer d'une île à l'autre le jour du saint shabbat ? »

Le mari de Tzila Ruchel, rabbin qui enseignait au kollel, répondit que c'était autorisé. Comme il était beaucoup plus strict que Yidel en ces matières, on s'en remit à son avis. Tzila Ruchel ne portait plus une perruque à l'instar de Surie, mais la plus pieuse *shpitzel**, pièce de soie brune portée sur une bourre qui ne ressemblait en rien à des cheveux. Ses manches lui descendaient toujours jusqu'aux poignets. Elle doublait ses cols d'un élastique afin qu'ils lui montent plus haut le long du cou.

1. Raisins et amandes.

Ravies, ses filles en bas âge coururent se munir de leurs capuches assorties en lapin. Elles allaient rarement quelque part en dehors du trajet entre école et maison. Le nouveau bébé et le petit de deux ans resteraient avec Dead Opa, qui ne pouvait marcher longtemps. Tenant Dead Onyu par la main, Surie la mena jusqu'au pont et toutes deux s'engagèrent sur la rampe.

« Lève plus haut le pied. Il y a une bordure. Une flaque d'eau. Un chien. Un sac d'ordures. Appuie un peu sur la gauche. Il y a une petite poutrelle. Un cycliste. Là, Onyu, c'est parfait. Le fleuve est rudement loin là en dessous ! Tu n'imagines pas à quel point elle est loin. »

C'était le pont que Lipa avait emprunté pour se rendre dans on ne savait quelle partie inconnue de Manhattan, vers cette vie scintillante toute de verre et d'acier inoxydable qu'il avait menée. En le traversant, avait-il jeté un coup d'œil en arrière vers son immeuble couronné d'un garde-fou rouge ou avait-il le regard fixé droit devant lui ?

« Je le sens, dit Dead Onyu. Une odeur d'oignons, de chou et d'océan. » Elle souriait. « Comme la Tisa ! Dis-moi ce que tu vois, là en bas. Est-ce que ce sont des grottes ? »

À l'époque où elle y voyait encore, Dead Onyu allait se promener au bord de l'East River. Elle savait qu'on n'y trouvait pas de grottes. Surie lui décrivait les barges étroites et longues, les petits remorqueurs râblés et la surface des eaux ondulant comme un drapeau par grand vent. Quand elles atteignirent le milieu du pont, elle montra le fleuve et annonça :

« *The Eeeeast River* », et ses petits-enfants de contrefaire sa prononciation en riant.

Plus tard ce jour-là, la voici assise dans son fauteuil, Dead Onyu à côté d'elle dans celui de Yidel, tandis que ce dernier était assis à table avec Tzila Ruchel, son mari et leurs enfants. Tous parlaient et riaient en même temps, le visage et les oreilles rougis par le froid, des picotements dans les doigts, mais tous étaient d'humeur joyeuse.

Dead Onyu se pencha pour flairer Surie, puis inclina la tête de côté.

« Je ne suis pas aveugle au point de ne rien voir, déclara-t-elle. J'y pensais depuis un moment, mais maintenant je sais. Comment ai-je pu oublier cette odeur ? »

Elle souriait à Surie, et celle-ci se sentit soulagée de ce que la vieille femme ait à sa manière compris qu'elle était enceinte.

« N'en parle pas pour l'instant », souffla-t-elle à l'oreille de sa belle-mère. La requête n'avait rien d'extraordinaire, attendu que toutes les femmes de la communauté taisaient leurs grossesses à leurs connaissances jusqu'après le cinquième mois et même alors ne les évoquaient pas directement. « Pas même à Yidel. »

S'approchant de sorte que personne ne voie, Dead Onyu lui appuya sa paume ridée sur le ventre.

« Il est encore trop tôt pour les sentir donner des coups de pied, lui dit Surie.

— Pourtant, tu es déjà bien rebondie. *Les* sentir, dis-tu ? » Dead Onyu fronçait les sourcils et souriait en même temps.

« Des jumeaux ! » souffla Surie. Comme cela lui faisait du bien de parler de sa grossesse ! L'East River emportant vers le large les ordures de New York. Elle se pencha en avant et attira sa belle-mère contre elle pour lui poser un court instant la tête sur l'épaule.

« Seulement, c'est trop pour moi cette fois-ci, dit-elle en tournant la tête pour lui parler à l'oreille. Je ne m'en sens plus capable. C'est impossible. Je suis trop fatiguée. J'ai besoin de temps. Je voudrais me reposer. »

Elle se mit à pleurer silencieusement.

« Je suis trop vieille.

— Si tu ne veux pas être vieille, dit Dead Onyu, pends-toi tant que tu es jeune. »

Surie s'écarta dans un sursaut.

« C'est juste une expression qu'employait ma mère ! Excuse-moi, ma chère. »

Dead Onyu se leva, puis aida Surie à faire de même.

« Cela m'est venu sans réfléchir.

— Personne ne réfléchit, marmonna Surie. Personne ne réfléchit jamais…

— Ramène-moi en bas, ma chérie. J'ai besoin de repos. »

Dans un murmure, Dead Onyu ajouta : « *Sha!* C'est shabbat ! On ne pleure pas. »

Elle tendit son mouchoir à Surie et celle-ci la guida dans le couloir et l'escalier.

« Écoute, mon petit agneau, Yidel et toi êtes de merveilleux parents et cela ne va pas changer sous prétexte que vous n'êtes plus tout jeunes. Vous saurez trouver la force le moment venu. Et cesse donc de renifler, sinon les autres vont avoir tôt fait de filer. » Elle glissa le mouchoir humide dans la manche de son cardigan.

« Est-ce que ta propre mère ne t'a pas eue sur le tard ? Cela doit être atavique.

— Après Lipa...

— *Chhh, chhh.* » Dead Onyu mit un doigt sur ses lèvres.

« Moins on en parle, plus vite c'est oublié.

— Est-ce que tu as des photos de Lipa ?

— Pourquoi veux-tu que nous conservions quelque chose qu'on ne peut pas regarder? répondit Dead Onyu avec vivacité. Opa et moi avions déjà perdu la vue quand Lipa... après la Californie... Il faut que ce soit une expiation afin que plus rien de mauvais ne frappe notre famille. Tu sais à quel point j'aimais Lipa, mais vraiment... une chose pareille... un jugement aussi exécrable porté sur notre famille! Pourvu que le châtiment pour ses actes ne s'abatte pas sur un de mes petits-enfants! Opa et moi avons accepté notre cécité avec gratitude envers la volonté de Dieu pour notre sauvegarde à tous. Aussi, ne parlons plus de ça. Vous vous en tirerez mieux cette fois-ci. »

Lipa se tenait derrière Dead Onyu, visage étiré, yeux clos, de la terre tombant de sa barbe. Si elle avait tendu le bras, Surie aurait pu prendre sa mâchoire au creux de sa main.

« Je l'espère, dit-elle, sa main parcourant le vide qui miroitait là où s'était tenu son fils. Va savoir. Et puis j'ai tellement peur de mourir. Le docteur ne me parle que de ça. Moi. Les bébés. Chaque fois que je le vois, il m'entretient d'une nouvelle façon dont je pourrais mourir.

— Et alors ? Quand bien même ? Mourir n'est pas ce qu'il y a de pire. »

Surie fit non de la tête.

« Mais si ! Je n'arrive pas à penser à autre chose qu'à Lipa sur cette table. L'odeur. » Elle avait jusque-là épargné ces détails à Dead Onyu.

« Est-ce pour ça que tu ne l'as pas dit à Yidel ? Parce que tu crains d'attirer le mauvais œil sur toi ? De causer ta mort ou celle des bébés ? Oh, ma petite. Tu risques plus d'avoir des complications en ne mettant pas Yidel au courant. Il est tellement capable. Il t'aidera à traverser tout ça.

— Mais les autres femmes… elles vont parler de moi par-derrière. Elles vont se moquer. Et Tzila Ruchel aura honte de moi. Et tous les enfants avec. »

Surie renifla bruyamment. Yidel passa la tête à la porte en haussant un sourcil. Elle lui adressa un sourire humide et lui fit signe de retourner à l'intérieur.

« Qu'as-tu affaire de ces *yentas** ! » lança Dead Onyu, qui confectionnait toujours elle-même ses foulards ouatinés à l'ancienne mode à partir de bouts de tissu qu'elle découpait dans des rideaux déchirés et de vieilles robes d'intérieur. Chaque shabbat, elle disposait des draps blancs sur les tables au lieu des nappes suisses brodées que tout le monde utilisait. Elle ne s'était jamais souciée de ce qu'on pensait d'elle au sein de la communauté. « *Feh* ! Si c'est là ce qu'elles trouvent à dire de pire sur toi… »

Surie se pencha pour la serrer de nouveau dans ses bras.

« Je t'adore, Onyu. Je me sens comme si tu venais de me sauver de… de je ne sais pas quoi.

— Les yeux ne servent à rien quand l'esprit est aveugle. Voilà des années que l'idée d'une grossesse lui est sortie de la tête. Si tu ne lui parles pas, Yidel ne s'apercevra de rien. Aussi, pour l'amour du Ciel, mets-le au courant sans retard ! »

À coups de petites tapes dans le dos, Dead Onyu fit se redresser Surie, comme modelant de l'argile pour façonner une mère hassidique digne de ce nom.

« Veille à prendre tes vitamines et à manger chaque jour un peu de viande, ma chère enfant. »

Elle regardait Surie d'un air sévère comme si elle avait l'usage de ses yeux. « Tu mettras fin à tes jours plus tard. »

« Quelle journée, dit Surie ce soir-là, une fois au lit et occupée à se réchauffer les pieds entre ceux de Yidel.

— Je n'ai pas souvenir d'une autre comme celle-ci, répondit-il. Il lui caressa la joue. Le vent t'a donné des couleurs. Tu es rayonnante.

— De quoi ai-je l'air ? »

Il la regarda et se demanda ce qu'il voyait. Une nouvelle fois, il ne parvint pas à mettre un nom dessus.

« Tu es belle comme les sept mondes. Tu es ma femme. »

Il imprégnait ces mots, *ma femme*, d'un sens profus.

« Espèce d'idiot. » Elle rougit mais se serra contre lui. « Habille un balai et il aura tout aussi belle allure.

— Un balai ? Qui parle d'un balai ? Tu ressembles à une gentille petite langouste. À croire qu'on t'a fait bouillir. Ça n'est pas normal. »

Il lui tapota les joues.

« Sacrément rouge ! Est-ce que tu viens de piquer un fard ? »

Deviser ainsi, à la fin du jour, paisiblement, avant que Yidel n'ait enlevé son sonotone, était pour elle inestimable, un des grands bonheurs de sa vie. Elle en avait conscience. Son ventre se souleva lentement, resta ainsi un long moment, puis reprit sa forme normale. Il était encore bien trop tôt pour sentir des coups de pied, et pourtant. Et pourtant. Des jumeaux. Ils constituaient toute une nouvelle *parsha**. Elle glissa la main dans la barbe de Yidel. S'il ne remarquait pas les tressaillements, elle l'informerait dans un tout petit moment.

« Tu es toujours si patient avec moi.

— Et pourquoi ne le serais-je pas ?

— Il y a tant de choses qu'on peut ne jamais savoir d'une autre personne.

— Aurais-tu fait une bêtise ? Est-ce que je dois m'inquiéter ?

— En permanence. Tu me connais. Les ennuis en cascade. Mais c'est plutôt moi qui devrais m'en faire. Quel genre de juif religieux couche avec une langouste ? »

Ils éclatèrent de rire, mais ensuite, au lieu de l'informer de sa grossesse, elle se mit à lui raconter ce qu'elle avait vu ce vendredi-là à l'hôpital, la vieille dame qui était tombée et avait été placée en dialyse, le petit enfant sans cheveux, le garçon qui avait été renversé par une voiture et portait maintenant une couronne de boulons d'acier. À l'instant où elle arrivait à la fin de son récit, elle sentit sur sa poitrine le souffle léger du sommeil de son mari. Quand elle s'éveilla le lendemain, il était déjà parti pour les prières du matin.

9

Au cours de ces semaines de janvier, Surie essaya souvent d'aborder avec Yidel le sujet de Lipa, puis comme elle n'y parvenait pas, quelque chose l'en empêchant, son anxiété concernant les jumeaux augmenta. Jamais auparavant elle n'avait caché quoi que ce fût à Yidel. Jamais elle ne s'était sentie aussi seule ni à ce point en position de pouvoir. Elle avait un goût de cendres dans la bouche. La nuit dans son lit, tenue éveillée des heures durant par les douleurs ordinaires de la grossesse, elle se retenait de parler, de s'en remettre à Yidel, qui avait toujours été son réconfort. Encore et encore, les mots lui venaient à la bouche ; encore et toujours, elle les ravalait. Parfois, elle savait que Yidel ne dormait pas non plus, mais ils n'échangeaient pas une parole. Qu'est-ce qui le tenait éveillé ? Quelles étaient les préoccupations d'un homme de son âge ? Elle n'avait aucun moyen de le savoir.

Dead Onyu lui demandait chaque jour si les bébés avaient bougé pendant la nuit, elle glosait sans désemparer sur le bonheur d'avoir des jumeaux et sur la jalousie des dames quand elles croiseraient dans la rue le deux petits *bubbelahs** dans leurs barboteuses assorties et leur poussette flambant neuve, qu'elle, Dead Onyu, entendait acheter en leur honneur dans cette boutique de luxe qui vendait des modèles européens, puis, ayant dit cela, elle crachait trois fois par terre pour éloigner le mauvais œil. « Mais enfin pourquoi ne pas encore l'avoir mis au courant ? » interrogeait-elle encore et encore, et Surie ne savait que répondre. Chaque jour, elle entendait Tzila Ruchel monter l'escalier et la voyait regarder son ventre de travers, sa bouche dessinant un petit trait désapprobateur. Même ses fils, pourtant toujours très réservés, haussaient le sourcil en la voyant picorer un morceau de babka au chocolat.

La veille de Tou Bichvat*, sitôt que les enfants furent partis à l'école, elle demanda à Tzila Ruchel ce qu'elle avait fait de toutes les photos de Lipa. Il lui semblait que si elle ne trouvait pas bientôt le moyen de parler de Lipa, jamais elle ne parviendrait à parler des jumeaux.

« De qui ? interrogea Tzila Ruchel en s'empourprant.

— J'aimerais juste regarder… tu vois bien… une photographie de mon petit garçon. Où les as-tu cachées ?

— Maman…

— Est-ce que c'est trop demander ?

— Ce dont on ne parle pas cesse d'exister. »

Surie aurait voulu étrangler sa fille. S'il arrivait qu'on évoque Lipa au sein de la famille, ce qui se produisait rarement, c'était seulement en usant d'un biais, à voix basse, quand il n'y avait personne d'autre à proximité. S'il arrivait à Surie de prendre par erreur le livre de prière du disparu, elle voyait aussitôt que c'était le sien parce que la première page, où avait figuré son nom, avait été arrachée. Les *tefillins** de Lipa avaient été donnés à un des petits-fils après que son nom brodé eut été enlevé de la poche en velours et remplacé par celui de son nouveau propriétaire lors de sa bar-mitsva. Mais qu'importe si toute trace de lui avait été effacée. Lipa existait toujours. Il était toujours son petit garçon. Rien ne pourrait gommer cela.

« Donne-moi les photos. »

Tzila Ruchel se passa les mains de haut en bas sur les côtés du visage. Elle prit Surie par le coude et l'emmena au sous-sol devant l'incinérateur. Elle en ouvrit la porte et montra l'intérieur du foyer, où flammes et cendres s'élevaient vers le conduit de cheminée.

Surie remonta en hâte à l'étage pour sortir tous les albums photos de leurs rayonnages. Presque à chaque page, il y avait des rectangles inoccupés sous la feuille de plastique transparent. Elle feuilletait si rapidement que des pages s'arrachaient à leur reliure. Il devait forcément rester au moins une photo de lui ! Debout sur le seuil, les mains sur les hanches, Tzila Ruchel affichait une expression rembrunie.

« Pourquoi est-ce que c'est si important à tes yeux ? demanda-t-elle.

— Il me les faut ! » gémit Surie, incapable de formuler à quel point une seule photo pouvait être une clé ouvrant sur la vie, la santé, sur un foyer apaisé.

Mais il n'y avait là aucune photographie de Lipa, pas même le bord de son épaule ou l'éclat de son regard au milieu des autres enfants.

« Tu n'es pas raisonnable », dit Tzila Ruchel en l'aidant à se relever pour la guider jusqu'à la cuisine. Là, elle lui prépara une tasse de thé. Après que Surie y eut trempé les lèvres à plusieurs reprises, sa charmante fille chuchota tout en lui tapotant la main : « Tu te rappelles l'époque où Lipa se relevait en pleine nuit pour faire des biscuits au gingembre parce qu'il était pris d'une fringale ? »

Surie se mit à sourire. Des photos lui auraient fait plaisir. Mais c'était là que Lipa vivait vraiment. Dans les anecdotes.

« Il en confectionnait une douzaine et les emportait dans son lit pour les manger, caché sous les couvertures. Il en avait les papillotes toutes poissées de mélasse.

— Les autres garçons en bavaient de jalousie ! »

Tzila Ruchel s'exprimait toujours à voix basse tout en jetant des regards alentour pour s'assurer que personne n'entendait – ce qui ne risquait guère d'arriver en ce milieu de journée.

« Ils mettaient son lit sens dessus dessous dans l'espoir de trouver des miettes ! »

Surie déposa sur le comptoir la mélasse et le gingembre moulu.

« En son honneur, dit-elle.

— D'accord, mais juste cette fois », dit Tzila Ruchel.

Lipa, qui suivait la scène du pas de la porte, se léchait les lèvres.

Chaque vendredi matin de février, quand Surie se présentait à la maternité pour son rendez-vous, les sages-femmes la recevaient avec une familiarité teintée d'indifférence. Elles percevaient toujours, comme elle percevait elle-même, conformément à son *intention*, l'écart entre leurs vies respectives, si bien que voyant la manière dont elles accueillaient les autres mères, avec des embrassades, des tapes dans la main et des rires, elle se sentait encore plus isolée, comme recouverte d'un linceul.

Des semaines et des semaines passèrent ainsi, puis, le vendredi précédant Pourim, quelque chose changea. Elle venait d'uriner dans la coupelle que lui avait remise une aide-soignante, et se tenait, en chaussettes, sur la balance, attendant que quelqu'un vienne noter son poids. Elle avait réussi à éviter d'aborder avec la diététicienne la question de la quantité de pâtisserie et de gras de poulet qu'elle consommait. La plupart des autres femmes étaient déjà reparties, mais ce n'était pas encore l'heure du déjeuner. Val l'emmena faire une imagerie en trois dimensions.

Elles attendirent en silence qu'un technicien soit disponible. Tous les murs étaient couverts d'affiches montrant des bébés à différents stades de leur développement. Sur le comptoir, un utérus rose bombé, fait au tricot, une tête de poupée émergeant du col. La poupée sentait la vanille et ne ressemblait à aucun des nouveau-nés de Surie.

« J'ai déjà fait une échographie, objecta-t-elle, lasse d'attendre.

— Celle-ci est d'un genre différent, lui répondit Val avec douceur. C'est moins pour que je voie les bébés que pour que vous les voyiez. Je pense que vous avez besoin d'un petit coup de pouce.

— Je peux tout à fait attendre seule.

— C'est juste. Mais il me semble que vous le faites peut-être un peu trop souvent. »

Val se retourna vers elle.

« J'ai décommandé trois clientes de sorte à pouvoir attendre avec vous. »

Elle posa une main sur l'épaule de Surie, qui dut prendre sur elle pour regarder le sol et refermer le gouffre qui s'était ouvert dans sa poitrine.

Allongée sur la table dans la pièce faiblement éclairée après que quelqu'un se fut enfin présenté pour procéder à l'échographie, Surie se laissait gagner par le sommeil. Quand l'opératrice passa la sonde sur son abdomen, une image mouvante apparut à l'écran. D'abord le visage d'un bébé, puis celui de l'autre. Tous deux, bizarrement, ressemblaient à leurs frères et sœurs plus âgés. Ils paraissaient réels, vivants, humains, à la différence de ce qu'elle avait vu lors des échographies précédentes. Leurs deux visages étaient proches l'un de l'autre, et l'un était en train de sucer le pouce de l'autre. Leurs mouvements étaient infimes et lents, et Surie les trouvait à croquer. Bien réveillée, elle s'intéressait à chaque détail. Une jambe se détendit et l'autre bébé s'écarta en battant des bras. Elle voyait leurs mouvements à la surface de son ventre. Elle voyait leur signification à l'écran. Les bébés tressaillaient, se renfrognaient, faisaient la moue, souriaient. Quand l'opératrice eut essuyé sa sonde, éteint l'appareil et que ce fut terminé, Surie resta sur sa faim.

« Ils sont capables de m'entendre désormais, dit-elle à voix basse. De temps en temps, je leur chante une chanson. Pensez-vous que les ultrasons ont pu leur gâter l'ouïe ? Ils ont fait des galipettes pour s'éloigner quand la dame a cherché à grossir l'image. »

Val se pencha vers elle et, pour la première fois, lui fit un véritable sourire.

« Où avez-vous appris ça ? Auriez-vous ouvert une des brochures que je vous ai données ?

— Non. »

Surie n'avait même pas sorti cette documentation de son sac en plastique. Elle avait discrètement jeté le tout dans l'incinérateur.

« Nous pensons que les bébés à naître entendent et voient tout ce que fait leur mère. Et les mères s'efforcent de n'entendre que des choses paisibles pour le bien de leur enfant. J'aime autant limiter la hauteur d'eau où je vais plonger mes enfants. Le son d'un oiseau en train de chanter, oui. La vue de parties intimes ou de *kishkes**, non. »

La sage-femme opina du chef.

« Nous sommes pareilles, vous et moi. Je m'attache moi aussi à protéger les bébés des interventions non nécessaires. Je me rappelle vous avoir accouchée à la lueur des chandelles. C'était très paisible. Ce furent de bonnes naissances. Et vos bébés étaient des bébés très calmes. Je regrette ce temps. »

Cela surprit Surie. La sage-femme avait mis au monde tous ses autres enfants à la maison. On lui avait dit que ce ne serait pas possible cette fois-ci. *Haut risque*. Elle avait toutefois supposé que Val continuait de procéder à des accouchements à domicile. Or elle avait complètement cessé de le faire !

« Pourquoi avoir arrêté ? »

Une ombre passa sur le visage de la sage-femme. Ses lèvres s'ourlèrent et s'assombrirent. Elle n'avait pas choisi ce changement de pratique. Du fait de son ancienneté, on lui avait imposé de travailler au sein du service chargé des cas à risque élevé. Encore un an et elle prendrait sa retraite, soulagée de ne plus assister à des césariennes, de ne plus voir de femmes penchées sur un oreiller, le dos dénudé en vue d'une épidurale.

« À New York, tout bébé doit voir le jour à l'hôpital, c'est la loi. »

Surie, toujours bercée par la demi-obscurité, se tourna sur la table d'examen pour faire face à la sage-femme.

« Vous n'avez pas répondu à ma question.

— Les bébés seraient plus en danger de mourir lorsqu'ils naissent à domicile.

— Vous ne me l'avez pas dit quand vous m'accouchiez des autres dans ma chambre. Et je suis bien certaine qu'il arrive que des bébés meurent aussi à l'hôpital. Avec des êtres aussi petits, l'ange de la mort n'a que l'embarras du choix. »

Son glaive était levé en permanence, prêt à moissonner, et pas seulement les plus faibles. Ah, elle était payée pour le savoir. Depuis Lipa. Avec quelle soudaineté la mort survenait !

« Si cela ne tenait qu'à moi, je préférerais accoucher les femmes chez elles, mais ce n'est plus moi qui décide. L'hôpital où j'avais mon médecin référent a fait faillite. Le Conseil de l'ordre, qui a tout pouvoir, a convaincu tous les hôpitaux de secteur de ne plus cautionner les sages-femmes intervenant à domicile ; si bien que, de nos jours, les femmes qui veulent accoucher chez elles sont obligées de le faire hors de toute légalité, clandestinement. Quand cela se passe mal, les parents portent plainte. Les médecins s'en prennent aux sages-femmes qui exercent illégalement et leur retirent leur agrément. Le coût de l'assurance responsabilité est affolant. Bref, je veux aider les femmes enceintes et il faut que je gagne ma croûte. » Val laissa échapper un soupir. Elle ramassa un stylo, le reposa.

« Mais même si je le pouvais, je ne vous accoucherais pas chez vous, madame Eckstein. À votre âge, trop de choses peuvent mal tourner. Il faut que vous soyez près d'une salle d'opération et d'un bon chirurgien. »

Surie empoigna la main courante de la table et se mit sur son séant.

« Je n'avais pas idée de la quantité de règles qui vous sont imposées.

— Vous pensiez être la seule à obéir à des règles strictes ? »

Pour un peu, Surie se serait esclaffée. « Je vois que vous regardez mon foulard, mes habits. Ceci. » Elle effleura de la main ses boucles en nylon.

« Je ne sais pas pourquoi cela me fait mieux vous apprécier, de savoir que vous vous pliez vous aussi à toutes sortes de règles invraisemblables, mais c'est le cas.

— Peine partagée est moins lourde », conclut Val, à quoi Surie se mit à rire.

Ce matin-là, habillée de pied en cap et prenant la direction de la porte, elle s'était arrêtée le temps de sortir du four deux plateaux de kigel, et la vapeur avait fondu un côté de sa frange en une poisseuse masse brune. Le car allait partir et c'était soit sortir avec une perruque endommagée, soit rester enfermée toute la journée. Un foulard simple n'aurait pas convenu. Le foulard avec une frange sur le devant était de tradition dans la famille. Elle le portait. Dead Onyu le portait. Excepté Tzila Ruchel, ses filles le portaient. Ses belles-filles de même. Les mariages se concluaient sur la base de l'adhésion à cet usage. Les gens allaient la dévisager, mais elle attirait les regards de toute façon.

« Je n'ai jamais dit que j'étais malheureuse de faire ce que je fais, mais… – elle porta de nouveau la main à sa perruque fondue –, il arrive parfois que… »

Val eut un coup d'œil vers le front de Surie.

« J'aimerais bien en savoir plus sur votre monde. »

Surie ne savait comment répondre à cet appel du pied. Il était défendu de faire du prosélytisme auprès de non-juifs, de leur révéler le détail de la pratique religieuse. Mais peut-être cela serait-il susceptible d'aider une autre femme ? Peut-être Val en serait-elle mieux disposée et plus compréhensive à l'égard des jeunes femmes récemment mariées de la communauté qui consultaient dans son service ? Et bien qu'elle eût quelque peine à l'admettre, il y avait longtemps que Surie n'avait eu le sentiment d'être vue. Cela lui avait fait du bien de rire un peu de sa perruque brûlée avec quelqu'un qui savait qu'elle attendait des jumeaux.

« Si vous voulez, commença-t-elle, s'interrompant pour mordre vigoureusement l'ongle de son pouce et en arracher un gros morceau, vous pouvez venir ce dimanche. C'est jour de fête, Purim, une bonne occasion pour passer. »

Elle sentit monter une bouffée de chaleur à la pensée d'une telle rencontre de ses deux univers, puis un fard vint s'y ajouter lorsqu'elle se rappela la difficulté qu'impliquait cette venue d'une sage-femme à son domicile.

« Mais si vous venez, dites surtout que nous intervenons toutes deux comme bénévoles dans d'autres services de l'hôpital. S'il vous plaît. »

Voyant la physionomie colorée de Surie, Val fronça les sourcils.

« Vous n'avez toujours pas mis le rabbin Eckstein au courant ? » Elle eut un rire. « Il travaille de nuit, il est aveugle ou quoi ? »

Et d'écarter les mains de part et d'autre de ses hanches pour contrefaire le ventre énorme de Surie.

« Je l'ai dit à sa mère, ma *shviger**. Elle, est aveugle, et pourtant elle s'en était rendu compte.

— Ce n'est pas à moi de vous dire quoi faire, mais je pense que vous êtes en train de creuser votre propre tombe si vous n'annoncez pas sous peu la chose à votre mari. »

Sur quoi la sage-femme ajouta un mot bien senti, dont Surie sut qu'il était obscène, aussi l'effaça-t-elle de son esprit.

Le dimanche suivant, belle et fraîche journée du début de mars, la sage-femme choisit avec soin des collants opaques, une jupe longue et un col roulé noir. À hauteur des demeures victoriennes environnées d'arbres de Ditmas Park, elle prit le B44, qui la fit passer entre les étroites maisons jumelées rouge foncé de Flatbush, remonter Nostrand et longer les élégantes habitations de grès brun de Crown Heights. Le bus traversa ensuite cahin-caha Bed-Stuy[1], avec ses vendeurs des rues, ses fenêtres murées, ses mères de famille se rendant à l'église avec leur progéniture, les fillettes aux cheveux nattés ornés de douzaines de colifichets de plastique aux couleurs vives.

À Williamsburg, les rues étaient pleines d'hommes poussant des poussettes et d'enfants déguisés remorquant des chariots débordant de victuailles. Des pick-up et des fourgonnettes déversaient de la musique à plein volume. Un groupe d'une trentaine de jeunes gens en blouse grise de laborantin et chapeau orange vif empoignèrent des agents de police

1. Abrégé de Bedford-Stuyvesant, un quartier de New York, situé dans l'arrondissement de Brooklyn.

pour danser avec eux au beau milieu de la chaussée. Des automobiles jouaient du klaxon pour tenter de se frayer un passage. Les jeunes gens coururent vers elles pour faire signe à leurs occupants de baisser leur vitre et leur soutirer des dons. Assis sur la banquette avant des ambulances privées stationnant le long des trottoirs, des enfants hilares actionnaient les boutons commandant les sirènes. À chaque coin de rue, des hommes et de jeunes garçons tendaient des assiettes contenant de l'argent et les passants se hâtaient de piocher dans leur portefeuille pour y jeter sans marquer le pas des pièces de monnaie.

Val, qui avait griffonné l'adresse de Surie sur un carton de rendez-vous et pensait se rappeler vaguement où habitait sa patiente hassidique, dut demander plusieurs fois son chemin. Apparemment, tout le monde connaissait les Eckstein. Elle appuya sur la sonnette, puis gravit les trois volées de marches que Surie montait quotidiennement. Dix ans plus tôt, elle aurait déjà eu rendu plusieurs fois visite à une femme enceinte de cinq mois. Elle aurait déjà vu le rail du monte-personne. Elle aurait noté la raideur de ces marches, leur parfum de savon noir et, bizarrement, de volailles et d'une chose morte ou en décomposition. Surie l'attendait sur le palier. Elle portait un long tablier blanc sur l'habituelle robe noire et un turban de coton rose pâle au lieu de son foulard de soie. En l'absence de la bande de cheveux factices, les nombreuses rides de son visage et ses sourcils gris se voyaient davantage. Ici, chez elle, elle se tenait plus droit, ses vêtements lui épousaient étroitement la silhouette, son regard respirait la gaieté. Les deux femmes se firent face un moment. Val ne savait si une embrassade était de mise ou souhaitée. L'immeuble résonnait d'une multitude de bruits. Voix d'enfants, appels de personnes âgées, sonneries de téléphone, bruit sourd et sifflement de la vapeur.

« Avez-vous déjà mis les pieds chez des juifs un jour de fête ? » demanda Surie, et Val répondit que oui, mais pas dans un foyer hassidique. Au rez-de-chaussée, dans l'entrée, elle avait remarqué un écriteau de l'organisation rabbinique locale interdisant aux enfants de posséder des bicyclettes et un autre proscrivant les talons hauts en raison du bruit qu'ils faisaient.

Elles entrèrent chez Surie. Une fillette habillée comme une mariée sauta du canapé pour venir enlacer les jambes de sa grand-mère. « *Tsatskeleh di bubbeh* ! » lança celle-ci en déposant un baiser sur la tête de sa petite-fille. Qu'est-ce que cela voulait dire ? lui demanda Val. « Jouet de la grand-mère », lui fut-il répondu. Tellement étrange.

Une jeune femme qui ne pouvait être que la fille de Surie, car elle lui ressemblait exactement mais dans une version plus mince et moins apprêtée, remit à Val un paquet sous cellophane de fruits et de gâteaux secs en disant que c'était des « *shuluch muh-nes** » de la part de sa mère. Cela faisait drôle de penser que Val avait dû, dans un passé lointain, mettre cette femme au monde sous la forme d'un poupon nu comme un ver. Était-elle censée ouvrir le paquet et manger son contenu ? Elle regarda alentour. Il y en avait littéralement des centaines de posés sur toutes les surfaces planes. Aucun n'était ouvert.

Pas de place dans l'étroite cuisine pour une chaise supplémentaire, aussi Val s'accota-t-elle au comptoir, le regard posé sur les chevilles terriblement enflées de Surie. Celle-ci pouvait presque l'entendre cocher les cases dans la perspective d'une éclampsie : Tension artérielle élevée – vu. Rétention d'eau – vu. Fort pourcentage d'adiposité – vu. Gonflement des extrémités – vu. Mais Purim était un temps dévolu à la joie, à un bonheur sans limites. Dieu ne permettrait pas qu'elle meure en une telle journée de liesse.

Surie remua le contenu de plusieurs énormes marmites posées sur la cuisinière. Elle jeta une poignée de sel dans une sauce rouge qui bouillottait. Des feuilles de chou farcies et des morceaux de pomme dansaient à la surface. La pièce était pleine de vapeur malgré la fenêtre ouverte ; ici, point de hotte aspirante, mais un ventilateur fut bientôt mis en batterie sur une deuxième fenêtre. Les placards, du type métallique datant des années 1940 ou 1950, étaient d'une impeccable propreté. Devant une minuscule table de cuisine, une fillette qui paraissait avoir une dizaine d'années sculptait des légumes à l'aide d'un couteau affûté comme un rasoir, creusant des tomates en manière de carrosses royaux, découpant des pommes en forme de cygnes qui leur seraient attelés, des radis en chérubins potelés. Elle leva la tête avec curiosité lorsqu'elle entendit sa grand-mère se mettre à parler en anglais.

« Tout le monde va bientôt arriver. L'ensemble de la famille vient me voir les jours de fête. Nous faisons monter Dead Onyu et Dead Opa. »

Notant la perplexité de Val, Surie précisa : « Mes parents », puis elle chercha au plafond la formulation correcte.

« Mes beaux-parents. Ils ne parlent pas anglais et ils sont aveugles, c'est pourquoi ils ne vous adresseront pas la parole. Ne soyez pas vexée. »

Aujourd'hui, même Surie – la Surie déconnectée, angoissée, épuisée – paraissait heureuse. Trois adolescents en cache-poussière et chapeau de cow-boy en plastique – les fils de Surie ? – firent irruption dans la cuisine en tirant avec des pistolets à bouchon. « Allez, hue ! » lança l'un d'eux, et tous d'éclater de rire avant d'aviser Val et de faire aussitôt silence. Ils ramassèrent des brassées de paquets de friandises et s'en furent. La sonnette de la porte d'entrée tinta à toute volée et des fêtards déguisés se ruèrent à l'intérieur pour chanter, danser et jouer des saynètes, et quand ils eurent terminé, le mari de Surie leur établit des chèques et leur servit de petits verres de whiskey. Dehors, des centaines de sirènes se firent entendre, de police, de pompiers et d'autres moins connues ; une folle cacophonie d'avertisseurs, de hurlements et de rugissements monta de la rue. Val sursauta quand se déclencha derrière elle le carillon de l'énorme horloge ancienne. Des femmes se présentèrent en haut des escaliers pour remettre à la fille de Surie des paniers de comestibles arrangés avec art qu'elle fit passer à sa mère, et celle-ci lui tendit en retour de petites corbeilles de gâteries maison à donner aux visiteuses. Il sautait aux yeux que Surie était une personne d'importance au sein de la communauté. Quelques-unes des plus jeunes femmes – difficile de dire si elles étaient de la famille car elles se ressemblaient toutes tellement – posèrent à Surie des questions sur l'ordonnance de la journée, auxquelles elle répondit dans un langage simple et clair.

« Aujourd'hui, les enfants sont tout fous. »

Elle ne semblait pas s'en formaliser.

« Pleins de sucreries et de bonne humeur. C'est l'occasion pour les femmes de montrer leurs talents de pâtissières. Les hommes, s'ils ne boivent pas le reste de l'année, vident des verres d'alcool brun et d'alcool blanc. »

Elle montra des bouteilles de whiskey et de vodka bon marché.

« Aujourd'hui, tous ont dans la gorge une mouche qu'ils veulent noyer. Ils chantent et se serrent dans les bras et racontent l'histoire de Purim, qui est celle de la survie des juifs. La même histoire pour la Shoah, les Cosaques, les pogroms et l'Inquisition espagnole. Mais elle est en quelque sorte renouvelée à chaque génération. »

Val demanda à Surie pourquoi elle ne remettait pas elle-même les colis aux invités plutôt que d'en charger ses filles. Surie lui adressa un sourire mais ne donna pas d'explication.

Bientôt arriva son fils aîné accompagné de sa famille. Il frappa un grand coup contre la porte du séjour et brailla quelque chose en yiddish à l'adresse des femmes. Il leur demandait, traduisit Surie, de faire silence car il allait donner lecture du *meguila**. Retentirent alors les voix des jeunes hommes qui se tenaient dans la salle à manger, demandant en chœur : « *Nushim, zeit shtil!*[1] »

« Il faudrait que je leur enseigne les bonnes manières, dit Surie en riant quand elle vit la tête de Val. Ils n'ont aucune *geduld**. »

Elle paraissait habitée d'une patience infinie. Val, de son côté, était déjà épuisée par le bruit et la foule.

Une partie des femmes et des jeunes filles se dirigeaient vers la porte de la salle à manger, mais Surie posa la main sur le bras de Val.

« Restez ici avec moi. Je l'ai déjà entendu et vous pouvez écouter de la cuisine si cela vous intéresse. »

Val s'en trouva soulagée, car salle à manger et séjour étaient bondés d'enfants déguisés, de femmes enceintes toutes identiques, de pères terriblement semblables et de personnes âgées qui elles aussi se ressemblaient toutes, comme si la communauté était constituée de gâteaux noir et blanc débités par une machine sur un tapis roulant. *Tranche, tranche, tranche.* Tous la regardaient quand ils pensaient qu'elle ne le voyait pas, puis détournaient les yeux quand elle tournait la tête dans leur direction. Surie devait éprouver la même chose chaque fois qu'elle entrait à la maternité. Toutes ces femmes en *jean* et rouge à lèvres. Intimidée, la sage-femme envisageait de prendre congé et rentrer chez elle.

1. « Femmes, taisez-vous ! »

Elle prit une profonde inspiration et regarda de nouveau autour d'elle. Il n'y avait pas en vue une seule femme enceinte qui eût plus de quarante-cinq ans. Pauvre Surie. Pas étonnant qu'elle n'ait rien dit. Au sein de cette communauté, en ces lieux, chacun se conformait à un code invisible. Si Surie détonnait à la maternité, ici, grosse à cinquante-sept ans, elle serait frappée d'anathème, dans un milieu qui accordait tant de prix à l'uniformité.

Elles n'étaient pas seules dans la cuisine. La grand-mère terriblement maigre, ramassée comme une gargouille au-dessus du comptoir, était occupée à tresser des bandes de pâte. Quand elles furent présentées l'une à l'autre, son visage s'orienta à quinze degrés de l'endroit où se tenait Val et, souriant dans le vide, elle hocha la tête et tendit la main; Val se souvint alors que la vieille femme était aveugle. Dead Onyu, pas morte[1], simplement son nom signifiait « arrière-grand-mère » en hongrois. Puis Val fut présentée à Miryam Chiena, la petite-fille, qui était en train de prélever à l'aide d'une pince à épiler des thrips sur des fraises et de les noyer dans une tasse. Val n'avait toujours ni chaise où s'asseoir ni rien à manger, bien que chaque pièce qu'elle avait traversée fût pleine de victuailles. En dépit de toute cette abondance, personne ne se restaurait ni ne buvait. Pas même un verre d'eau. Elle nota que Surie la regardait, attendant son jugement. Certaine qu'il serait négatif.

1. En anglais, *dead* signifie « mort » (adj.).

De l'autre pièce leur parvint le chant du rouleau, le meguila, si étrange à l'oreille de Val, une plainte lugubre, ressemblant plus à l'appel du muezzin qu'au Notre Père. Les enfants et même les bébés avaient fait silence, écoutant ce récit très ancien. Soudain, la pièce éclata en sifflets, bruits métalliques, huées et heurtements. La petite-fille martelait la planche avec le manche de son couteau. Plusieurs nouveau-nés fondirent en larmes, que l'on s'efforça de calmer. L'aïeule entrechoquait deux boîtes métalliques tout en s'égosillant. Elle n'avait plus de dents. Surie écrivit quelque chose sur un bloc et le poussa vers Val.

« Ils sont en train d'étouffer le nom de Haman, qui tenta d'assassiner les juifs. »

Au déjeuner, quand tout le monde eut pris place autour de trois longues tables, Val se sentit pour la première fois à son aise. C'était un festin. Les fenêtres ouvertes laissaient entrer la brise fraîche du fleuve. Les rideaux de simple mousseline blanche bombaient à l'intérieur de la pièce. Les hommes occupaient la table dressée dans le séjour. Les femmes et les enfants les deux tables installées dans la salle à manger, plus près de la cuisine. Quatre plats furent apportés et une douzaine de desserts différents. Les enfants mangèrent de tout, puis s'allongèrent sur le sol pour s'adonner aux jeux auxquels les enfants jouent quand ils sont complètement rassasiés. La sonnette de la porte d'entrée se faisait entendre, des gens arrivaient, s'en repartaient. On riait, on se racontait des blagues, on chantait d'interminables chansons sans paroles. Assise à côté de Val, Surie lui traduisait en anglais une partie de ce qui se disait.

« Mme Val, de l'hôpital, est venue nous voir, voir ce que c'est que nous autres », annonça Surie en anglais après que l'on eut chanté les dernières bénédictions.

Il y eut un long silence.

Puis Miryam Chiena, la fillette au couteau, déclara : « C'est bon d'être nous. »

Après avoir entendu la traduction, Dead Onyu, l'arrière-grand-mère, dit en yiddish qu'elle était trop vieille pour arriver à comprendre ce que c'était qu'être elle-même. Elle était, voilà tout. Et si l'on devait être semblable à quelqu'un d'autre, qui alors allait être soi-même ? Elle se leva dans un gémissement et déclara qu'elle allait descendre piquer un somme pour faire passer cet énorme repas. Surie emmena Val à la fenêtre de devant, qui regardait au sud, et Miryam Chiena les y rejoignit après avoir aidé son arrière-grand-mère à regagner son appartement. Se tenant toutes trois en retrait pour éviter d'être vues du dehors, elles se mirent à contempler la rue en contrebas.

La circulation se trouvait bloquée. La chaussée était encombrée de poussettes et de chariots de supermarché poussés par des gens revêtus de toutes sortes de déguisements. Un fauteuil roulant avait été transformé en voiture à bras comme en utilisaient autrefois les marchands de maïs soufflé ; à l'intérieur, baignant dans les pop-corns, la tête d'un petit enfant hilare se tournait en tous sens à l'approche des curieux. Un jeune homme recouvert de baudruches violettes, pareil à une grappe de raisin, poussait une brouette pleine de bouteilles de vin. Un père fit entrer ses six filles, toutes portant la même tenue de mariée, dans l'immeuble neuf qui faisait face à celui de Surie, puis elles réapparurent brièvement à une fenêtre du premier étage. Un vrai mendiant, chapeau avachi et chaussettes sur les chevilles, descendait Division Avenue d'un pas titubant. Il n'était pas un juif qui n'allât vers lui pour lui faire l'aumône d'un peu d'argent ou de quelque chose à manger.

Plus tard, elles virent des hommes exécuter une sorte de danse en ligne, accompagnés par le klezmer tonitruant que déversait un lecteur de CD.

« C'est une danse de mariage, expliqua Surie. Ce garçon – elle montrait un jeune homme dont les joues se paraient de quelques touffes de barbe rousse – vient de se fiancer. Il est le neveu du cousin de la femme de mon frère. »

Un groupe singeait ledit jeune homme faisant maladroitement connaissance avec sa future épouse. Les deux groupes coururent l'un vers l'autre en contrefaisant des gestes de timidité réciproque, les « filles » tripotant leurs nattes, tirant sur d'invisibles robes, les « garçons » se caressant la barbe. Les deux groupes se touchèrent presque les mains, battirent en retraite. Puis ils furent au mariage. Puis ils furent mariés. Puis elles furent enceintes. Après quoi ils eurent un nouveau-né dans un landau. Les hommes riaient. Surie aussi. Mais Val s'agaça soudain des restrictions imposées par la religion, comme si elle était de quelque manière contrainte d'épouser la foi de la communauté, de vivre comme vivaient ces gens.

« Même vos danses ont trait au mariage et au fait d'avoir des enfants, dit-elle. N'y a-t-il vraiment rien d'autre auquel aspirer ?

— Qu'y a-t-il d'autre ? lui répondit Surie. Un juif voue toute sa vie à la famille. Ce cycle ne connaît pas de fin. Pensez à Dead Onyu. Dans une autre communauté, elle serait en maison de retraite, toute seule. Nul ne saurait qu'elle fait une excellente confiture aux graines de coquelicot. Au lieu de cela, ici, elle est aimée. Tout le monde la chérit. Elle prend chaque jour ses arrière-petits-enfants sur ses genoux. Jamais elle n'ira à l'hospice parce qu'il y aura toujours quelqu'un ici pour s'occuper d'elle.

— Êtes-vous attristée d'avoir un enfant de plus ? lui demanda Val. Des enfants ? »

Le visage instantanément coloré, Surie regarda alentour pour voir si quelqu'un pouvait avoir entendu.

« *Si* j'étais capable d'avoir encore un enfant, ce serait un bonheur. Chaque enfant qui m'est donné est une bénédiction de l'Oibershter. Mais cela n'arrivera pas, bien sûr. Je suis trop vieille. »

Elle lança un regard furieux à Val, qui consulta sa montre puis se retourna vers la fenêtre.

La petite-fille de Surie, Miryam Chiena, qui se tenait auprès d'elles, déclara :

« Je veux être institutrice *et* je veux avoir des enfants *et* peut-être que je serai aussi bénévole au Hatzolah, mais jusqu'ici ils ne prennent pas les filles, aussi ça ne sera probablement pas possible, mais je tiens à être institutrice et à avoir des enfants. Vous en avez, vous ? » Et quand Val secoua la tête : « Cela vous rend triste ? »

Val regarda la petite. Surie était en train de se dire que l'appartement de la sage-femme devait être silencieux. Il émanait d'elle une légère odeur de pièces vides. Même les gens qui vivaient de part et d'autre de chez elle ne connaissaient probablement pas son nom. Vous parlez d'une vie ! Surie était soulagée que sa petite-fille n'eût pas compris la sortie de Val. Elle se pencha pour lui donner un baiser, son visage se trouvant dissimulé au regard de l'autre femme.

« Quand je serai très vieille, dit-elle à la petite, je veux que ce soit toi qui prennes soin de moi, tout comme aujourd'hui je prends soin de Dead Onyu et de Dead Opa.

— Tout le monde veut prendre soin de toi, Bubbie. On se dispute pour ça ! Mais c'est moi qui vais gagner. »

Sur le chemin du métro, Surie et Val n'échangèrent pas une parole. Au moment de passer les portes, Val se sentit obligée de se tourner vers Surie. Cette femme très croyante avait une confiance troublante en son monde. Pensait-elle vraiment qu'il était suffisant de n'être qu'une mère ? N'avait-elle donc jamais de questionnements auxquels elle aurait voulu des réponses ? N'était-elle jamais tentée de sortir de ce foyer qui sentait la basse-cour pour découvrir le monde véritable ?

« Miryam Chiena, c'est comme ça qu'elle s'appelle ? Cette enfant est rudement intelligente. Est-ce que vous ne souhaitez pas la voir faire des études supérieures ? Se tracer une carrière ? Elle pourrait facilement devenir médecin. Et que dire de vos nouveaux bébés ?

— Miryam sera toujours entourée de gens qui l'aiment et il en ira de même pour les nouveaux enfants. C'est quelque chose de très fort. »

Sous la passerelle, il y avait un groupe d'hommes assis sur le béton glacé, enveloppés de couvertures et de journaux. L'un d'eux était en train de dresser une tente qui battait furieusement au vent. Un autre, grand et maigre, tenait un bout de carton sur lequel il avait écrit : VÉTÉRAN SDF. CHERCHE TRAVAIL POUR MANGER. Surie alla déposer une pièce dans sa sébile, puis elle s'en revint pour dire à Val :

« Mes enfants et mes petits-enfants auront toujours un foyer.

— Mais que se passerait-il, lui objecta Val, que se passerait-il si un de vos enfants se détournait de la religion ? Ou s'il devenait un Hitler ou un Oussama ben Laden ? »

Surie fit la grimace.

« Comme vous y allez ! Vous n'avez rien de plus raisonnable ?

— D'accord. Que se passerait-il si vous aviez un fils qui soit gay ? Vous connaissez le mot *gay* ? Est-ce qu'il pourrait rester parmi vous ? Est-ce que vous l'aimeriez tout pareil ? »

Surie sentit son visage se pétrifier, un vent glacé lui parcourut les côtes.

« Oui, nous continuerions de l'aimer.

— Mais n'est-il pas exact que votre communauté rejette les enfants qui sont comme ça ? C'est ce que j'ai entendu dire. Les jeunes qui se démarquent d'une manière ou d'une autre ? »

Au fond de la poche de son manteau, Surie serrait les lunettes vert citron au point qu'une des charnières métalliques lui blessait la paume de la main. Elle secoua la tête.

« Mais si ! insista Val. Les journaux publient des articles à ce sujet. Il y en avait un il n'y a pas longtemps, un écrivain qui disait avoir été "élevé comme un veau" et ensuite conduit à l'abattoir quand il n'est plus entré dans le moule. »

Les lunettes entaillaient la chair de Surie. Un fluide brûlant se répandit sur sa main glacée.

« Si ce n'est pas soumis à conditions, qu'est-ce qui l'est ? "Sois comme moi et on t'aimera." N'est-ce pas votre credo ? »

Surie sortit la main de sa poche pour l'essuyer sur son manteau de laine noir. Le vent mordant lui arracha une toux.

« J'ai eu un fils qui était et gay et mécréant, et même s'il m'en faisait voir de toutes les couleurs, même si tout ce qu'il faisait était comme un rasoir m'entaillant les chairs, je n'ai pas cessé de l'aimer. Et si la possibilité m'en était à nouveau donnée, je le ramènerais à la maison, je le ferais dormir dans le meilleur lit, je lui dirais de faire venir son ami et je recommanderais à mes enfants et petits-enfants de lui sourire, de l'aimer et de ne jamais cesser. Cela, parce que l'amour d'un parent ne s'interrompt jamais. Ne devrait jamais s'interrompre.

— Vous avez un fils homosexuel ?

— J'avais.

— Que lui est-il arrivé ?

— Il est perdu, *farloiren**, il s'est perdu pour ce monde et pour le suivant, dit Surie, très lentement. Il erre quelque part et je ne le vois que rarement.

— Eh bien, c'est exactement ce que je disais. Votre communauté rejette ces jeunes-là.

— Ce n'est pas ce qui s'est passé pour lui. »

Surie s'essuya de nouveau la main. Le saignement ne s'arrêtait pas.

« Est-ce que vous ne voulez pas pour vos jumeaux quelque chose de mieux que cette communauté ?

— Je vais m'assurer que ce genre de chose ne leur arrive pas. Je ne sais pas comment je vais m'y prendre, mais je ne perdrai pas un autre enfant. »

Surie se dressait sur ce quai comme une colonne, quelqu'un dont les gens croyaient tout savoir – une étrangère, une fanatique, une farce anachronique, une mère sans instruction. Même les membres de sa famille croyaient la comprendre. Le courant d'air de la rame qui arrivait plaqua le peu seyant manteau sur son ventre proéminent, des tickets et des emballages de chewing-gum voletèrent, odeur de métal déchiré, de crottes de rats et de perte. Elle leva la main, l'inclina une fois de côté, puis tourna les talons et s'en fut.

10

À la mi-mars, les jeunes gens commencèrent à rentrer de leurs yeshivas, *mesivtas** et kollels lointains pour la fête de Pessa'h. L'école s'étant arrêtée au début du mois de *nissan**, les rues étaient pleines d'enfants qui en véhiculaient de plus jeunes dans des poussettes ou bien rapportaient à la maison du poisson emballé de papier dégouttant d'eau à l'intention de leur mère. Des filles plus âgées, qui seraient bientôt fiancées, cheminaient main dans la main, la tête penchée de côté pour les confidences, leur tresse épaisse dans le dos, roulant les hanches. Des odeurs de javel et d'encaustique s'échappaient des fenêtres ouvertes. Des tulipes fleurissaient au milieu des herbes folles des terrains non bâtis. Des hommes arpentaient les rues à grands pas, leurs *tsitsit** leur battant les vêtements, les bras chargés de boîtes de matsoth sortant du four, et dans l'espace ouvert par leur passage s'attardaient des senteurs d'eau tirée du puits, de fumée de bois et de farine.

Des femmes enceintes jusqu'aux yeux, dans leur neuvième ou dixième mois, se reposaient sans honte aucune sur des bancs sous un soleil timide, devisant, tandis que leurs rejetons jouaient à leurs pieds. Quoiqu'elle fût déjà à la fin du cinquième mois, Surie oubliait souvent, entre ses visites à la maternité, qu'elle était elle aussi enceinte. Cela semblait si lointain, quelque chose d'à la fois réel et irréel, elle et pas elle. Quand elle avait commencé à évoquer Lipa à la table du shabbat, Yidel était allé prendre son manteau dans le placard de l'entrée et il était sorti. Deux semaines avant Pessa'h, alors qu'elle était en train d'acheter du raifort, de la fécule de pomme de terre et des noix de coco, elle lui avait demandé en quoi il aurait souhaité avoir agi différemment regardant Lipa. Il avait lâché un de ces vocables obscènes que son père utilisait parfois, et lui avait dit d'arrêter. Puis, comme elle n'en faisait rien, il l'avait plantée, elle et ses deux lourds caddies, au beau milieu de Lee Avenue. Avec pour résultat que le secret de sa grossesse était devenu comme une noix récalcitrante qui, malgré tous les efforts, ne se laisse pas casser.

Elle était incapable de se figurer le moment où elle s'en ouvrirait à Yidel. Alors même qu'elle prenait toujours plus d'embonpoint, que ses pieds enflaient et qu'il lui fallut bientôt enlever sa bague de mariage pour l'ajouter au collier où elle avait déjà glissé, à l'abri de son chemisier, l'anneau que Lipa avait porté au téton, alors même qu'elle ne parvenait plus à atteindre le robinet, nul ne remarquait ce qui lui semblait devoir sauter aux yeux. Peut-être était-ce son âge. Mais cela tenait plus probablement à ce qu'elle n'avait rien dit et au fait que les gens de sa famille ne pouvaient imaginer qu'elle pût jamais leur celer quelque chose.

À une semaine de Pessa'h, alors qu'ils étaient couchés, Yidel sentit même les jumeaux se retourner sous son bras, mais il se borna à froncer les sourcils en s'écartant d'elle, disant qu'elle n'aurait pas dû manger autant de macarons si cela lui donnait des gaz, et qu'il n'était rien de moins romantique qu'une femme qui flatule au lit. Elle n'avait rien répondu, et ce moment, comme tant d'autres, avait été oublié. Désormais, elle se cantonnait au bord du matelas, lui tournant le dos de sorte qu'il ne pût lui passer le bras autour de la taille comme il l'avait toujours fait.

Il était bizarre de se tenir éloignée de l'être qu'elle aimait et auquel elle était à jamais liée. S'exiler ainsi au bout du lit hors de portée des bras de Yidel aurait dû l'attrister, mais au lieu de cela elle en retirait un sentiment de pouvoir étrangement attrayant, un peu comme un fragment de viande coincé entre ses dents avec lequel sa langue pourrait jouer toute la nuit.

« Est-ce que tu m'aimes ? » souffla-t-il dans le noir. Cela faisait des mois qu'ils n'avaient fait l'amour. Il tentait des manœuvres d'approche, elle l'éconduisait en multipliant les excuses. Naguère, ils ne laissaient jamais s'écouler plus de quatre ou six semaines.

« L'amour, c'est bon, mais avec du pain », murmura-t-elle. Sans qu'elle l'ait voulu, cette sortie semblait signifier qu'il ne subvenait pas aux besoins des siens. C'est pourquoi après quelques ronchonnements dépités de Yidel, elle ajouta : « Bien sûr que je t'aime. »

Une profonde aspiration à lui parler des jumeaux l'emplit, comme l'eau s'engouffrant dans une cruche tenue sous la surface d'un bassin, mais elle persista à ne rien dire. Il y avait en elle deux désirs qui s'entortillaient, celui de parler et celui de se taire. Braver son secret et en être libérée ou le conserver et s'assurer ainsi une parcelle de pouvoir. L'histoire de Jacob et d'Ésaü était très présente en elle à l'époque : le premier voulant naître au moment où sa mère, Rébecca, passe devant la synagogue ; Ésaü, l'autre jumeau, cherchant à sortir quand elle passe devant un lieu d'idolâtrie. Qu'avait donc fait la matriarche Rébecca ? Surie regrettait de ne pas savoir étudier la Torah. Mais les filles ne recevaient pas cet enseignement et, bien qu'elle fût capable de lire ce récit sous une forme élémentaire dans son exemplaire de *Tzeina U'Reina*[1], les commentaires, où figuraient des aperçus utiles, excédaient ses capacités.

Le dernier vendredi avant Pessa'h, alors que Surie allait entamer son sixième mois, Val lui annonça la présence dans le service d'une femme venue d'Israël qui était en attente d'une intervention. Cette personne ne parlait pas un mot d'anglais, si bien que la sage-femme n'avait pu se faire comprendre. Il y avait à l'hôpital des interprètes en hébreu, mais cette dame ne pratiquait que le yiddish. Est-ce que Surie voulait bien venir l'aider ?

Surie protesta de ce que son anglais n'était pas excellent, mais elle finit par accepter de servir

1. Collection de récits bibliques en yiddish.

d'interprète pour cette femme, puis dans la journée pour une autre. Le temps d'en terminer, elle avait déjà raté son bus, aussi resta-t-elle sur place, disant qu'elle assurerait également la traduction pour la dernière patiente du jour. Voulait-elle bien se rendre dans la pièce située tout au bout du couloir et lui demander les renseignements de base?

« Elle n'a pas constitué de dossier? s'étonna Surie.

— Non, pas encore », lui répondit Val.

La patiente en question n'avait voulu parler à aucune des plus jeunes sages-femmes, et Val n'avait pas encore eu la possibilité de se rendre auprès d'elle.

Arrivée devant la porte close, Surie prêta l'oreille et n'entendit rien en provenance de l'intérieur. Entrant dans la salle d'examen, elle y découvrit une adolescente vêtue dans le style de sa communauté, assise les mains croisées dans son giron, ses cheveux clairs retenus par un bandeau du genre de ceux utilisés pour les très jeunes enfants. Il n'y avait personne avec elle.

Il s'agissait d'une jeune personne distinguée et même très jolie, avec une coupe au carré, des mains fleurant la crème à la lavande, d'impeccables souliers noirs sans talons. Elle était assise bien droit sur sa chaise, la tête haute mais les yeux baissés, si bien que Surie ne la reconnut pas immédiatement.

« Où est ta mère? interrogea-t-elle. Ou alors ta sœur? » Une femme plus âgée, une parente, devait être partie aux toilettes. Aucune mère de la communauté n'aurait toutefois partagé la nouvelle de sa grossesse avec une fille non mariée. Qui se ferait accompagner par une adolescente à une consultation prénatale?

Surie considérait cette jeune personne avec perplexité, essayant de comprendre de quoi il retournait. La part d'elle-même qui était née dans sa communauté et y mourrait, la part d'elle-même qui était liée aux mœurs et traditions de la vie des juifs, refusait de voir ce qu'elle avait sous les yeux, tout comme Yidel ne voulait pas voir sa grossesse parce qu'il présumait qu'elle ne pouvait être enceinte. Elle restait sur le pas de la porte, attendant que la fille dise quelque chose. Un grand silence régnait. Après de longues minutes de gêne, l'adolescente quitta sa chaise et, dans l'étrange mouvement de torsion qu'elle fit en se levant, Surie reconnut sa propre manière de s'équilibrer. Intérieurement, elle se plaignit à Dieu. N'était-ce pas assez de me donner des jumeaux ? N'était-ce pas assez de me prendre Lipa ? N'était-ce pas assez de m'envoyer ici, où je dupe mon époux semaine après semaine ? Fallait-il encore que Tu m'envoies cette enfant ?

La fille leva les yeux car Surie avait laissé échapper un mot en yiddish. Quand elle reconnut l'épouse du sofer avec son foulard en soie et ses bas taupe, le visage de cette femme d'un certain âge exempt de tout maquillage, elle écarquilla des yeux apeurés.

« Excusez-moi, Rebbetzin », balbutia-t-elle dans la langue maternelle. Elle se dirigea vers la sortie, et Surie maudit silencieusement Dieu et Val et les hommes en général et l'innocence des jeunes filles en particulier.

« Attends », dit-elle, une main sur l'avant-bras de la fille. Des années s'étaient écoulées depuis que, alors âgée de huit ans, cette enfant était venue avec sa mère acheter de nouvelles mezouzas. Elle ne pouvait avoir aujourd'hui plus de treize ans. « Ne t'en va pas. Il est plus courageux de ne pas partir. » Que pouvait-elle lui dire ?

Telle en été une libellule suspendue immobile au-dessus d'une chaussée surchauffée, la petite balançait entre se rasseoir et foncer vers la sortie, deux choix également possibles. Comme assurée qu'elle opterait pour le premier, Surie se posa sur le tabouret à roulettes qui flanquait la table d'examen. Peu à peu, la peur de l'adolescente retomba et elle finit par se rasseoir. Surie ne lui demandait pas son nom car elle le connaissait déjà.

« Est-ce que ta mère est au courant ? » lui demanda-t-elle. Impossible de distinguer ses traits car elle avait enlevé son bandeau pour le tordre entre ses mains, si bien que ses cheveux, retombés devant son visage, lui faisaient comme un écran. Surie ne parvenait pas non plus à se représenter le visage de la mère. Cette femme avait-elle à l'époque quelque chose qui n'allait pas ? Un foulard sale ? Une robe chiffonnée ?

« Est-ce que quelqu'un est au courant à part toi ? »

La fille fit non de la tête.

Les questions se bousculaient, qu'il était trop tôt pour poser. Qui avait pu infliger cela à cette enfant ? Comment savait-elle qu'elle était enceinte ? Comment avait-elle trouvé l'hôpital ? Comment s'était-elle fait enregistrer dans ce service ? Comment avait-elle accompli une démarche aussi difficile alors que personne ne l'avait sans doute renseignée ? Comment s'y était-elle prise pour manquer l'école et payer son métro ? Qu'allait-il lui arriver quand elle retournerait à l'école et dans sa famille ?

« Vous devez me mépriser », murmura l'adolescente, en réponse à quoi Surie, se tournant vers son for intérieur, s'aperçut que ce n'était pas le cas. Ce qu'elle éprouvait s'apparentait plus à du désespoir, à une profonde tristesse pour cette enfant et sa famille, pour la communauté, car jamais on n'y accepterait une pareille chose, si bien qu'elle serait rejetée.

« Tiens, il me reste des crackers de mon déjeuner. Tu te sens barbouillée, non ? » La main de Surie rencontra les lunettes vertes, qu'elle conservait dans sa poche, les écarta et sortit les gâteaux secs pour les tendre à la petite.

« Si je mange, je vais grossir et alors tout le monde saura. Mais quand je ne mange pas, je me sens tellement mal. Vous pensez que ça le tuerait… que ça pourrait le tuer, si je ne mange pas ? »

Elle avait demandé cela d'un ton d'espoir, sans se rendre compte, ou presque, de ce qu'elle disait.

« N'ouvre pas la bouche pour Satan ! lança Surie. Non. Non, je… » Elle hésita, mais cette enfant méritait rien de moins qu'une absolue franchise. « Je suis enceinte, moi aussi. » Quels yeux elle avait, cette petite ! « Et comme tu imagines bien, je ne peux le dire à personne. Pour des raisons différentes, mais je sais ce que ça fait. » La fille hocha la tête. « Quand j'ai appris que j'attendais des jumeaux… » Toujours ces yeux. « J'ai espéré la même chose. Je me suis efforcée de ne plus manger tant que j'en ai été capable. Mais les bébés – la petite tressaillit à ce mot – les bébés ont la vie dure. Tu vas te faire du mal bien avant d'en avoir fait au fœtus. Au bébé, j'entends. » Surie montrait son propre ventre. Traduire. Toujours traduire.

L'adolescente se fourra un biscuit dans la bouche, l'en ressortit le temps de remercier le Ciel, puis le mangea rapidement. Elle balaya les miettes tombées sur sa robe, se redressa sur la chaise et se remit le bandeau dans les cheveux.

« Des jumeaux ! Vous avez de la chance ! Ma mère en a toujours voulu. Les bébés vont vous garder jeune. »

La bénédiction traditionnellement adressée à une femme qui a des enfants sur le tard.

« Excusez-moi, mais est-ce qu'il vous reste des crackers ? J'ai faim en permanence. »

Peut-être cette jeune personne entrait-elle dans le quatrième mois. Elle était terriblement maigre, mais Surie crut deviner une rondeur sous l'ample cardigan de son école et le corsage uni.

Retournant dans le couloir, Surie en revint avec son sac Harrods plein de gâteau au chocolat. « Sers-toi. » La fille prit une épaisse tranche qu'elle dévora.

Les bébés la gardaient jeune, en effet. Elle était bien plus énergique qu'elle ne l'avait été depuis des années. Elle se réveillait plus tôt, s'activait debout toute la journée et, avec tout cela, elle se sentait plus légère, en meilleure santé, plus vivante. Elle se prit à sourire. Après la naissance, elle serait encore plus occupée, mais elle avait emmagasiné de l'endurance ces derniers mois. Les hipsters n'en croiraient pas leurs yeux quand ils la verraient faire des promenades quotidiennes de huit kilomètres avec la poussette double. Eux qui se croyaient en forme ! L'entendant rire tout haut, l'adolescente leva le nez de sa deuxième tranche de gâteau.

« Un jour, le rabbin Shimon ben Shetach captura par la ruse quatre-vingts sorcières et les pendit », dit Surie. Elle voulait offrir à la petite quelque chose de mieux que des biscuits et du gâteau. De mieux que le tardif aveu d'une femme âgée.

« Quatre-vingts ! Rends-toi compte. Les sorcières sont si malignes, si futées, peut-être même qu'elles voient dans l'avenir. Pourtant, un homme qui entendait les amener par la ruse à perdre la vie y est parvenu. Un homme a pu berner *tout seul* quatre-vingts sorcières ! Pour sûr, s'il veut quelque chose, un homme trouvera toujours le moyen de parvenir à ses fins.

— Ce n'est pas arrivé une… », dit la fille. Elle avala encore une bouchée de gâteau. « Ce n'est pas arrivé une seule fois.

— Veux-tu que j'aille te chercher de l'eau ? demanda Surie, soudain prise d'un vertige, comme si le sol s'inclinait légèrement et que toute chose prît des angles étranges. Un jus d'orange ? Il est kasher. »

Mais la jeune fille était venue pour raconter son histoire à quelqu'un et, maintenant qu'elle avait commencé de parler, rien ne pouvait l'arrêter. Le récit se dévidait, Surie écoutait. Elle se sentait comme pétrifiée sur son minuscule et peu stable tabouret roulant. Le père de l'enfant en gestation était un thérapeute sans diplôme reconnu, un hassid bien connu de la communauté, qui travaillait au sein de la principale école de filles. C'était quelqu'un que Lipa était allé voir pour parler de ses difficultés ; Surie avait projeté de lui envoyer Mattis pour traiter son problème. Mattis s'était fait surprendre par le principal de son école en train de regarder les magazines sur les présentoirs près de la station de métro. Ce psychologue jouissait d'une bonne réputation ; or cette chose entre la fille et lui durait depuis des mois.

Se pouvait-il que cet homme ait aussi touché Lipa ? Un pareil individu devait être capable de tout. Lipa était-il devenu gay à son contact ? Ils l'avaient forcé à une séance par semaine pendant des années, bien qu'il les eût suppliés de ne plus l'y envoyer. N'avait-il pas dit quelque chose, un jour, à propos de cet homme ? Qu'il l'avait fait se déshabiller ? Ou bien était-elle en train d'imaginer cela ? Ce n'était pas pensable. Lui fallait-il cette petite en face d'elle pour se remémorer la malfaisance du thérapeute en la voyant imprimée dans la chair de cette fille ? Quelle mère lamentable elle avait été. Mais il lui semblait avoir appris quelque chose au cours des quatre dernières années, et si elle n'avait pas traité Lipa avec compassion, elle pouvait se racheter avec cette enfant.

Elle regarda par la fenêtre et, bien sûr, il pleuvait. Il pleuvait toujours. Elle voyait le sommet de la tête des passants. Ils assuraient tant bien que mal l'équilibre de leur parapluie et de leur tasse de café, verres de lunettes embués de sorte que leurs yeux n'étaient plus visibles. Des voitures défilaient dans des chuintements, des bus produisaient des sons rauques et inquiétants. Dans la lumière fracturée sous les nuages, leurs couleurs étaient épouvantablement criardes. Leurs balais d'essuie-glaces projetaient des embruns en direction des piétons. Un homme passa avec sur l'épaule un poste de radio protégé par un sac en plastique. Au passage, les basses émises par l'appareil firent vibrer la vitre. C'était comme si le monde avait été secoué, puis replié, et que ses sombres coutures intérieures fussent désormais visibles.

Pauvre Lipa. Quoiqu'elle eût fait de son mieux, elle avait été bien peu à la hauteur de l'enjeu et commençait seulement aujourd'hui à le mesurer. Elle se souvenait qu'un jour il était rentré complètement vidé de sa séance de thérapie. Non pas la fatigue qu'éprouvent tous les garçons suite à de longues journées d'étude à la yeshiva, mais une lassitude inscrite, permanente, sur son jeune visage. D'où cela lui venait-il ? Elle savait, déjà à l'époque, que jamais elle n'entendrait de sa bouche la totalité de l'histoire de sa vie. Ou de la vie de quiconque, du reste. Une si grande part de la vie d'une personne reste dissimulée même à son conjoint, à ses meilleurs amis, à ses enfants. Tout un monde de pensées et d'images dont nul n'a jamais connaissance. Lipa aurait-il voulu être serré dans ses bras ? Aurait-il voulu un mot gentil ? Aurait-il simplement voulu qu'elle lui témoigne de l'attention ? Qu'elle voie que quelque chose n'allait pas ? C'était tout simplement en cela qu'elle n'avait pas rempli son office auprès de lui. Si seulement elle avait pris le temps de l'écouter.

Elle glissa la main dans sa poche pour palper encore une fois les lunettes vertes. Au bout d'un moment, elle les sortit et les déposa, repliées, sur son ventre comme sur une étagère. La fille les regarda.

« Elles sont d'une jolie couleur, observa-t-elle. De la couleur de l'herbe au printemps, vous savez, quand elle est toute neuve et toute fraîche. Si c'est un garçon, je lui ferai une turbulette de cette couleur. Je peux toucher votre ventre ?

— Je ne sais pas. Peut-être. Oui. »

L'adolescente posa sa petite main sur le devant de la robe de Surie.

« Comme il est chaud ! s'étonna-t-elle. Et dur ! » Elle retira sa main et s'en appliqua la paume sur la joue. « Est-ce qu'ils gigotent ? Est-ce que je peux sentir ?

— Ils ne bougent pas en ce moment.

— C'est normal ?

— Je pense que oui. » Du moins Surie l'espérait-elle. Il faudrait qu'elle demande à Val de contrôler leur rythme cardiaque quand elle aurait fini son service.

« J'ai entendu dire que les bébés s'agitent moins à mesure que la naissance approche.

— Comment sait-on quand le bébé va naître ? Le terme ? » Elle avait dit cela comme s'il s'agissait d'un mot chinois difficile à prononcer.

« Est-ce que tu connais la date de tes dernières règles ? »

Avec presque de l'empressement, elle se redressa sur sa chaise, répondit à la question, puis écouta la suite en prenant des notes dans son cahier d'école. Elle était dans la quatorzième semaine, ce qui plaçait son terme deux mois exactement après celui de Surie. La conception devait avoir eu lieu dans les temps de

Hanoucca. Surie tira de son sac le flacon de coûteuses vitamines prénatales et lui en donna quelques-unes dans une pochette en plastique. Elle lui dit où l'on pouvait s'en procurer.

« Nous pourrions choisir un prénom pour ton bébé. Un prénom masculin pour un garçon. Un prénom féminin pour une fille. Tu ne serais pas obligée de le dire à quelqu'un ni même de le noter quelque part, mais cela te ferait quelque chose à quoi te raccrocher. Ça te dit ? »

La petite hocha la tête, puis objecta :

« Je croyais qu'on n'était pas censé nommer les bébés avant leur naissance.

— Ce ne serait pas vraiment le nommer. Juste imaginer un peu. Un gentil petit exercice d'imagination.

— Est-ce que vous l'avez fait pour les vôtres ? »

Surie marqua un temps.

« Non. Pas encore. »

Elle fit de nouveau silence. La fille lorgnait le sac de chez Harrods en se léchant les lèvres. Surie éclata de rire. Elle était pleine d'amour pour cette jeune personne, pour son bébé et pour ses jumeaux.

« Nous pourrions parler prénoms. Nul besoin de dire lesquels nous choisissons. Que dis-tu de ça ? »

« Où est passée la demoiselle qui est arrivée tout à l'heure ? lui demanda Val en agitant ses grandes mains. Je n'arrive pas à la trouver.

— Elle est repartie. J'ai parlé avec elle : elle ne veut pas subir un examen interne pour l'instant et, de toute manière, il faut qu'un adulte soit présent ; c'est pourquoi je lui ai repris un rendez-vous et lui ai dit de rentrer chez elle. Je sais où elle habite. Si elle rate son rendez-vous, je l'amènerai avec moi en bus.

— Je suis désappointée que vous n'ayez pas vu ça avec moi, mais en même temps je suis impressionnée, dit Val. Personne n'était parvenu à lui arracher un mot. Cela faisait une heure qu'elle était assise là quand je vous ai envoyée la voir. Qui est le père ? »

Surie hésita. La réputation des juifs hassidiques plongerait encore si elle révélait les circonstances de cette grossesse.

« C'est déjà un miracle qu'elle se soit présentée ici.

— Avez-vous évoqué avec elle l'éventualité d'un avortement ? »

Cela faisait-il donc partie du travail de Val ? Jamais Surie n'aurait consenti à parler d'une chose pareille avec qui que ce fût. Il était interdit de tuer les guêpes les jours fériés, les mouches le jour du shabbat, ainsi que les araignées. Même dans ses pires moments de désespoir, jamais ce mot abominable ne l'avait effleurée.

« Tuer un enfant avant la naissance est un meurtre.

— Mais comment va-t-elle l'amener à terme ? Quel âge a-t-elle ? Douze ? Treize ans ? Ce sera bien pire pour elle, assurément.

— Elle est déjà au quatrième mois. C'est inutile, n'en parlons plus. Ses parents vont l'envoyer loin pour qu'elle devienne aide maternelle quelque part et le bébé sera adopté, et ce sera dur, très dur pour elle. Ou bien, si sa mère est suffisamment jeune et suffisamment corpulente, la famille dira que c'est elle, la mère. En ce cas, cette petite pourra demeurer au sein de la communauté, finira par se marier et avoir d'autres enfants. Ce n'est pas la solution parfaite. Mais je crois qu'il n'en existe pas.

— Est-ce que c'est son père ? Ou un frère ? Un oncle ? Vous n'auriez pas dû la laisser quitter le service avant qu'on se soit assuré qu'elle retournait dans un environnement sans risques. »

Surie secoua la tête.

« C'est son psychologue. À l'école.

— Oh, mon Dieu ! s'écria Val. Il faut que j'appelle l'ASE. »

Puis, avisant l'expression interdite de Surie : « L'aide sociale à l'enfance. Il faut qu'on arrête ce cinglé avant qu'il sévisse de nouveau. »

Elle voulut décrocher le téléphone, mais Surie posa la main sur la sienne.

« Attendez. Laissez-moi d'abord parler à la famille. Je vais également appeler la police de la communauté. Il va être tenu à l'œil. »

Elle allait s'entretenir avec la mère de la petite, et ensuite quoi ? Oserait-elle aller trouver le thérapeute chez lui afin de s'assurer qu'il ne ferait du mal à aucun autre enfant ?

Ignorante de tout, sa femme la ferait entrer et, l'air interdit, lui proposerait de ses cookies de Pessa'h. Il y a un problème ? demanderait-elle. Est-ce que ça peut attendre ? Et Surie dirait que non, que ça ne pouvait pas attendre, elle mordrait dans le gâteau, qui aurait un goût de fécule de pomme de terre, et elle se ferait violence pour avaler avant de mettre la femme au courant ; celle-ci ne la croirait sans doute pas et serait déjà en train d'appeler la police au moment où, s'en revenant de faire cuire ses matsoth, le satyre arriverait chez lui ; aussitôt, partagée entre la fureur et les larmes, Surie se jetterait sur lui. Elle lui grifferait le visage. Elle enverrait voler sa kippa, lui arracherait la barbe par poignées. Au début, ses hurlements seraient pour la petite, mais ensuite…

Mon fils, sangloterait-elle, mon fils, mon fils, mon Lipa.

Lorsque le service ferma en fin de journée, Val et Surie se retrouvèrent au bas du perron mouillé de pluie, une eau froide dégouttant de la marquise dans l'encolure de leurs manteaux.

« Je lui ai dit que je suis enceinte, annonça Surie.

— Elle n'a pas besoin de connaître votre vie, elle a besoin qu'on l'aide, répondit la sage-femme. Écoutez, si ses parents sont au courant de ce qui est arrivé et continuent néanmoins de l'envoyer chez ce thérapeute, ils lui font du mal et devront en répondre devant la justice. Il me faut savoir comment votre communauté va appréhender l'affaire – est-ce que les autorités hassidiques ont le pouvoir de le mettre sous les verrous ? Comment cela fonctionne-t-il ? Quel âge a-t-il, au fait ? »

Les traits crispés, elle dévisageait Surie, mais celle-ci regardait ailleurs.

Il était dans la soixantaine. Il avait dix ans de moins à l'époque où il voyait Lipa, ses cheveux avaient depuis complètement grisonné. La plupart de ses enfants étaient mariés. Surie le croisait régulièrement en train de se promener sur Lee Avenue, tenant un de ses petits-fils par la main. Sale monstre. Peut-être Lipa serait-il toujours de ce monde si elle n'avait pas fait confiance à cet homme pour le soigner. Pour peu qu'elle ait écouté son fils comme une mère se doit de le faire.

« Cela me bouleverse, moi aussi, Val. À ma connaissance, c'est la pire chose qui se soit jamais produite au sein de la communauté. Vous n'avez pas idée du choc que cela va causer. Je compte rapporter cette histoire aux rabbins et leur livrer le nom du coupable, mais cela me fait peur. Cela comporte des risques pour toutes les personnes concernées, et la dernière à laquelle je veux nuire est la petite. »

La pluie lui ruisselait le long de la colonne vertébrale, si froide.

« S'il vous plaît, n'en parlez à personne avant que j'aie eu la possibilité d'aller voir sa mère et les rabbins. »

Elle n'irait pas chez le thérapeute lui arracher la barbe, mais elle déposerait une lettre dans sa boîte lui demandant exactement ce qu'il avait dit et fait à l'adolescente. Et à Lipa. Elle revoyait son sourire sardonique quand ils l'avaient croisé après que Lipa eut été libéré au lendemain de son arrestation. L'hypocrite !

« Je ne peux pas attendre, dit Val. Je suis rapporteuse mandatée et cette affaire regarde la police. Cette fille est si jeune. Comment prendriez-vous la chose si vous aviez envoyé votre enfant voir cet individu et qu'elle en revienne enceinte ? »

Le fils de Surie, pendu à un arbre, la corde entortillée autour de la branche, le soleil se levant au-dessus des montagnes, le jogger courant sur le sentier damé.

« Une grossesse n'est pas ce qui peut arriver de pire », dit Surie en se tenant fermement les coudes pour s'empêcher de tourner les talons et de partir.

Le soir approchait et le pont était vide de piétons. Un vent fort agitait les eaux de l'East River, levant une houle qui faisait rouler les remorqueurs. Le ciel était gris sombre et le froid glacial. La bise traversait un manteau qui s'était révélé suffisamment chaud en début de journée. Surie se pencha par-dessus la rambarde pour contempler l'eau noire. Est-ce que des parents parvenaient jamais à bien faire ? Elle s'était toujours dit que, si elle n'y arrivait pas avec ses enfants, elle pourrait toujours les orienter vers une assistance psychologique ou une thérapie ou bien encore une de ces écoles spécialisées. Mais on ne pouvait s'en remettre à autrui pour réparer ses propres erreurs. Le mieux était de ne pas en faire du tout. Quand elle arriva à la maison en ce vendredi soir, la nuit était tombée depuis un bon moment, trop tard pour allumer les bougies du shabbat. À son entrée, Yidel fondit en larmes.

« Je ne savais pas ce qui t'était arrivé ! dit-il. J'ai pensé que tu étais, *chas v'shalom**… »

Après s'être assuré qu'il n'y avait pas d'enfants dans les parages, il l'enlaça et la serra contre lui.

« Ça m'était insupportable…

— J'étais en parfaite sécurité, dit-elle dans la caverne tiède et familière que faisait le cou de son mari.

— *Shabbos HaGadol**, Surie ! Mais qu'est-ce qui t'est passé par la tête ?

— Yidel, commença-t-elle tout en saisissant une petite poignée de barbe pour la tirailler, alors que j'étais à l'hôpital, quelque chose d'affreux s'est produit. »

Il avait été pendant des années à la tête d'une association d'ambulanciers bénévoles. Que pouvait-il y avoir de si affreux qu'il n'eût déjà vu ? Jusqu'au moment d'ouvrir la bouche elle avait pensé lui raconter pour la petite. Mais comment aurait-elle pu être témoin d'une telle chose alors qu'elle ne faisait que rendre visite à des malades ?

D'une voix menue, elle lui dit avoir tenu la main d'une mourante. Lipa, adossé au mur, lui fit les gros yeux. Une des bougies non allumées tomba du candélabre et roula sous le buffet. Les contours de Lipa s'estompèrent. La dernière partie à disparaître fut son œil gauche, qui surveilla Surie pendant encore un instant, puis cligna et s'effaça.

Le samedi soir, Surie veilla tard pour rédiger une lettre à l'école de filles qui employait le psychologue et une autre à la cour rabbinique. Elle y consigna tous les détails qu'elle tenait de l'adolescente, sans toutefois nommer celle-ci. Elle se garda également de signer. Elle n'avait pas à craindre que quelqu'un reconnaisse son écriture puisque aucun des membres de sa famille ne serait au *beth din**. Elle enfila son manteau et remonta Division Avenue pour porter ses lettres. Si l'école était fermée, la cour rabbinique était, elle, envahie de gens venus déposer des questions de dernière minute à propos de Pessa'h. Dans le hall, elle s'assit sur un banc et regarda un des lugubres secrétaires prélever sa lettre dans la boîte pour l'emporter dans le saint des saints. Des hommes, des femmes et des enfants continuèrent de défiler dans un sens puis dans l'autre sous l'éclairage blafard de la salle. Au bout d'une heure, un autre secrétaire ressortit, transportant une corbeille à papier. Sur une feuille déchirée, Surie reconnut son écriture.

Fâchée, elle quitta les lieux et alla appeler d'une cabine téléphonique le siège du Comité de surveillance communautaire. Tenant sa manche plaquée sur le combiné et s'efforçant de contrefaire un accent *bobover**, elle dénonça le thérapeute à la police hassidique.

Plus tard ce même soir, Val appela Surie à son domicile.

« J'en ai déjà touché un mot au Comité de surveillance et aux rabbins, lui dit cette dernière. Et je vois les parents demain matin. S'il vous plaît, attendez, avant d'envoyer votre rapport, que la communauté ait eu la possibilité de réagir. »

Si seulement on lui avait adressé quelque mise en garde avant le cyclone que furent les derniers mois de Lipa.

« La mère mérite ce ménagement.

— Merci. »

Val eut un soupir de soulagement.

« Écoutez, je suis rudement contente de pouvoir compter sur votre aide par ici. Ce n'est pas évident, vous savez. Je ne comprends pas bien comment les choses fonctionnent dans votre monde. Et je sais que je ne suis pas toujours facile. Franchement, le signalement n'aurait pas été possible si cette petite ne s'était pas attardée sur place et si vous ne lui aviez pas parlé. En fait, aujourd'hui dans le service, tout est allé comme sur des roulettes. »

S'ensuivit un long silence. Surie, les yeux fermés, attendait la suite.

« Est-ce que vous envisageriez de faire ça régulièrement ? Autant de jours que vous pourriez y consacrer ? Je suis à peu près sûre de pouvoir vous obtenir quinze dollars de l'heure. »

Surie avait été certaine d'entendre Val lui annoncer qu'elle avait contacté l'ASE et qu'elle, Surie, allait avoir des ennuis parce qu'elle n'avait pas signalé le délit au plus tôt.

« Pas la semaine qui vient, répondit-elle. C'est fête.

— Vous ne pouvez pas venir de toute la semaine ? Et votre rendez-vous avec le médecin vendredi ? »

Avec quinze dollars de l'heure, elle serait en mesure d'acheter des vêtements neufs pour les jumeaux, ainsi qu'un berceau qu'ils pourraient partager. Peut-être pourrait-elle même mettre de côté de quoi payer une aide pour la petite lorsqu'elle aurait accouché. Elle n'aurait pas besoin de solliciter Yidel à tout bout de champ.

Mais ce dimanche, elle serait trop accaparée par les préparatifs de dernière minute du *séder** pour aller parler avec les parents de la fille.

De bonne heure ce lundi matin, veille de Pessa'h, Surie, vêtue pour la fête, anxieuse et en nage, prit un taxi pour se rendre à l'hôpital, tout en se demandant ce qui s'était passé durant le week-end. Val avait transmis son rapport dans l'après-midi du dimanche, pensant que Surie était allée parler aux parents de la petite. Dans la soirée du même jour, Surie était restée à proximité des fenêtres, mais n'avait entendu aucun émoi inhabituel dans la rue. De retour des prières du soir, Yidel n'avait fait état d'aucune effervescence particulière.

Il était scandaleux de s'absenter de Williamsburg à la veille de Pessa'h, mais elle se sentait une responsabilité à l'égard de l'adolescente. Yidel ne parviendrait pas à mettre la main sur son costume récemment rapporté du pressing ; les garçons chercheraient vainement les cartons de vin ; Tzila Ruchel demanderait à un rabbin si l'on pouvait vraiment confier à Surie ses petits-enfants, considérant qu'elle était partie sans bonne raison à Manhattan en cette veille de fête. *Comme une goyta*. Mais Surie entendait demander à Val si d'autres enfants de la communauté s'étaient déjà présentés avec un problème de ce type. Si ce que la petite avait dit était véridique, il devait y en avoir eu d'autres.

Val écarquilla les yeux en la voyant entrer.

« Je croyais vous avoir entendu dire que vous ne pourriez pas venir ! » Elle lui sourit. « Est-ce que ce n'est pas Pessah ce soir ? »

Surie avait préparé tous les mets au cours de la semaine précédente. Elle avait, la veille, dressé les tables pour le séder. Après le coucher du soleil, elle avait fait le tour de la maison en compagnie de Yidel et de ses fils avec des bougies en cire d'abeille, des cuillers en bois et des plumes, en quête de miettes de pain.

Ce matin-là vers dix heures, Val la fit venir en salle d'examen pour qu'elle apporte son concours à un couple de laïcs, dont la langue parlée était l'anglais.

« Pour quoi faire ? » s'enquit Surie. Elle était ignorante en médecine, en anatomie. Sa seule connaissance utile dans cet hôpital était son usage du yiddish.

Val lui dit qu'elle n'avait pas besoin d'interprète. En fait, elle manquait d'une assistante de plus, or le budget ne s'étendait pas jusque-là. Le service avait besoin d'un grand nombre de petites mains supplémentaires. Puisque de toute façon elle était sur place pour un moment, est-ce que Surie pouvait apprendre à exécuter quelques-unes des tâches les plus simples ? De plus, détail non négligeable, les patientes semblaient plus détendues quand elle – empruntée, vieux jeu, décalée – se trouvait dans la pièce. La sage-femme voulait aussi qu'elle côtoie d'autres femmes enceintes, des mères contentes de leur sort dont la bonne humeur et l'acceptation puissent déteindre sur elle, faire de sa grossesse le même événement joyeux que celles qui avaient précédé. Ne pouvant toutefois lui dire cela, elle se borna à observer :

« Je ne comprends pas bien pourquoi, mais les femmes vous apprécient énormément.

— C'est parce que je suis une mère, répondit Surie. Je leur inspire confiance. C'est pour cela que la petite m'a parlé, alors qu'elle ne desserrait les dents avec personne. »

Le bandeau entortillé entre les mains de l'adolescente, des mains si petites et si pâles.

« Ne le prenez pas mal, mais cette chevelure orange n'inspire pas vraiment confiance. »

Val faillit pousser un cri de surprise, puis toutes deux éclatèrent de rire.

« J'y mets deux conditions, reprit Val en levant index et majeur. Il faut que vous mettiez votre mari au courant pour les jumeaux et lui disiez ce que vous faites vraiment à l'hôpital. Plus de cachotteries. Et je voudrais que vous continuiez à vous entretenir avec la mère de cette enfant. Ces gens vont avoir besoin d'être soutenus. Est-ce que vous allez en être capable ? »

Surie hocha la tête. Malgré l'absence de réaction tangible à ses lettres et à son coup de téléphone, elle restait assurée de pouvoir aider l'adolescente à obtenir les soins dont elle avait besoin, cela tout en parvenant vaille que vaille à la protéger des bavardages oiseux qui avaient tué Lipa. « Merci d'avoir attendu pour faire votre rapport. Cela rend les choses moins difficiles pour la famille. »

Val était contente d'avoir attendu et de s'être rangée à l'avis de Surie. Elle ne tenait pas à déclencher une avalanche de conséquences imprévisibles.

« Je vous sais gré d'avoir bien voulu parler aux parents. Comment ont-ils réagi en apprenant la chose ? »

Surie consulta sa montre, bien qu'il n'y eût pas de bus ce jour-là.

« Oh, mon Dieu ! s'écria-t-elle. Mon bus arrive d'une minute à l'autre ! Il faut que je file. Bonne fête ! »

Le jeudi matin, premier des jours intermédiaires de cette période fériée qui en compte huit, Surie trouva l'adresse de l'adolescente et remonta Division Avenue pendant une quinzaine de minutes jusqu'au bout de Havemeyer Street. Se dressait là une succession d'immeubles à loyers modérés d'où sortaient des musiques lancinantes. Des vêtements bizarres battaient au vent devant les fenêtres et une fumée à l'odeur étrange flottait dans les entrées. Le père de la petite était gardien d'un des bâtiments. Après s'être renseignée auprès d'une femme, elle le trouva au sous-sol. Il avait tombé la veste et était assis les pieds posés sur un tuyau sortant du flanc d'une antique chaudière.

« Une tasse de thé ? » proposa-t-il avant de prendre de l'eau chaude à un robinet qu'il avait soudé sur le côté du ballon. « C'est *pesach'dik**. » Ce personnage n'avait rien de commun avec Yidel ou l'un ou l'autre des fils de Surie. Personne de sa connaissance n'aurait offert à boire à la femme d'un autre.

« Il y a quelque chose qui ne va pas ? »

Le visage de l'homme était presque occulté par la vapeur. Se retrouver dans ce lieu sombre et confiné avec un inconnu ne lui semblait pas du tout convenable. Il existait des préceptes proscrivant ce cas de figure. Reculant vers la porte, elle lui dit qu'elle cherchait sa femme. Il tira un talkie-walkie d'entre les chevrons et appuya sur un bouton.

« Elle vous demande de monter. »

Pas une fois, il ne l'avait regardée. Il parlait de façon précipitée, frottait ses mains sales sur son pantalon, se raclait la gorge. Surie n'avait jamais rendu visite à cette famille. Ces gens étaient bien éloignés de son cercle social, le genre de parias qu'il lui faudrait, à cause de Lipa, à cause des jumeaux, envisager comme partis pour ses petites-filles.

À l'étage, la mère de l'adolescente la regarda plusieurs secondes par l'œilleton avant de lui ouvrir.

« *A gitn moed, Rebbetzin*[1] ! dit-elle. Quelle surprise ! »

Surie ne savait guère comment entamer la conversation. Impossible de faire compliment d'un appartement ceinturé d'une trace gris-jaune à quelques centimètres au-dessus des plinthes, pareil à une baignoire jamais rincée. Impossible de complimenter la maîtresse des lieux, qui portait un peignoir taché, un turban et des pantoufles fatiguées. Point de bébé dans la maison auquel faire des papouilles, point de comestibles sur la table, ni de rideaux, ni de *tchotchkes** d'aucune sorte.

« J'ai rencontré votre fille », commença Surie.

L'autre se mit à sourire.

« Laquelle ? J'en ai sept. »

Surie précisa le prénom et le sourire s'évanouit.

1. « Bonnes fêtes, *Rebbetzin* ! »

« Quoi encore ? demanda la femme en s'asseyant sur la banquette-lit recouverte de velours. Qu'est-ce qu'elle a encore fait ? »

Elle se couvrit les yeux de la main.

« Où l'avez-vous rencontrée ? Est-ce que c'est une histoire de garçon ? Nous l'avons envoyée voir quelqu'un, mais rien n'y fait. Elle me dit qu'elle s'en va jouer chez une amie, mais elle me ment. Elle ment ! Je suis bien certaine, honorée Rebbetzin, que vos filles si raffinées ne vous mentent jamais ! Il y a des règles à respecter, mais elle s'en fiche, c'est une traînée, croyez-moi. Je la surprends à téléphoner à minuit passé. Des femmes m'abordent pour m'en raconter de belles à son sujet. Le principal de son école… *ach*.

— Elle a douze ans », dit Surie.

La fillette au bandeau, ses beaux cheveux lui retombant devant le visage.

« Treize.

— Pas encore. Son anniversaire est dans deux mois. »

La femme hocha la tête.

« Je m'embrouille parfois dans les dates. Je ne suis pas très bonne avec les chiffres.

— Une fillette de douze ou treize ans, sa mère est responsable de là où elle va, de ce qu'elle y fait, d'avec qui elle est, de *ce qui lui arrive*. »

Surie marqua un temps.

« Je me trouvais à l'hôpital… »

La femme se mit à respirer avec difficulté. Elle se porta la main à la gorge. Un sifflement emplit la pièce, pareil à celui d'une bouilloire. Elle tâtonna pour saisir un inhalateur et s'injecta deux brèves pulvérisations.

« C'est vous qui l'y avez envoyée. Est-ce que je me trompe ? »

La femme regarda de droite et de gauche, cligna rapidement.

« Peut-être bien.

— Ne faites pas semblant de ne pas savoir que votre fille est enceinte. Dites-moi seulement si vous avez arrêté de l'envoyer chez le psychologue. Avez-vous dit à l'école qu'il y avait un problème ?

— Quoi, le psychologue ? Elle a un petit ami. C'est une mauvaise fille. Elle n'écoute rien.

— C'est lui. C'est le psychologue », dit Surie.

Dans quel monde vivait-on ! Il était apparemment plus dommageable pour une réputation d'admettre avoir un thérapeute qu'un petit ami ! Elle avait l'impression que son épiderme n'était pas relié à ce qui se trouvait à l'intérieur de son corps, et que rien de tout cela n'était connecté à la part d'elle-même qui avait la faculté de penser. Son regard parcourut de nouveau la pièce. Chaise, table, panier à linge, portemanteaux. Seulement alors sentit-elle ses orteils à l'intérieur de ses chaussures orthopédiques. Jamais elle n'aurait imaginé avoir un jour ce genre de conversation, et elle mesurait cruellement son manque de préparation, son incapacité à aider cette femme ou son enfant de manière concrète.

« Elle n'a pas de petit ami. Elle m'a dit qu'elle vous l'avait dit, mais que vous ne l'aviez pas crue. C'est le psychologue. Elle m'a expliqué en détail… »

En voyant le visage de la femme, Surie se tut. Elle se pencha en avant et lui prit les mains dans les siennes.

« Assurez-moi seulement que vous direz ce que vous savez devant le juge. Cet homme est en train de voler l'innocence de nos enfants. Si personne ne se résout à faire éclater la vérité, rien ne changera.

— Il est le meilleur, gémit la femme. C'est ce qu'on m'a dit à l'école. Nous n'avions pas d'assurance maladie, mais mon mari a pris en charge un autre immeuble et j'ai gardé des bébés pendant un temps, cela pour qu'elle puisse aller voir ce psychologue et apprendre à être comme les autres filles. Normale. »

Elle récupéra ses mains pour ramasser l'inhalateur et le tourner en tous sens.

« Que va-t-il advenir de mes autres filles ? Elles ne trouveront jamais à se marier ! Si quelqu'un apprend…

— Toute famille a ses secrets, dit Surie.

— Oui, mais certains secrets sont pires que d'autres ! » lança la femme, et Surie dut admettre que c'était exact.

De retour à la maison, Surie composa le numéro personnel de Val. « La mère était au courant », lui dit-elle. Elle ne parla pas à Val de la façon dont cette femme se grattait le poignet, ni de l'odeur d'excréments de rongeurs, ni de son impression que l'adolescente se trouvait quelque part tout près, incapable de prononcer un mot.

Le lendemain, vendredi, Surie se rendit à la maternité malgré que Yidel eût souhaité profiter de ce jour férié pour emmener la famille au jardin botanique de Brooklyn. Les hommes hors d'haleine sur le sol à côté de leurs femmes dans le cours de préparation à l'accouchement lui rappelèrent le visage en sueur de Yidel au moment où il l'avait suppliée. Ces femmes goûteront-elles d'avoir leur mari haletant sous leur nez quand elles seront en plein travail ? Elles leur crieront de retourner dans le couloir. Mieux vaut être franc dès le départ.

Elle passait de salle en salle, ramassant des objets abandonnés là, les remettant à leur place attitrée. Elle essuyait des comptoirs, mettait des fioles en ordre. De temps en temps, Val l'appelait en salle d'examen et lui demandait de l'aider à telle ou telle chose. La plupart du temps, Surie s'en tirait tant bien que mal. Bandelette urinaire. Hauteur utérine. Calculs de dates de terme. « Je suis en train de la former, expliquait la sage-femme à ses patientes. Elle sera la première sage-femme hassidique de New York. » Il s'agissait d'une boutade, mais pas pour Surie.

« Il a été appréhendé, mais je viens d'apprendre qu'il est déjà libéré sous caution, dit Val à la fin de la première journée à plein temps de Surie, alors qu'elles étaient assises, les pieds surélevés, dans la salle à manger. Une caution d'un million de dollars que les gens de votre communauté ont collectée en une soirée, cela pour un pédophile qui a molesté leurs enfants pendant vingt ans. C'est obscène.

— Ce n'est pas lui qu'ils protègent. C'est la réputation de la communauté. »

Le groupe qui avait levé ces fonds en catastrophe s'était réuni ce jeudi soir, juste après que l'école eut signifié son congé au thérapeute. Surie, qui s'était refusée à donner le moindre argent, avait reçu des appels téléphoniques d'amies lui disant que son absence avait été remarquée.

« Et la petite a été mise à l'abri. »

Surie hocha la tête. Sitôt qu'elle était partie de l'appartement de la cité, la mère de la demoiselle avait appelé, pour la lui confier, une tante habitant à quelque distance. La petite avait donc manqué son rendez-vous du vendredi et Surie n'avait désormais aucun moyen de savoir si elle bénéficiait d'un suivi prénatal.

« Ce salaud ne sera pas poursuivi si personne d'autre ne se manifeste pour dire "*Me too*". C'est la parole d'une toute jeune fille contre celle d'un homme fait et respecté. Personne ne va se ranger de son côté à elle. J'ai cependant appris que la mère va porter plainte pour la soutenir. Le père, lui, refuse de s'en mêler. »

Surie s'en étonna. Qu'est-ce qui avait amené la mère à changer de regard sur sa fille ? D'ordinaire, aucune famille digne de ce nom n'allait en justice pour une chose de ce genre. Mais cette famille-là était déjà regardée comme différente. Elle ne comptait en son sein aucune personne d'importance, pas plus de rabbin que de sofer ou de professeur dans cette lignée ; les sœurs de la petite épouseraient des éboueurs, des gardiens d'immeuble, les fils de l'homme qui déplaçait les toilettes mobiles d'un endroit à l'autre.

Personne dans le système ne leur était inférieur, aussi qu'avaient-ils à perdre ? Rien. Exactement rien. Même aujourd'hui, si on demandait à Surie de déposer plainte contre le thérapeute de Lipa, elle refuserait. Bien qu'elle eût tant perdu, il y avait encore dans l'aliénation des profondeurs qu'elle ne voulait pas explorer.

Lipa était assis face à elle, la bouche ouverte, les dents exposées, les poings levés de part et d'autre de la tête. On aurait dit qu'il hurlait, mais elle n'entendait rien. Elle ferma les yeux et les rouvrit : Lipa était toujours là, la bouche toujours béante. Elle tressaillit. Était-ce exact ? Est-ce que son silence la rangerait du côté d'un satyre plutôt que du côté d'une innocente enfant ?

« Donc, vous lui avez tout dit ? » interrogea Val. Surie se troubla le temps d'un instant avant de répondre que oui, oui, bien sûr. Elle n'avait aucune idée de ce dont parlait Val, mais savait que la réponse se devait d'être affirmative.

Val la fixa, balayant du regard l'ensemble de son visage, puis elle secoua la tête.

« Tenez, dit-elle en lui passant un vieux stéthoscope autour du cou. Apprenez en observant. Au moment de la prise de tension sanguine, vous devez être attentive à la moindre variation, un infime tapotement. La modification est si ténue qu'on peut ne pas la remarquer si on ne fait pas attention. »

Surie tâchait d'être attentive, mais elle avait la tête ailleurs. La mère de la petite avait probablement fait un choc nerveux ; cela expliquerait qu'elle veuille témoigner. Cette femme, la famille tout entière, la petite, tous avaient été abîmés, à l'instar de ces boîtes de haricots enfoncées que Surie avait peur d'ouvrir.

Avant de se rendre à l'hôpital, elle était repassée par l'appartement sordide pour essayer de s'entretenir avec la mère et s'assurer que l'adolescente jouissait bien d'un suivi prénatal. « Dites-moi au moins qu'elle voit un médecin », avait-elle demandé à travers la porte. Elle entendait quelqu'un respirer de l'autre côté. À quelque distance dans le couloir, une porte s'entrebâilla sur un visage de femme. Il était six heures du matin. « Donnez-moi au moins le nom de votre sœur ! » Le sifflement d'un inhalateur. Surie toqua de nouveau. « Où est votre fille ? » Une autre porte, un autre visage. Dans le mikvé à la veille du shabbat, les hommes diraient que la rebbetzin Eckstein avait enfoncé la porte d'une femme, que la rebbetzin avait peut-être besoin d'aller prendre un peu de repos à la campagne.

Surie s'était dit qu'elle aurait tout loisir pendant Pessah de parler à Yidel de sa grossesse et de son travail à l'hôpital. Au lieu de cela, elle avait passé le plus clair de son temps à s'en faire pour la petite. Cette occupation à l'hôpital était grotesque. Il suffisait de voir à quel genre d'horreurs elle se trouvait exposée. Elle n'allait pas pouvoir continuer. Où était-elle allée chercher que travailler avec Val lui serait salutaire ?

Mais le mardi soir, aussitôt après avoir remis sa cuisine en ordre et être allée acheter un sachet de farine à l'épicerie non juive, elle fit un gâteau au chocolat en vue de l'apporter à l'hôpital le lendemain matin. Yidel disait à ses amis que sa femme devenait très active dans le bikkour holim – elle s'y rendait tous les jours et ne rentrait jamais avant trois heures! – et qu'il n'était pas de plus grande *mitsva** que d'apporter du réconfort aux malades. Le mercredi soir, il arriva à la maison avec une nouvelle paire de souliers orthopédiques à la taille de Surie et il lui donna son vieux bipeur pour pouvoir la joindre si nécessaire. Il déposa sous son oreiller un petit tas de ses chocolats préférés, qu'elle fit disparaître lorsqu'il eut le dos tourné. « Tu es pareille à l'épouse du rabbin », lui disait-il, resplendissant de fierté, fierté qu'elle ne méritait pas.

Ce vendredi-là, après avoir annoncé à un couple de Borough Park, des hassidim dans la quarantaine, qu'ils attendaient des triplés suite à leur fécondation in vitro, Surie et Val allèrent passer un moment en salle de pause. Elles disposaient de trente minutes avant la consultation de Surie.

« Je me sens vieille. Et tellement fatiguée. »

Surie retira son pied du soulier neuf et se mit à se masser le mollet.

« Je crois bien que je ne suis jamais restée aussi longtemps de planton. Et assurément pas à vingt-cinq semaines de grossesse ! »

Elle but une gorgée à la petite thermos de thé qu'elle avait apportée.

« Il faudrait vraiment que vous mangiez plus, lui dit Val. Vos bébés ne poussent pas très vite. »

C'était à peine si Surie sentait le poids des jumeaux. Comme s'ils flottaient et elle avec, en sustentation. Elle pensait prénommer l'un des bébés Frimet, si c'était une fille. S'il y avait un garçon, Hirshy conviendrait bien. Val pela et mangea une orange. La pièce s'emplit d'un éclatant parfum d'agrume.

« Vous vous en êtes très bien sortie, madame Eckstein.

— Vraiment ?

— Oui. Je crois qu'elle était à deux doigts de la crise de nerfs, à la fois heureuse et terrorisée. Et vous avez été très rassurante avec le yiddish et les conseils pragmatiques. »

Surie ne connaissait pourtant pas grand-chose. Elle se mélangeait souvent dans les flacons, les étiquettes, la paperasse. Des choses lui tombaient des mains. Elle écorchait des termes élémentaires. Mais les femmes enceintes l'adoraient.

Chacune était carrée sur sa chaise bas de gamme en plastique. Surie s'efforçait de ne pas afficher un air satisfait.

« Je parie que c'était la première fois qu'elle voyait une sage-femme hassidique ! Elle a paru tellement surprise quand je suis entrée. Elle m'a jaugée d'un seul regard. Vous voyez la chose ? »

Elle regarda Val de haut en bas puis de bas en haut.

Val souriait.

« Est-ce que vous ne venez pas de vous bombarder sage-femme ?

— Oui. Tiens, oui, c'est vrai. »

La physionomie de Surie s'épanouit.

Le sourire de Val s'élargit plus encore.

« Je suis fière de vous, madame Eckstein.

— Juste Ciel, personne ne m'appelle comme ça. C'est Surie. »

11

Le vendredi qui suivit Pessa'h, l'obstétricien avait tenu à voir Surie pour faire son bilan de pré-admission. Recruté de fraîche date, ce jeune médecin avait la hantise de passer pour novice. Après qu'une de ses patientes lui eut demandé son âge et de quand datait son diplôme, il s'était laissé pousser la moustache, puis, décidant que ce n'était pas suffisant, une barbe. Son prédécesseur et mentor avait pris sa retraite au bout de quarante ans d'exercice et s'était retiré en Floride. Au début, le nouveau spécialiste avait cherché à exercer son charme auprès des femmes hassidiques venues le consulter. Beau garçon, il aimait les femmes et savait y faire avec elles, mais ces dernières ne le gratifiaient pas même d'un sourire. Leurs petits chapeaux et leurs étranges foulards empesés ressemblaient à des casques, et ces créatures elles-mêmes aux soldats d'une armée silencieuse. Elles se gardaient de lui serrer la main, alors que ses doigts étaient allés en des endroits bien plus intimes. Pourquoi avoir fait de si longues études, travaillé la relation avec les patientes et décroché les meilleures notes pour atterrir dans un hôpital où on ne lui parlait pas, où on fuyait son regard ? Lui qui ne demandait qu'à apporter ses bons offices ! À sauver des vies ! Mais ces femmes n'écoutaient pas ses conseils, elles couraient, pour la moindre broutille, trouver leurs sacro-saints rabbins, puis revenaient le voir pour lui annoncer qu'elles ne pouvaient pas faire ce qu'il recommandait.

Il détestait particulièrement les soumettre aux examens gynécologiques. Leur expression de suppliciée lorsqu'il les touchait. Il avait l'impression de commettre un viol. Avec le temps, il devint plus revêche, moins disert et plus brutal. Suspectant qu'elles ne comprenaient pas une fois sur deux ce qu'il disait, il n'annonçait plus les manipulations auxquelles il s'apprêtait à procéder. Ainsi, de la salle de pause où elle devisait avec Val, Surie entendit une femme s'écrier : « *Gottenyu !** » Peut-être valait-il mieux pour elle rentrer à la maison et rater le rendez-vous ? En son for intérieur, avant de toquer à la porte de la salle d'examen, elle souhaita à ce médecin redouté un coup de tonnerre dans son ventre et la foudre dans son caleçon. Elle demanda si elle pouvait entrer pour servir d'interprète, ce qui consistait en fait à expliquer à la patiente tout ce que le praticien ne disait pas.

Par la suite, quand son tour arriva, il lui fallut se dépouiller de deux revêtements avant de s'allonger sur la table d'examen : d'abord, de ce sentiment de capacité professionnelle assorti d'une calme réserve dont elle était habitée à la maternité ; ensuite, de l'illusion de n'être pas enceinte mais d'avoir simplement pris un embonpoint dû à l'âge, croyance qui la servait bien chez elle à Brooklyn mais se révélait vaine dans un service d'obstétrique de Manhattan.

Elle demanda au docteur si elle pouvait rester habillée et ne retirer que ses dessous, à quoi il répondit par la négative. Elle savait par expérience que cela ne changerait rien à l'examen. Val, elle, ménageait toujours sa pudeur. « Déshabillez-vous entièrement », dit le médecin de l'angle de la pièce où il était en train de se laver les mains. S'étant s'absenté une minute, il revint au moment où elle était complètement exposée, s'échinant à passer la minuscule blouse qu'il lui avait remise. Sans lui en demander la permission, elle déroula plusieurs mètres d'un papier blanc crépitant et s'en couvrit les bras, la poitrine, le postérieur. Puis elle s'assit au bout de la table, les pieds ballants.

« La grossesse tardive comporte de nombreux risques, déclara-t-il dans le vide au-dessus de la tête de sa patiente. Mais vous n'êtes pas la dame juive la plus âgée à être tombée enceinte. Il y a quelques semaines de ça, une femme du New Jersey, une psychiatre de soixante ans, a donné naissance à des jumeaux.

— Oui, le docteur Frieda Birnbaum. C'était dans le journal. Mais moi, je n'ai pas fait de FIV. C'est arrivé comme ça.

— Écoutez, madame Eckstein, il existe une probabilité élevée de nous retrouver avec un diabète gestationnel, un placenta prævia et une pré-éclampsie. »

Il lui prit la cheville. Yidel aussi lui avait récemment serré la cheville, mais avec beaucoup plus de douceur.

« Qu'est-ce qui se passe avec tes pieds, cher amour ? lui avait-il demandé. Peut-être tes bas sont-ils trop serrés ? Veux-tu que je t'en prenne des neufs ? Un massage, ça te dirait ? »

Il avait déjà commencé de la masser et elle s'était laissée aller contre les oreillers en soupirant de soulagement. Il avait fait courir ses doigts autour de ses chevilles, puis il avait pétri chaque petit os, chaque orteil, chaque minuscule articulation jusqu'à ce qu'elle ait des fourmillements partout. Et pas une fois il n'avait évoqué la possibilité qu'elle fût enceinte, non plus qu'elle-même ne l'avait fait. Il ne pouvait pas ne pas en avoir relevé les signes. Il devait savoir ! Il devait attendre qu'elle lui en parle, devenant de plus en plus désappointé à mesure que passaient les jours. Yidel n'était pas aussi malvoyant que ses parents. Ce désir qu'il dise quelque chose avant qu'elle n'ait à le lui annoncer était devenu une lutte de pouvoir tacite. Jusqu'à quel point connais-tu vraiment mon corps ? Jusqu'à quel point me connais-tu vraiment ?

« Je suis pas mal sûr que nous aurons recours à une césarienne. Et il nous faudra être attentifs à un risque accru de cancer de l'ovaire et d'hémorragie utérine. Le docteur Bhatnagar me dit que nous refusons toujours l'amniocentèse. Et si nos bébés présentaient des anomalies congénitales ? Nous parlons de la trisomie 21. Et pire. Comprenons-nous ce qui est dit ici ? Dois-je m'exprimer plus lentement ? » demanda pour finir l'homme de l'art, d'une voix plus forte et d'un débit toujours aussi rapide.

Surie avait commencé de déchiffrer les documents que Val lui avait remis, mais elle ne comprenait pas pour autant ce qu'il disait. Elle se sentait encore plus navrée pour la femme qui l'avait précédée. Et elle souhaita une mort douce – se faire renverser par un camion de sucre – aux obstétriciens qui usaient de ce *nous* collectif quand ils voulaient en fait signifier un *vous* singulier. Cet homme n'était pas enceint. La présence de Val lui manquait. Même le médecin habituel, le docteur Bhatnagar, lui manquait.

Le spécialiste allait et venait. Une porte claqua. Du bout du doigt, il traça un trait sur le ventre de Surie pour lui montrer où il ferait l'incision si (quand) une césarienne était (serait) nécessaire.

« Après autant d'accouchements, votre utérus n'a probablement plus la coordination requise pour expulser des jumeaux. »

Distendu. Insuffisance placentaire. Grossesse gériatrique. Travail prématuré.

Ce qui lui arriverait, à elle ou aux bébés, n'avait pas d'importance. Leur naissance, sa santé, tout était entre les mains de Dieu. Seuls les gens sans foi s'inquiétaient de pareilles choses. Ce serait un désastre ou ça n'en serait pas un, et le fait de s'en inquiéter, de se mettre martel en tête, n'y changerait rien. Cela aurait même pu nuire aux bébés. Le médecin les palpait autour de la tête, les remuait d'un côté et de l'autre. C'était douloureux. Surie avait envie de l'envoyer promener, de lui saisir la main pour la repousser. Au lieu de cela, elle se mit à articuler en silence un de ses psaumes favoris.

Val entra et rappela au médecin que Surie donnait un coup de main dans le service, en tant qu'auxiliaire. Il fronça les sourcils et baissa les yeux vers Surie, l'air surpris.

« Qui a décidé ça ? demanda-t-il, comme s'il s'agissait d'une mauvaise initiative prise par il ne savait qui.

— C'est moi, répondit Val. Nous sommes terriblement en sous-effectif et une majorité de nos patientes ne comprennent pas les termes médicaux que nous employons. »

Elle dévisagea le médecin jusqu'à ce qu'il regarde ses propres mains, toujours posées à plat sur le ventre de Surie.

« À partir de maintenant, nous devrions prendre une livre par semaine, marmonna-t-il. Peut-être même plus. Ce ne serait pas la pire chose dans notre cas, car ces bébés sont très menus. Bien sûr, face à une telle surcharge pondérale, il est difficile de se prononcer, en raison du pannicule. Placez les pieds dans les étriers, je vous prie. »

Surie était en train de canoter sur la Tisa. D'épaisses vapeurs nappaient la surface et assourdissaient les bruits des villages qu'elle longeait. Sa barque roula sur la houle levée par une plus grosse unité naviguant à contresens. Une corne de brume. Un chien. Un troupeau de chèvres. Des tintements de clochettes. Des vaguelettes éclaboussaient le bois des flancs de l'embarcation. Les eaux gargouillaient et carillonnaient. La fumée de maints calorifères s'étageait, humide et froide, sous le brouillard. Elle passa devant un cormoran juché sur un piquet. Comme elle, il se tenait replié au-dessus de son abdomen, noir, sinistre. Dernièrement, ses rêves avaient pris une note plus sombre. Sous son derrière, une petite quantité d'eau tiède chassait d'un bord à l'autre, mouillant l'arrière de son vêtement. Elle crut entendre au loin des hommes s'interpellant d'un bateau à l'autre, mais leurs voix étaient à peine audibles.

« Au moins, ce n'est pas la place qui manque là-dedans, déclara le docteur en s'essuyant les doigts à l'aide d'une serviette en papier avant d'ôter ses gants en les retournant dans un claquement. Tout paraît en ordre.

— Est-ce que Val pourra m'accoucher ? Le moment venu ? » interrogea Surie.

Le médecin était déjà à mi-chemin de la porte. Il se retourna.

« Il s'agit d'une grossesse à haut risque », répondit-il.

Haut. Risque. Ton catégorique.

« Oui, dit Surie. Mais est-ce que ce sera possible ? Vous pourriez être présent. »

Elle voulait pour ses bébés les mains douces de la sage-femme.

« Impossible, dit-il. C'est le docteur Bhatnagar et moi-même qui mettrons ces enfants au monde. Si tout se passe bien, nous ferons une annonce publique au sujet de cette naissance.

— Non, j'ai déjà dit au docteur Bhatnagar que je ne veux pas de ça, et il m'a répondu… »

Surie ne se souvenait pas de ce qu'il avait dit. Elle voyait d'ici Yidel sortir faire des courses avec son caddie et tomber en arrêt devant un journal les montrant, elle et les jumeaux, en dessous de caractères gras proclamant la naissance avec toute la crudité du jargon médical.

« Je ne veux rien de tout ça ! Absolument rien !

— Si telle est votre décision », dit le médecin. Il frappa le montant de la porte d'une chiquenaude, comme s'il se débarrassait de quelque chose de désagréable, puis il sortit.

L'adolescente était assise dans le couloir sur une chaise en plastique. Elle était de retour à New York, rappelée par l'ASE ou quelque autre organisme de l'endroit où elle avait été envoyée. Elle avait rendez-vous avec le médecin de Surie et, à voir son expression, elle avait dû entendre leur échange. Elle se pencha en avant pour se lever et s'approcha.

« Rebbetzin, dit-elle en glissant sa main menue dans celle de Surie, est-ce que vous voulez bien m'accompagner pour m'expliquer ce que va dire le docteur ? »

Et bien qu'il lui fût douloureux de voir la silhouette gracile et tremblante de cette enfant dans sa robe trop grande, de la voir avec ses douze ans monter sur la table d'examen et glisser les pieds dans les étriers, bien qu'il lui fallût se tamponner les yeux de temps en temps, Surie l'accompagna et lui traduisit les paroles du médecin en quelque chose qui ressemblait à de la bienveillance.

À la mi-avril, le shabbat débuta à sept heures du soir. Après avoir récuré les comptoirs du service, Surie se lava les mains, enfila son manteau de laine, mais ne parvint pas à en attacher les boutons. Au bout d'un moment, alors qu'elle se tenait dans la salle d'attente déserte, Val vint la rejoindre.

« Pourquoi êtes-vous toujours dans les murs, infirmière Eckstein ? »

Surie était contrariée depuis l'heure du déjeuner. « Je n'arrive pas à lire les manuels que vous m'avez prêtés. Je lis l'anglais comme flotte une hache.

— Vous n'êtes pas obligée. Il existe un programme pour les sages-femmes qui se forment sur le tas plutôt que de suivre le cursus. C'est comme ça que j'ai débuté, même si je suis à présent certifiée. Si je vous enseigne et que vous vous y tenez, je suis certaine que vous pourrez décrocher votre qualification. »

Surie avait peur des diplômes. L'enseignement laïque avait quelque chose de délétère – donnez un poil au Malin et il veut toute la barbe.

« Pourquoi faites-vous cette tête ? demanda Val. Jusqu'où projetez-vous d'aller dans la formation ?

— On ne va pas me prendre au sérieux. Les gens pensent que les juifs hassidiques sont incapables de lire l'anglais et même de le parler. Je vois bien comment certaines patientes se moquent de moi. La manière dont je prononce les mots. Je n'arrive même pas à dire "docteur" comme il faut. *Daktir.* La façon dont je suis habillée. Personne ne me fera confiance pour mettre un enfant au monde. En plus, je n'aurai bientôt plus le temps de rien faire. Il y aura les bébés dont il faudra que je m'occupe. »

Surie soupira.

La stimulation mentale lui manquerait. Il lui était presque insupportable d'entendre ses vieilles amies discuter du moyen le plus efficace pour détacher une nappe ou des meilleures méthodes pour qu'une volaille reste moelleuse.

« En ce cas, peut-être n'irez-vous pas au bout. Mais en attendant, d'ici à la naissance et peut-être après, vous apprenez quelque chose. »

Venir à l'hôpital, apprendre le métier de sage-femme, tout cela était temporaire. Un peu comme d'autres femmes se prenaient d'une envie de crème glacée frite ou de pickles. Continuer à étudier par la suite reviendrait pour elle à divorcer de sa communauté. Et cela, jamais elle ne le ferait.

« Est-ce que vous n'y prenez pas plaisir ? Je me trompe peut-être, mais vous semblez vraiment plus épanouie. Vous avez aidé cette famille aujourd'hui. Vous avez essayé d'aider cette enfant. Vous aiderez d'autres femmes de votre communauté dans l'un ou l'autre cas. »

Cela faisait effectivement du bien de se lever chaque matin avec un endroit où aller et quelque chose à y faire qui n'était pas ce qui l'avait occupée pendant quarante ans. Elle aimait beaucoup voir les femmes arriver découragées et repartir fraîches et rayonnantes. Elle raffolait de voir leurs expressions en entendant les battements du cœur de leur bébé, ce *lub-dub* rapide se répercutant dans la pièce. Des femmes arrivaient à la maternité, se faisaient enregistrer et allaient s'asseoir, d'autres s'en repartaient. Des médecins étaient appelés par interphone. De l'autre côté des baies vitrées, des voitures défilaient rapidement en chuintant sous les lourdes pluies du printemps. Surie avait même pris plaisir à ses tentatives pour localiser à Monroe la tante et l'adolescente disparue, bien qu'elles aient été vaines. La police aussi avait fait chou blanc. Surie se demandait comment elle avait été retrouvée.

Pour la première fois de sa vie, elle n'avait pas peur de tout ce qui était extérieur à la communauté. En place de la terreur habituelle, il y avait ce nouveau sentiment d'une curiosité circonspecte envers le monde.

Quand elle arriva à la maison ce vendredi, Yidel avait déjà réchauffé de la soupe, coupé des tomates cueillies dans la serre et soigneusement disposé le tout sur la table à côté d'un verre de jus d'orange. Assis auprès d'elle pendant qu'elle prenait son repas, il lui posa une main sur la nuque.

« J'ai pensé que tu aurais peut-être faim, c'est pourquoi je t'ai préparé une collation d'*erev shabbos**. Aller et venir comme ça toute la journée dans l'hôpital avec de lourds paquets, ça fait beaucoup pour une bubbie, dit-il quand elle eut terminé. Je t'ai commandé de bons bas de contention à la pharmacie. »

Sa trahison de cet homme si doux fit monter une boule dans sa gorge. Elle baissa piteusement la tête et se mit à pleurer. Il aurait pu ne pas s'en apercevoir si les larmes n'avaient pas fait des taches sombres sur le blanc de la nappe damassée.

« Qu'est-ce qui ne va pas ? demanda-t-il en se levant. Tu as un tracas ? »

Elle secoua la tête.

« C'est juste que je suis fatiguée. Et puis il y a tellement de tristesse dans ces hôpitaux.

— Nous avons beaucoup de chance, toi et moi, d'être en bonne santé. »

Ses pleurs redoublèrent.

De derrière la chaise, il passa gauchement les bras autour d'elle.

« Peut-être vaudrait-il mieux que tu n'ailles plus là-bas. Tu as toujours été si sensible. Je sais bien que tu aimes aider les gens et faire des gentillesses à tout le monde, mais il faut aussi que tu prennes soin de toi.

— *Oy, Yidel, loz mich tsu ru*[1]. » Elle se libéra de son étreinte et posa la tête sur la table.

Il laissa passer un long silence avant de demander d'une voix très douce : « C'est la maladie ? C'est revenu ? » Le cancer. Elle eut un rire où perçait son anxiété.

« Les femmes dans mon état, commença-t-elle, nous sommes plus émotives que la normale. Ce sont les hormones. C'est ce que m'a dit le docteur. »

Il y avait eu une période, après Lipa, où elle était incapable de quitter son lit, et ensuite, quand elle avait fini par émerger, une autre pendant laquelle la seule vue de jeunes gens marchant dans Lee Avenue lui arrachait des sanglots. « Je l'ai tué aussi sûrement que si je lui avais passé moi-même la corde au cou », avait-elle dit à Yidel tandis qu'il l'installait dans le monte-personne, puis gravissait les marches à côté d'elle. À cette époque, il pensait que la plus petite brise pouvait emporter sa femme. À tout le moins jusqu'à l'hôpital de Bellevue.

1. « Ah, Yidel, laisse-moi tranquille. »

« Tu veux parler de quand pousse le poivre noir ? » lui demanda-t-il. Il s'agissait là d'un euphémisme à eux pour désigner la ménopause.

« C'est à cause de ça que tu pleures ?

— Non, ça va. Je t'assure. Tu n'es pas obligé de t'en faire autant pour moi. »

Oy. Tout était tellement compliqué ! Pourquoi se refusait-elle à lui dire que, dans ses journées les pires, quand elle était fatiguée et stressée et apeurée, il lui arrivait de voir Lipa adossé à un meuble, marchant dans la rue ou jouant du violon dans le salon ? Peut-être que si elle lui parlait des jumeaux, ou de Lipa, celui-ci ne ferait plus de telles apparitions. Elle ne voulait pas prendre le risque. Le revoir ainsi après toutes ces années lui valait une brûlure au fond de la gorge, un serrement dans la poitrine, mais elle parvenait presque à sentir dans ses bras le poids de son petit garçon, la fraîche odeur de ses cheveux. Aussi, bien que ce fût douloureux, c'était plus fort qu'elle.

« Allez viens, *tayerinke**, un brin de sommeil soulage de tout. »

Il la fit lever de sa chaise pour l'entraîner jusqu'aux bougies, il la regarda les allumer. Ensuite, il la guida vers la chambre, lui ôta ses souliers et se détourna pendant qu'elle remplaçait son foulard par le turban en coton, puis il borda les couvertures sous elle et lui déposa un baiser sur le front. Cela alors qu'ils étaient censés descendre dîner chez Tzila Ruchel. Il irait seul. Il éteignit la lumière et referma la porte.

Pendant les semaines de *s'firah*, les quarante-neuf jours de deuil au cours desquels on ne pouvait rien acheter de neuf ni célébrer aucun mariage, tout alla de mal en pis.

Elle se réveilla chaque jour avec des crampes. Les bébés étaient agités de mouvements saccadés comme elle n'en avait jamais ressenti lors de ses précédentes grossesses. Il y eut une fuite dans la toiture, et pas seulement sous le vasistas, mais aussi au-dessus de son lit et de l'évier de la cuisine. Le chauffage d'appoint fit un court-circuit et faillit causer un incendie.

« Je sens une odeur de brûlé, avait crié Dead Onyu dans l'escalier. Surie ! Quelque chose est en train de brûler ! »

Des moisissures se formèrent sur les murs et à l'intérieur des meubles de cuisine. Lipa lui apparut plusieurs fois par jour et, bien que ses visites lui fussent source d'une joie secrète, leur caractère inopiné pouvait aussi lui provoquer un saisissement. Elle reçut le courrier d'un avocat lui demandant de déposer plainte contre le thérapeute, puis, le lendemain, une autre lettre, du procureur cette fois, lui demandant la même chose. Ce soir-là, alors qu'elle se hissait main sur main dans l'escalier, la rampe en bois se descella de la muraille. Ladite rampe reposait maintenant sur les marches, dans l'attente d'être réparée, encombrant dangereusement un escalier déjà exigu. Plus aucun de ses effets ne lui allait, et il n'était pas question de demander à Yidel de remonter du sous-sol le carton de vêtements de maternité. Et quand elle trouva un moment pour y descendre elle-même afin de fouiller ce carton et de remonter subrepticement ce dont elle avait besoin, elle découvrit que les boîtes grouillaient de cette espèce de mille-pattes qui peuplent les sous-sols new-yorkais, créatures frissonnantes qui filèrent dans toutes les directions quand elle sortit la première énorme robe. Elle jeta tout le contenu dans l'incinérateur.

« Bien sûr, lança-t-elle avec fureur. Tout est parfait. Tout est toujours parfait.

— Qu'est-ce qui est parfait ? demanda Miryam Chiena, descendue plier les longs alignements de linge zigzaguant d'un bout à l'autre du sous-sol.

— Tout, répondit Surie.

— Si tout est parfait, pourquoi es-tu aussi triste ?

— Ce n'est pas de la tristesse, dit Surie. C'est de l'énergie. »

Et de lancer une nouvelle poignée d'habits de grossesse à l'intérieur de l'incinérateur avant de refermer à grand bruit la lourde porte en acier. D'un revers de manche, elle essuya un peu de suie de son visage, se moucha, puis écrasa un mille-pattes sous son soulier orthopédique.

À la fin de la vingt-sixième semaine, elle éprouva le besoin de chronométrer ses crampes. Celles-ci se rapprochaient péniblement jusqu'à ne plus s'espacer que de cinq minutes, puis elles cessaient. Le mardi, Yidel et elle rentrèrent de faire les courses. Alors qu'il finissait de monter le deuxième chariot de ravitaillement, il la surprit en train de consulter le chronomètre dont il se servait pour ses produits chimiques.

« Mais qu'est-ce que tu fabriques ? lui demanda-t-il avec humeur. Est-ce que tu mesures le temps que je mets à remonter ces deux chariots ? »

Bien qu'elle lui eût répondu que non, il en fut froissé et, le jeudi suivant, quand elle sortit faire les courses, il ne l'accompagna pas, si bien qu'elle dut monter les escaliers une douzaine de fois avec un sac en plastique dans chaque main. Cela l'épuisa complètement. Quand ils arrivèrent en fin de journée, les garçons découvrirent que la cuisinière n'était pas allumée et qu'il n'y avait rien à manger. Leur mère s'était endormie sur le canapé, un livre tombé des mains, le foulard de travers.

Après le dîner, Dead Onyu, inquiète, monta s'entretenir avec elle.

« Lipa ? s'étonna la vieille femme, qui ne voyait pas le rapport entre le secret de Lipa et celui de Surie. Ce n'est pas bien de ne rien dire, mon enfant. C'est un véritable péché.

— Je n'y arrive pas, dit Surie. Je ne sais pas ce qui ne va pas chez moi, mais je n'y arrive pas.

— Je vais le dire moi-même à Yidel.

— Surtout pas ! Je sais que je dois le faire. Je vais le faire. Mais… pas maintenant.

— Ce n'est pas le genre de chose qu'on peut annoncer tout à trac à un homme. Et particulièrement à Yidel. Il n'a pas mérité ça. Je ne sais vraiment pas ce qui t'a traversé la tête. »

Dead Onyu passa une main sur la tête de sa belle-fille, vérifiant la position du foulard, de la frange en nylon, terminant par la nuque rasée, où le cheveu commençait à repousser. Elle inséra les doigts à l'intérieur du col de Surie pour voir jusqu'où il montait. Surie chercha à s'écarter, mais Dead Onyu lui tenait fermement le poignet. Ensuite, elle pinça un pan du cardigan pour voir s'il n'était pas trop juste.

« Tu m'as placée dans la pire des positions, fit-elle observer. Peut-être serait-il préférable que tu te cantonnes chez toi et ne descendes plus nous voir ? Je ne tiens pas à ce que mon fils soit fâché après moi aussi quand il découvrira le pot aux roses. »

Surie s'était efforcée d'aller chaque jour à la maternité, ne fût-ce que pour quelques heures, car elle savait que lorsque les jumeaux seraient nés, c'en serait fini de cette possibilité d'apprendre. Mais cela attristait Tzila Ruchel, à qui manquaient la compagnie et l'aide de sa mère.

« Est-ce que je t'ai offensée ? demanda-t-elle au moment où, ce même soir à l'approche de minuit, Surie passait en vitesse par son palier pour aller enfourner un lot de serviettes sales dans le lave-linge.

— Non, non », répondit cette Surie.

Pas question de s'arrêter pour bavarder, car elle avait un nouveau manuel dissimulé dans son panier à linge et Tzila Ruchel risquait de le découvrir et voudrait parler aussi de cela.

« On se verra une autre fois ! »

« Vous n'êtes pas telles que je le pensais, lui avait dit Val ce matin-là, le jour où Surie laissa Tzila Ruchel en pleurs dans les escaliers. Quand je dis vous, je veux dire les femmes hassidiques. »

Comment cela ? lui avait-elle demandé, et Val avait souri.

« Vous vous habillez différemment et vous parlez une langue différente, mais vous êtes tout comme moi. »

Travailleuses et curieuses. Dissimulatrices, avait pensé Surie.

Elle avait commencé de faire la connaissance de nombreuses personnes avec lesquelles elle n'aurait jamais été en contact sans fréquenter la maternité. Elle connaissait la jeune mère mexicaine qui avait donné naissance à cinq enfants avant d'apprendre, aux États-Unis, qu'elle possédait deux utérus. Surie lui avait dit que ce n'était pas vraiment un souci. Les chattes avaient elles aussi deux utérus et mettaient bas sans problème, et elle ajouta à l'oreille de la jeune femme de ne pas faire attention aux paroles du médecin, qui leur étaient quasi inintelligibles à l'une comme à l'autre, sur quoi elles s'esclaffèrent et se claquèrent les mains. Elle connaissait l'avocate de quarante ans qui vivait seule et avait un jour décidé qu'il lui fallait un enfant, et qui, à l'apparition de vergetures, s'était prise à regretter d'être enceinte et voulait tout arrêter. « Mais il faut attendre le meilleur, lui avait-elle conseillé. Les bonnes choses ne viennent pas sans difficultés. » Et cette femme l'avait écoutée, car elle, Surie, qui avait neuf enfants vivants, avait fait plusieurs fausses couches et attendait des jumeaux, savait de quoi elle parlait. Elle passa un long moment au chevet de la jeune femme qui venait de faire sa sixième fausse couche, et ne lui tint aucun discours, se bornant à n'être qu'une présence compatissante auprès de cette malheureuse. Et quand celle-ci finit par se lever, elle se pencha pour passer un bras autour du cou de Surie.

Il était facile de se perdre dans le travail, d'oublier les membres de sa famille, Dead Onyu, Tzila Ruchel, Yidel, et leurs préoccupations. Il était également facile de faire comme si elle avait déjà mis Yidel au courant, comme si tous deux attendaient avec impatience cette naissance miraculeuse. Elle continuait de deviser avec les patientes, leur disant avec jubilation la date de son terme, quelles quantités de crème glacée elle consommait pour aider au développement des jumeaux, à quel point elle rendait grâce à Dieu pour une pareille surprise. Entendant cela, Val la regardait en fronçant les sourcils, mais se gardait de tout commentaire. C'est seulement quand elle se retrouvait chez elle que Surie était confrontée à la réalité de la situation. C'est pourquoi elle partait de bon matin et rentrait fort tard pour aussitôt se réfugier dans le sommeil.

Plus tôt ce même jour, alors qu'elle se débattait toujours avec la langue complexe des manuels que Val lui avait remis, Surie avait trouvé un ouvrage de vulgarisation sur sa chaise dans la salle de pause. Alors qu'elle le ramassait pour le replacer sur l'étagère, sa main eut un petit geste de côté et le posa sur la table. Suite à cela, elle l'ouvrit comme si de rien n'était au premier chapitre, chaussa ses loupes, se pencha au-dessus du petit livre et s'aperçut qu'elle comprenait tout ce qui y était écrit. Plus tard dans l'après-midi, Val était entrée, la trouvant arrivée au chapitre 6, fredonnant pour elle-même, émettant parfois des exclamations ravies. Là-dessus, tous les opérateurs étaient arrivés, ainsi que la diététicienne et les sages-femmes, et tout ce monde de la féliciter d'avoir surmonté la barrière de la langue. Surie, rougissante, avait dû s'excuser pour filer aux toilettes.

Elle avait fini sa lecture en secret au sous-sol, sourde aux cliquètements des antiques lave-linge et sèche-linge, puis, vers trois heures du matin, elle était montée à pas de loup se glisser sous les couvertures. Yidel s'était retourné et avait ouvert les yeux.

« Je crois que j'aimerais être infirmière », lui dit-elle.

Il y eut un long silence, puis Yidel s'éclaircit la gorge.

« Mais tu l'es déjà. Dead Onyu et Dead Opa apprécient tout ce que tu fais pour eux.

— Ce n'est pas une plaisanterie. Les femmes de Williamsburg ont besoin d'une infirmière juive.

— Après ça, tu vas me dire que tu as envie de manger du porc. »

Il n'ajouta pas que les femmes de la communauté ne faisaient pas d'études, car elle savait cela aussi bien que lui.

« Si tu crains que quelqu'un de la famille ne quitte la voie du judaïsme, c'est peut-être à ton fils que tu devrais parler. »

Elle pensait à Mattis, leur fils de dix-sept ans. Elle avait en effet découvert sous son matelas un DVD et l'avait montré à Yidel. *La Vierge de quarante ans*. Un film pornographique. Le mot *vierge* était à lui seul pornographique. Ni elle ni lui n'avait jamais vu de film. Il n'en avait pas été tourné de leur mariage ni d'aucun mariage de leurs enfants. Il avait fallu que Tzila Ruchel leur explique ce qu'était ce disque argenté posé sur le comptoir de la cuisine.

« Mais comment Mattis a-t-il fait pour le regarder ? avait demandé Surie à sa fille.

— Moi, je fouillerais le sous-sol en quête d'un ordinateur, un portable. »

À la maternité, il y avait des ordinateurs portables reliés à de gros câbles électriques dans lesquels médecins et sages-femmes entraient les données des patientes. Certains hommes d'affaires hassidiques utilisaient des ordinateurs sur leur lieu de travail, mais il était interdit de faire venir l'Internet chez soi. Un égout à ciel ouvert. Il n'était pas possible que leur fils se soit débrouillé pour introduire un appareil aussi terrifiant dans leur appartement. Des gens se voyaient chasser de la communauté pour moins que cela.

« Aller à l'université est pire que de se plonger dans un ordinateur, déclara Yidel.

— Tu as été ambulancier bénévole. Toi, tu as le droit d'apprendre à secourir les gens, mais moi, si je fais la même chose, ce n'est pas bien, c'est ça ? »

Il fronça les sourcils, sa bouche s'était ouverte, il bougea la main comme s'il signait une réponse. Il se saisit de son sonotone et se le colla à l'oreille.

« On croirait entendre une goyta, finit-il par dire. Moi, moi, moi, au lieu de nous, nous, nous. »

Il la regardait sans aménité.

« Tu n'as donc pas peur que, à cause de ce que tu fais, tous nos petits-enfants se fassent renvoyer du heder ? »

Elle secoua la tête, puis lui tourna le dos, aussi furieuse qu'inquiète et préférant se taire. Il n'avait pas tort. C'était là tout le problème, depuis le début. Qu'était-elle devenue ? Au lieu de tenir sa vie, son foyer, son couple pour sacrés, pour un tout indissociable, elle avait pris le risque de les couper tous de ce qui leur était le plus cher.

Le printemps était un moment de très grande activité à la maternité. Si on n'y chômait pas d'ordinaire, il se trouvait qu'une majorité de femmes désiraient que leur enfant naisse à cette période. Les couloirs étaient encombrés de chaises supplémentaires. Désormais, Val laissait Surie se charger seule des premières formalités – analyse d'urine, pesée, pression sanguine. Elle passait sans perdre de temps d'une patiente à l'autre, tout ébahie d'avoir acquis ces nouveaux savoir-faire.

« J'étudie », dit-elle à Yidel lorsqu'il trouva le manuel dans le panier à linge. Il avait pensé la surprendre agréablement au moyen d'un tas de vêtements pliés par ses soins. Elle rougit. Miryam Chiena convolant avec un de ces bobos à bicyclette. Chaïm Tzvi toujours célibataire à cinquante ans. Un petit-enfant né avec une terrible maladie. Tout serait de sa faute.

Yidel avait ramassé ce torchon – quelles images ! – et l'avait jeté dans l'incinérateur, mais Surie en avait dès le lendemain rapporté à la maison un autre exemplaire, exactement le même. Effrayé par une femme capable de rapporter une chose aussi *treif** à la maison, inquiété par le relent chimique et glaçant des propos qu'elle tenait, il détourna le regard et s'abstint de l'interroger plus avant. Désormais, chaque soir quand elle entrait dans leur chambre, c'était pour trouver les lits écartés l'un de l'autre dans des coins opposés de la pièce.

Ils prirent Mattis entre quatre yeux, qui, contre toute évidence, nia posséder un DVD. Ils ne trouvèrent pas d'ordinateur portable au sous-sol et un calme de surface régna de nouveau au sein de la famille. Les lilas bordant la clôture en treillage fleurirent, suivis par les gainiers rouges et la glycine. Dead Opa reçut par la poste une couvée de poussins d'un jour dans un carton aux flancs percés de petits trous circulaires. Une herbe vert cru croissait dans tous les espaces inoccupés et des moineaux nichaient à l'intérieur des réverbères.

Le vendredi après-midi, Surie s'en revenait en métro ou à pied une heure avant l'allumage des bougies, avec à peine le temps de faire une toilette et d'enfiler ses plus beaux vêtements.

« Mamme, lui demanda Tzila Ruchel, un soir juste avant l'heure d'allumer les bougies, pourquoi rentres-tu si tard ? »

D'ordinaire, la famille était habillée et fin prête pour le jour saint dès l'heure du déjeuner.

« Où est-ce que tu te rends ? Tatie* ne veut pas me le dire, et… – elle regarda alentour comme si quelqu'un pouvait l'entendre – il est grand temps que tu commences à chercher un *shiddoukh*** pour Mattis. »

Le pornographe à l'ordinateur portable, âgé de dix-sept ans.

« Il ne va pas être facile de lui trouver un bon parti. Je t'en prie, dis-moi que tout est normal et que les gens ne vont pas avoir une nouvelle fois à redire sur notre famille. »

Surie regarda sa fille, cette rose pâle qui faisait son orgueil et sa joie, et lui barrait le passage vers les bougies. Enfant, Tzila Ruchel avait voulu porter ses collants au lit pour s'appliquer un surcroît d'austérité, et Surie, très fière, avait collé des étoiles dorées sur sa carte de mitsva. Dieu merci, elle n'avait pas dit à Tzila Ruchel qu'elle attendait des jumeaux. Elle fut à deux doigts de s'esclaffer devant l'horreur de la chose. Et imaginons qu'elle lui annonce qu'elle se formait pour devenir sage-femme ! Moins elle en dirait, mieux ce serait. La réputation de la famille ne pourrait souffrir si elle ne s'ouvrait à personne de ce qu'elle faisait et continuait de distribuer du gâteau chaque fois qu'elle se rendait à Manhattan. Dès lors que trois personnes seraient au courant, ce ne serait plus un secret. Aussi, elle inclina la tête de côté, sourit et dit que le bikkour holim lui prenait beaucoup de temps, sur quoi Tzila Ruchel laissa échapper un soupir avant de redescendre chez elle. Surie, pleine d'adrénaline et de dégoût de soi, fit rapidement le tour de l'appartement pour s'assurer que toutes les lampes étaient soit allumées soit éteintes, le papier toilette prédéchiré, les challoth posées sur la table à côté du sel et des épices. À sept heures, elle fut prête à allumer les bougies, une pour chaque enfant et chaque petit-enfant. Les flammes se réfléchiraient sur l'argent étincelant du candélabre, sur les plateaux et le vieux miroir cerclé de cuivre posé au-dessus du buffet, donnant l'illusion de centaines, de milliers de bougies.

Elle se tenait seule dans sa salle à manger. Son mari et les garçons étaient partis prier au shil. Tzila Ruchel et Miryam Chiena se trouvaient au rez-de-chaussée, occupées à faire la lecture à Dead Onyu. Chatoyant dans les derniers rayons d'un soleil qui glissait sous l'horizon, la pièce donnait l'impression d'être vivante. Sur le parquet ciré, des irisations se déplaçaient lentement. Elle entendait sa propre respiration. Dans sa main, l'allumette qui se consumait. On aurait dit que la pièce attendait quelque chose, et elle aussi attendait.

À ce moment précis, elle sentit les jumeaux bouger en elle, se tourner tous les deux comme pour faire face aux bougies, à croire qu'ils percevaient la lumière. Il régnait un tel silence. Aucun bruit en provenance de l'arsenal ou de la rue. Le temps s'étirait. La longue allumette n'étant qu'à demi consumée, elle rouvrit le tiroir supérieur du buffet pour y prendre deux bougies de plus et les ficher sur le candélabre. Il était absolument interdit d'en allumer pour les enfants à naître. Pourtant, cela lui paraissait parfaitement justifié en ces instants.

Le parfum des lilas tardifs flottait jusqu'à elle par la fenêtre ouverte, mêlé à l'odeur de l'East River, quelque chose comme les bois sur les pentes des Catskills, les fougères, l'humus, la terre détrempée. Les lampes s'éteignaient d'un bout à l'autre de Williamsburg, remplacées par la lueur des bougies de shabbat. Annonçant les ultimes minutes pour allumer ces dernières, la sirène de la défense passive s'éleva puis retomba, faisant de nouveau place à ce même immense silence. Dehors, les rues étaient désertes.

Elle se pencha en avant pour allumer les deux bougies supplémentaires. Il lui semblait entendre les jumeaux lui murmurer des choses. Ils étaient ses enfants. Elle voulait qu'ils vivent. La manière dont elle se comportait à la maternité n'était pas un faux-semblant. Elle n'y jouait pas la comédie. C'était ce qu'elle ressentait vraiment, sous les complications qui l'assaillaient à la maison. Elle voulait voir leurs deux frimousses, les tenir juchés sur ses genoux pour leur apprendre à lire l'*alef-beis**. Il lui tardait de leur chanter les chansons que les petits juifs apprennent de leur mère. Elle brûlait de leur tricoter de petits cardigans et des bonnets assortis avec un pompon sur le dessus. Elle aspirait à les porter à ses seins pour les nourrir, et un petit sanglot lui échappa à cette pensée. Somnoler au lit l'après-midi, baignée d'une lumière oblique dorée, avec un poupon endormi à côté d'elle, une trace de lait au bord de la lèvre, petit corps bien chaud niché tout contre elle.

Yidel serait à nouveau père, qu'elle le mît au courant ou pas. Il ne serait pas fâché. Transporté de joie, voilà ce qu'il serait. Il était toutefois méconnaissable au moment où il avait jeté le manuel dans l'incinérateur. Visage blême, lèvres crispées. Un homme complètement différent de celui qui avait cheminé avec Lipa le long du fleuve pour l'écouter lui raconter son histoire. Entendant un bruit dans les escaliers, elle moucha les deux bougies en trop et les fourra au fond du tiroir. Ce n'était rien. Ce n'était personne. Il fallait voir comme elle avait sursauté, pareille à une criminelle ! Demain, après le kiddouch, elle dirait tout à Yidel et à Tzila Ruchel. Elle alluma le reste des bougies, agita les mains, s'en couvrit les yeux et dit la prière pour toutes les personnes de sa connaissance, pour les bien portants et pour les malades, pour ceux qui étaient au monde et ceux à venir, pour les sages et ceux qui ne l'étaient point, pour les grandes personnes et pour les enfants et petits-enfants, pour Yidel, pour Dead Onyu et Dead Opa, et enfin, en dernier, pour elle-même.

12

Lag Ba'omer* tomba un dimanche du début de mai. Surie était dans son septième mois. Beaucoup parmi les hommes et les garçons les plus âgés partirent à Kiryas Joel, le village communautaire situé dans le nord de l'État, et ceux qui restèrent allumèrent des feux de joie dans les rues. Yidel arracha des planches pourrissantes à l'ancien poulailler de Dead Onyu et fit un feu dans la cour de derrière. De petits enfants couraient par les rues en hurlant, en tirant des flèches avec leurs arcs en plastique. Des adolescents transportaient des chaises sans pieds pour les jeter sur les tas de bois qui s'accumulaient dans les venelles et les terrains vagues. Des groupes de filles se massaient aux fenêtres de leur école, pointant du doigt les hommes qui charriaient leurs feuilles de palmier desséchées et les vieux *s'chach** verts des toitures de leurs souccas. On coupa et pesa les longs cheveux des garçonnets de deux ou de trois ans, vêtus de leurs plus beaux habits, puis on façonna leurs papillotes. Les hommes dansaient autour des feux. Jusque tard dans la nuit, les musiciens jouèrent les mélodies anciennes et des chanteurs se mirent au micro pour interpréter les airs nouveaux.

Les premières journées vraiment chaudes étaient arrivées et les hipsters – les vrais Américains sur leurs vélos – avaient commencé de sillonner le quartier, exhibant leurs tatouages et leurs pectoraux, faisant entendre leurs voix tonitruantes et leurs musiques pleines de mots et de sons interdits. Dans les semaines à venir, on garderait les jeunes enfants à l'intérieur et on recommanderait aux filles de ne sortir que par groupes de quatre. Les adolescents chercheraient la bagarre et il leur arriverait de lancer des pierres dans le dos des cyclistes une fois qu'ils se seraient suffisamment éloignés. Mais ce dimanche-là, tout le monde se trouva réuni dans les rues. En remontant Division Avenue, Surie sentit un vent étrange souffler à travers le quartier. Quand elle s'arrêta aux abords de l'immense feu de joie communautaire, les femmes échangeaient à voix basse des commentaires à propos de ce vent singulier, les hommes de même derrière la fumée et, dans la synagogue, les enfants assis près des fenêtres à barreaux regardaient la rue plutôt que les rouleaux de la Torah. C'était là une chose nouvelle, une chose qui ne s'était jamais produite auparavant.

Dans l'après-midi, elle en parla à Yidel. Il lisait le journal devant un verre de thé au citron avant d'aller travailler à son manuscrit, le dernier qu'il écrirait jamais. Dans deux mois, il prendrait sa retraite.

« Qu'est-ce qui arrive à notre communauté ? » demanda-t-elle.

Posant son journal pour la regarder, il prit un de ses sonotones, l'alluma et se le logea dans l'oreille.

« C'est bien à toi de dire ça.

— Oublie-moi, dit-elle. Est-ce que tu peux m'oublier, s'il te plaît ?

— Si tu veux parler du *gonef** qui a volé les *atarah** d'argent des *talleisim**, le *shomrim** finira par le coincer. Ou bien est-ce que c'est de Mattis qu'il s'agit ? »

Il bouscula son verre, ce qui projeta un peu de thé sur son journal. Il l'épongea ; puis il emplit un verre pour Surie et le poussa vers elle sur la table.

« Il s'est passé quelque chose de nouveau ?

— Non, rien », dit-elle, même si elle venait à peine de rentrer et n'était certaine de rien.

Il arrivait fréquemment qu'elle ne fasse plus les lits, le matin avant de partir. Le soir, elle était trop fatiguée pour rester bavarder avec les enfants. Elle ne se rappelait pas la dernière fois où elle avait consacré du temps à Mattis, le garçon à l'ordinateur portable.

« Je parle en général. Nous ne sommes pas la seule famille dont un fils, une fille, un petit-enfant est parti. Mes amies disent que c'est la faute à l'Internet.

— Et aux livres », ajouta-t-il.

Ils se dévisagèrent à travers la vapeur qui montait des verres.

« J'aime bien m'instruire.

— J'espère que tu aimes aussi quand tous tes enfants se prosternent devant des idoles et deviennent des *apikorsim**. »

Elle restait celle qu'elle avait toujours été. Même si elle apprenait le métier de sage-femme, elle continuerait de tresser les challoth pour shabbat, de préparer le tcholent, de se raser la tête et de la couvrir d'un foulard. Elle serait toujours croyante. Elle se dit que la lecture d'un manuel de maïeutique ne conduirait pas ses enfants à renier leur foi. Cela ne se pouvait pas.

« Je t'en prie, dit-elle en posant le doigt sur le bord de la tasse de Yidel. Je suis inquiète. Chaque été, c'est la même folie. Les tatoués sortent de chez eux et se mettent à parcourir nos rues. La plupart de nos enfants se détournent, mais il y en a qui sont fascinés.

— Est-ce que Mattis est du nombre ?

— Je l'ai vu prêter l'oreille à leurs vociférations. Il voudrait parler anglais comme eux. Tu ne l'as pas entendu avec ses camarades à shabbat ? Un mot sur deux était de l'anglais. Il a honte de son accent. Il a honte de nous. Il voudrait mettre du déodorant et porter une chemise à manchettes. Il veut se brosser la barbe. Il exigera d'avoir voix au chapitre pour le choix de qui il épousera. »

Yidel faisait la grimace.

« C'est l'histoire de Lipa qui se rejoue.

— Je ne veux pas qu'un autre de mes enfants meure parce que ses lunettes ne sont pas à mon goût. »

Ils échangèrent un regard recru de honte avant de détourner promptement les yeux. Surie se gardait de lever les yeux vers les coins de la pièce, de crainte que Lipa ne s'y tienne, buvant leurs paroles.

Yidel s'éclaircit la gorge.

« Il faut lui trouver une épouse. L'installer au sein de la communauté. »

Son verre était vide. Elle y remit le sachet de thé et y versa de l'eau chaude, qu'elle prit sur la cuisinière. Elle se rassit.

« Il a le temps. Il n'a que dix-sept ans.

— Ton frère s'est bien marié à dix-sept ans.

— Et s'il était déjà trop tard pour un mariage ? Et si cela n'avait pour résultat que de plonger d'autres gens dans la peine – sa femme, ses enfants, sa belle-famille ?

— Et si c'était toi qui lui donnes envie de partir ? Avec tes livres, tes… libertés ? »

Le visage de Yidel s'était coloré. Ce n'étaient pas les livres, en fait. C'était elle. C'était sa grossesse. C'étaient tous les non-dits, Lipa, les jumeaux, l'adolescente, ce fichu procès. Elle avait causé la perte d'un de ses enfants, et voici qu'apparemment elle recommençait. Les secrets. Tournant le regard vers la rue et les eaux vertes de l'East River, elle répondit : « Si j'étais convaincue de ça, je ramasserais mes livres et les mettrais moi-même au vide-ordures. » Elle avait eu l'intention de parler à Yidel, mais impossible de s'épancher quand ils se disputaient. Aussi, elle ouvrit la fenêtre de la cuisine et, s'accroupissant avec beaucoup de difficulté, elle sortit sur la petite plate-forme entre les deux pans de toiture, là où ils avaient coutume de bâtir leur soukka.

Quand elle revint à l'intérieur, elle remarqua que son manuel de sage-femme n'était plus sur la table. Elle partit à sa recherche et finit par le trouver dans sa chambre, entre les mains de sa petite-fille, Miryam Chiena. La fillette, assise à l'intérieur de la penderie, était en train de le lire.

« C'est ça que tu étudies, Bubbie ? »

Elle se releva pour venir montrer à Surie les photographies décrivant la croissance du fœtus. Elle ne semblait pas choquée, paraissant au contraire très intéressée. Ce n'était pourtant pas un sujet que l'on abordait avec les enfants de son âge. Les jeunes filles arrivaient au mariage munies de l'information la plus mince quant au processus de la procréation. Le mot pour « une jambe » était « pied ». Le mot pour « un orteil » était « pied ». Le mot pour « une cuisse » était « pied ». Le mot pour désigner l'emplacement situé entre leurs cuisses n'existait pas.

« Devant », disait sa petite-fille lorsque cela la démangeait. En arrière. Cet endroit-ci. Cet endroit-là. Ici. Là. Dans son exaltation, Miryam Chiena oubliait sa pudeur.

« C'est à ça que ressemble un bébé quand il est dans le ventre de sa mère ? »

Surie ne sut que répondre. On ne parlait pas aux enfants des mères qui avaient un bébé dans le ventre. Les bébés étaient issus de Dieu. Et pourtant, cette ignorance avait contribué à la situation de l'adolescente qui s'était présentée à la maternité. Surie restait sans voix. Comment Miryam Chiena avait-elle fait pour apprendre ne fût-ce que cela ?

« Est-ce que c'est là, l'endroit par où sort le bébé ? » demanda sa petite-fille après avoir tourné quelques pages.

Elle n'était nullement chamboulée. Elle était simplement curieuse, comme Surie l'avait été, et au même âge. Treize ans. Peut-être quatorze. Pas beaucoup plus âgée que sa petite patiente, qui devait en être au cinquième mois. Cela devait se voir à présent.

« Oui, dit-elle.

— Où est-ce que ça se trouve sur moi ? » interrogea la fillette en se passant la main de la tête aux genoux.

Surie ne répondit pas.

« Et ça, qu'est-ce que c'est ? » demanda Miryam Chiena en montrant une autre illustration.

Surie referma doucement le livre, soucieuse de ne pas effrayer la petite, mais également peu disposée à lui répondre et redoutant la réaction de Tzila Ruchel quand elle découvrirait que sa fille s'était informée sur l'accouchement dans un des manuels de sa grand-mère.

« Je te donnerai un autre livre, dit-elle. Cet après-midi. »

Mais tout en allant chercher celui qu'elle avait remis à ses filles à leur douze ou treize ans, une brochure toute simple sur la nature sacro-sainte de la menstruation, elle comprit que cela ne satisferait pas Miryam Chiena. Elle réfléchit aux expédients possibles. Elle pouvait prétendre ne pas avoir retrouvé ce livre. Elle pouvait dire à sa petite-fille que c'était vilain de vouloir lire de pareilles choses. Elle pouvait aussi la laisser lui poser quelques questions. Mais si elle étouffait l'intérêt de l'enfant ou n'apaisait pas sa curiosité, que se passerait-il ? Était-ce là ce qui s'était produit pour les enfants égarés de la communauté ? Si tout lieu et toute chose étaient proscrits, une once de curiosité les entraînerait automatiquement vers des choses interdites, après quoi les établissements scolaires les adresseraient à des thérapeutes sans qualification. Ce qu'il y avait de pire.

Ce soir-là, presque tout le monde s'endormit de bonne heure, fatigué par la fumée, les flèches et l'effervescence. Miryam Chiena monta toutefois à l'étage pour venir s'asseoir à côté de sa grand-mère sur le canapé. Elle avait entre les mains le dessin au crayon de couleur d'un fœtus flottant à l'intérieur d'une boule rouge orangé. Comme ceux de ses manuels scolaires, le bébé n'avait pas de visage.

« Tu as reproduit l'illustration que tu as vue cet après-midi, dit Surie.

— La photo était tellement belle, dit Miryam Chiena. Mais où était l'ange ? »

L'ange qui enseigne la Torah aux enfants à naître.

« Tu me fais voir ton dessin ? »

La petite s'exécuta.

« Pourquoi n'as-tu pas dessiné un ange ? » lui demanda Surie, qui transpirait un peu à l'intérieur de son haut col.

« Parce que je ne suis pas sûre que les gens puissent voir les anges, murmura Miryam Chiena. Sinon, je l'aurais dessiné en bleu ciel et je l'aurais placé ici. »

Le fœtus était rose et sans tête. Il était couvert de cheveux d'or fin, exactement comme celui de l'illustration du livre. Un cordon ombilical bleu et rouge lui passait devant la poitrine.

« Il porte une ceinture de sécurité, dit Miryam Chiena. Là, tu vois ?

— C'est plus sûr. Tu me le donnes ? »

Surie pensait pouvoir faire disparaître ce dessin avant que Tzila Ruchel ne découvre à quoi sa fille s'était employée.

« Il n'est pas terminé, dit la petite en se gardant de lâcher la feuille.

— Et si c'étaient des jumeaux ? S'il y avait deux bébés à l'intérieur de la mère ? Tu saurais les dessiner ? »

Et si elle s'adressait à cette enfant, sa petite-fille préférée, pour lui dire tout simplement : « Tu sais, j'attends des jumeaux. » De sa part, il n'y aurait pas de jugement, juste de la curiosité. Elle aurait le désir de poser la tête sur le ventre de Surie pour écouter les bébés. Elle voudrait les sentir donner des coups de pied. Mais si Surie faisait cela, Tzila Ruchel lui arracherait les yeux.

La petite hochait la tête.

« Je peux dessiner n'importe quoi. Je suis une artiste.

— Oui, dit Surie, tu es une excellente artiste et une jeune fille intelligente.

— Je le donnerai à maman la prochaine fois qu'elle grossira. Qu'elle sera enceinte. »

Elle avait prononcé ce mot avec soin en anglais.

« Tu sais, tout le monde n'emploie pas ce genre de termes. Je ne crois pas que cela ferait plaisir à ta maman si tu le lui disais ainsi. Et puis tout le monde ne sait pas non plus à quoi ressemblent les bébés avant qu'ils naissent. C'est de l'information spécialisée.

— Pourquoi ?

— Tu sais comme la plupart des choses saintes sont protégées ? Comme la Torah. Comme une mezouza.

Eh bien, il en va de même pour les bébés avant leur naissance, c'est pourquoi ils sont protégés.

— Le ketchup est conservé dans une bouteille. Est-ce qu'il est sacré, lui aussi ? Et les chaussettes ? On les range dans le tiroir. »

Surie fit la grimace. Cette enfant était décidément trop intelligente. Immobile sur le canapé, elle serrait et desserrait les poings. En elle, les bébés ne remuaient pas non plus. Elle se demanda depuis combien de temps ils n'avaient plus bougé ni donné de coups de pied. Elle ne se souvenait pas.

« Quand j'étais petite, peut-être un peu plus vieille que toi, les femmes non juives n'étaient pas tellement différentes de nous en apparence. Elles portaient des chapeaux et des toilettes soignées. Le monde extérieur n'était pas si effrayant que cela. Mais ensuite, quelque chose a changé et le monde entier est devenu fou.

— Tu veux parler de la Shoah ? »

Comment se pouvait-il qu'elle soit au courant de cela ? On faisait tellement attention à ne pas en parler devant les enfants.

« Non, je veux parler d'une espèce de révolution qui s'est produite. Les gens ont cessé de se soucier de ce que les autres pensent d'eux. Ils ont arrêté d'écouter leurs parents et le gouvernement et les professeurs. On les appelait des hippies. Ils me faisaient horriblement peur. Tout ce qu'ils représentaient, tout le bruit qu'ils faisaient, me terrifiait. Je faisais tout mon possible pour ne pas leur ressembler. Toutes mes amies faisaient comme moi. Une des choses dont ces hippies parlaient était… le genre de chose qu'on pourrait trouver dans mon livre, comme si c'était la seule chose au monde. »

La fillette se serra contre elle.

« Bubbie ? Est-ce que tu as déjà été enceinte ?

— Je le suis en ce moment, lâcha Surie en posant les mains sur son ventre énorme. De jumeaux. » Elle glissa un regard à sa petite-fille. « Est-ce que tu veux les sentir ? »

Miryam Chiena se mit à rire.

« Moi aussi, je suis enceinte ! J'ai trop mangé. Tout comme toi, Bubbie ! »

Tard dans la soirée, Dead Opa emprunta le monte-personne pour dire à Surie que Dead Onyu ne se sentait pas bien.

Elle trouva la vieille femme assise dans son lit, le poing refermé sur une feuille de papier. Sa respiration était inégale, son visage violacé.

« Qu'est-ce qui t'est passé par la tête ? Tu as de la chance que ce soit à moi plutôt qu'à Tzila Ruchel que Miryam Chienna a parlé de son dessin. »

Surie sentit monter une nausée. Elle était mortifiée.

« Je lui ai dit de me le donner, j'avais l'intention de le jeter au feu. »

Surie espérait que la petite n'avait pas parlé à son arrière-grand-mère du manuel et des photos qu'elle avait eues sous les yeux. Dead Onyu secoua la tête et grogna :

« Gottenyu. On dit qu'on ne peut duper les enfants, mais on ne dupe pas non plus les vieux. »

Elle expliqua à Surie que Miryam Chiena était descendue lui décrire son dessin avec enthousiasme en montrant à quel point elle s'y entendait. Elle demanda à Surie ce qu'elle cherchait, faire renvoyer la petite de son école ? Lui apprendre quelque chose d'intéressant, il n'y avait rien à redire à cela, et, en effet, cette enfant était intelligente, mais lui apprendre quelque chose comme cela, quelque chose dont aucune fille de son âge n'avait la moindre idée, puis l'envoyer au sein d'une école où régnait la plus parfaite ignorance, c'était comme de tirer un missile, d'abord à travers sa petite-fille, puis à travers la maisonnée tout entière. Aurais-tu perdu la raison ? demanda la vieille femme. Il ne faudra pas me faire de reproches si cette enfant se retrouve mariée à une espèce de *shaygetz** à cheveux longs et tatouages jusqu'en haut du cou.

« Et comment as-tu pu lui annoncer que tu es enceinte alors que tu ne l'as même pas dit à ton mari ? Je te croyais la personne la plus avisée de la maison, mais aujourd'hui…

— Beaucoup de juifs considèrent qu'il n'y a rien de mal à dire à sa fille qu'on est enceinte. Je vois à la maternité des femmes qui viennent à leur rendez-vous accompagnées de leurs filles, de cinq, de dix ans. C'est trop jeune. Mais Miryam Chiena est en âge de savoir. Elle s'en apercevrait bien assez vite.

— Primo, elle n'est pas ta fille, mais ta petite-fille et ce n'est pas à toi d'en décider. Secundo, depuis quand est-ce qu'on dit ce genre de chose à nos filles ? Cet hôpital t'a infecté avec je ne sais quels germes insensés.

— Enfin voyons, Onyu. Tu as grandi dans une ferme. Tu as su comment se font les animaux quand tu étais bien plus petite que Miryam Chiena.

— Ce livre décrit en détail ce qui se passe avant la conception. Elle m'a dit qu'elle avait commencé à le lire avant que tu le lui reprennes ! Si en plus tu lui as parlé de cet aspect des choses…

— Je ne lui ai rien dit ! » se hâta de placer Surie tout en ne pouvant s'empêcher de penser à l'autre petite, celle de la maternité.

Dead Onyu eut un reniflement dédaigneux.

« Désormais, elle ne sera plus comme les autres filles de sa classe. Elle sera différente. Et cette différence va imprimer sa marque, elle va saper son sentiment d'appartenance. Elle sera de celles qui nous quittent.

— Différente, elle l'est déjà. Elle est si intelligente. À l'époque où Mattis apprenait sa *parasha**, elle a su les chants avant lui. Dès le deuxième ou troisième jour, elle en connaissait les paroles et la mélodie. Et elle n'avait que neuf ans.

— Une fois plus âgée, elle nous quittera. Quand il y aura un mariage, elle dira au téléphone qu'elle est trop occupée pour y assister. Quand elle aura son premier enfant, elle ne nous invitera pas à venir le voir. Elle dira à son mari : “Ma famille croit au mauvais œil. Quand ils verront à quel point notre petite est magnifique, ils cracheront par terre et diront qu'elle devrait pousser avec la tête sous terre comme une betterave, et ma mère dira qu'elle a tout d'un petit lombric.”

— Onyu. Arrête. Miryam Chiena n'aura jamais honte de nous.

— Peut-être. Dead Onyu secoua la tête. Mais s'il vient un temps où nous aurons honte d'elle, ce sera à cause de ce que tu as fait aujourd'hui.

— Onyu, connais-tu l'histoire du rabbin Shimon ben Shetach ? Comment il captura quatre-vingts sorcières d'un coup et les mena au gibet.

— Tu changes de sujet, cela démontre que tu as conscience d'avoir tort.

— Je ne suis plus en état de réfléchir. Je voudrais que tout soit derrière moi. L'annonce. La grossesse. Tout. Surie prit la main de la vieille femme. J'ai changé d'avis. Est-ce que tu peux le dire à Yidel à ma place ? »

Dead Onyu s'approcha de Surie.

« Pour rien au monde je ne voudrais être à ta place, dit-elle tout en lui passant la main en cercles dans le dos. Tu es à l'origine d'un beau gâchis, ça c'est sûr. Pourquoi faut-il que je ne t'en aime que plus ? Je suis une vieille femme incohérente. »

Surie humait cette odeur qui était Dead Onyu, le savon de goudron fait maison dont elle usait, les lainages, une indéfinissable senteur ancienne provenant d'un autre pays. Elle se sentait plus proche de cette femme qu'elle ne l'avait été de sa propre mère, Dieu protège son âme. Elle l'avait côtoyée plus longtemps et elles s'étaient toujours bien entendues. Dead Onyu l'avait soutenue au long de chacune des scènes des débuts de son mariage, des difficiles périodes de l'allaitement, de la dépression post-partum, au travers de difficultés financières comme des hospitalisations de ses enfants. Alors même qu'elle venait de perdre la vue, elle avait été là quand Surie était rentrée de Californie et n'aspirait qu'à poser la tête dans son giron pour verser toutes les larmes de son corps. Cette femme était posée, pétrie de sagesse, honnête et bourrue. D'autres se plaignaient de leur belle-mère, mais Surie voyait la sienne comme une bénédiction.

Elle savait que le jour où elle annoncerait enfin sa grossesse à Yidel, Dead Onyu serait là pour faciliter les choses. Elle jetterait un œil venimeux à quiconque dévisagerait Surie et les jumeaux dans la rue. Elle cracherait quelques vocables choisis en hongrois et les regards cesseraient pour de bon.

« Je suis désolée, Onyu. J'étais en train de rassembler mes forces pour le dire à Yidel. Je m'exerçais, comme qui dirait. J'ai honte d'en avoir parlé à Miryam Chiena. »

Elles gardèrent le silence jusqu'à ce que Dead Onyu s'endorme et que sa main échappe à celle de Surie. Cette dernière ramassa le dessin de sa petite-fille pour aller le jeter dans l'incinérateur. Quand elle referma la porte de la chambre, elle veilla à le faire le plus doucement possible.

13

Le dernier trimestre fut la période où toutes les habitudes durent être respectées sans en omettre une seule : Surie eut soin de stocker des pois chiches en boîte dans le placard pour le cas où il y aurait une circoncision ; sous son oreiller reposaient le livre *Noam Elimelech** et un couteau pour tenir l'ange de la mort à distance ; elle arracha d'un coup de dent l'extrémité d'un cédrat ; tous les nœuds de la maison furent défaits pour s'assurer que rien ne l'empêcherait de vivre un travail facile ; elle ne leva pas les bras au-dessus de la tête ; elle eut soin de se laver les mains et de faire un repas complet chaque samedi soir après la fin de shabbat ; des amulettes de naissance et des copies du psaume 121 furent dissimulées derrière des photos dans toutes les pièces et particulièrement près de la porte d'entrée ; chaque matin avant de prier, elle déposa des pièces de monnaie dans la boîte à dons ; elle prit rendez-vous auprès d'un mikvé à Far Rockaway, là où elle ne connaissait personne, afin que l'épiderme de ses bébés soit exempt d'imperfections ; elle se garda de poser les yeux sur les chiens et les chats qui erraient dans les rues. Quand Yidel redressa une tapisserie fleurie qu'elle avait confectionnée des années plus tôt et qu'une amulette en tomba, il s'en étonna et se dit qu'elle avait peut-être été oubliée là depuis le temps précédant la naissance de Chaïm Tzvi, leur dernier fils.

Dans la première semaine de mai, juste avant Chavouot* et peu de temps après que Surie se fut réconciliée avec Dead Onyu, Val lui annonça qu'elle ne pouvait plus prendre de journées de congé. Le service tournait à plein. Elle percevrait le même salaire qu'une infirmière auxiliaire. Désormais, l'accouchement et ses rituels dominaient sa vie domestique comme sa vie professionnelle. Dans la semaine, elle secondait Val à l'hôpital. Le week-end, elle se reposait à la maison en compagnie des siens et se plongeait dans des chapitres de plus en plus complexes de son manuel. Si elle n'avait pas un regard pour les chats de gouttière qui miaulaient au pied de l'immeuble autour des sacs d'ordures, elle contemplait encore et encore des photos de cas de tératologie, cette catastrophe qui peut frapper les fœtus en cas d'anomalie chromosomique ou lorsqu'un agent extérieur s'introduit dans la chambre scellée de l'utérus. Le dimanche, quand Yidel et ses fils rentraient de la synagogue, ils la trouvaient souvent à la table de la salle à manger, penchée sur un de ses livres ; alors, Yidel s'éclaircissait la gorge et les garçons dansaient d'un pied sur l'autre, ce qui lui faisait lever la tête, les yeux rouges de fatigue, s'essuyer les mains sur son peignoir, refermer le volume d'un coup sec et se diriger vers la cuisine pour faire des toasts, du porridge et des œufs.

Tard un vendredi soir, rentrant en hâte de l'hôpital, elle stoppa net à la vue d'une femme debout dans l'entrée de l'immeuble, une troupe de volailles autour d'elle. Il s'agissait de la mère de l'adolescente enceinte. Même si sa fille avait été éloignée loin des regards, cette femme avait dû pleurer en pensant à son ventre proéminent. Elle était vêtue d'une robe de grossesse bien coupée et d'un petit chapeau noir avec une courte perruque. Y regardant de plus près, Surie crut voir qu'elle portait un oreiller sous sa robe.

Le bâtiment était très tranquille. Habituellement, le vendredi après-midi, il retentissait des exclamations des enfants de Tzila Ruchel, mais présentement même les bruits de l'arsenal de la marine s'étaient tus. Les enfants devaient être rentrés de l'école et pourtant aucun ne dévalait les marches pour nouer les bras autour des genoux de leur grand-mère. Il n'y en avait pas non plus dehors à jouer avec zaidy. Où tout le monde était-il passé ?

« Ma fille veut que vous demeuriez auprès d'elle », déclara la femme.

Mme Shnitzer, c'était son nom. Elle leva un pied pour repousser une poule.

« Quand elle aura le bébé. Elle ne veut pas que je sois là pour l'accouchement.

— Je l'aime bien, dit Surie. Je peux essayer d'aller la voir. Si elle me veut auprès d'elle. »

Après avoir dit cela, elle réalisa qu'elle aurait à ce moment-là des jumeaux de deux mois à la maison.

« Un jour, elle s'est peint les ongles en rouge. Et aussi ceux de ses petites sœurs. Mais qui fait ça ?

— C'est normal », dit Surie, même si elle avait donné la fessée à ses filles pour une inconvenance de ce genre.

Elle était l'aînée des deux femmes, enseignante respectée et grand-mère ; l'autre allait suivre ses conseils.

« Mais ne restons pas là à parler de vernis à ongles. Est-ce que quelqu'un s'occupe d'elle ? Un médecin, je veux dire ?

— Si elle avait montré la même pudeur que les autres filles de son âge, elle n'aurait pas été la victime de cet homme », dit Mme Shnitzer.

Elle désirait se distancier de son enfant. Surie comprenait. Elle-même avait fait cela avec Lipa. Elle faisait de nouveau cela avec les jumeaux.

« Non. Votre fille n'est pas mauvaise. Elle n'a que treize ans. Son violeur a, lui, la soixantaine. Vous la lui avez envoyée pour qu'il l'aide, et voilà l'aide qu'il lui a apportée. »

Val n'avait-elle pas dit que la mère avait pris le parti de sa fille ? Val lui avait également dit que l'ensemble de la famille allait bénéficier d'une assistance psychologique. Et que les policiers allaient recevoir une formation spécifique. Pourtant, six semaines plus tard, la mère semblait toujours dans l'ambivalence.

« Promettez-moi de ne rien dire à personne de ce qui s'est passé. Promettez-le-moi !

— C'est promis. Je ne ferais pas ça à votre fille. Appelez-moi quand le travail commencera. J'essaierai de venir. »

La femme s'était accotée au mur. Elle avait les doigts posés sur les carreaux verts et ses ongles en suivaient les joints.

« Elle n'est pas ici. »

Pauvre enfant esseulée. Surie sentit monter un liquide froid en elle.

« Après, nous partirons loin d'ici. Buenos Aires. Ou bien Anvers. »

Une des poulettes fit un bond pour donner un coup de bec au bas de la robe de Mme Shnitzer, qui poussa un cri et battit des mains, elle-même un peu comme une gallinacée.

« Votre mari n'y trouvera pas de travail. Vous avez d'autres enfants. Comment ferez-vous pour manger ? Dites-moi seulement où elle est et je m'y rendrai, même si je dois prendre un avion. Dites-le-moi !

— Je n'aurais jamais dû laisser mes enfants lire des livres en anglais.

— Ce n'est pas la faute des livres. Ni celle de la bibliothèque. C'est la faute d'un des nôtres. »

Le menton de Mme Shnitzer tremblait.

« Peut-être que c'est autre chose, dit-elle. Ça pourrait être une tumeur. Ce sont des choses qui arrivent. Elle pourrait subir une intervention…

— C'est ce que vous voulez ? demanda Surie. Il est trop tard pour un avortement. »

La femme se cabra et la frappa avec son sac à main.

« Vous n'avez pas honte ? » siffla-t-elle. Et de la frapper derechef.

« Je suis enceinte, lança Surie. Je vous en prie, arrêtez. Vous pourriez faire mal à mes bébés. »

L'autre laissa retomber son sac. Elle se mit à pleurer.

« Si je vous l'ai dit, c'est pour que vous sachiez que je vais garder votre secret. Tout comme vous allez garder le mien.

— C'est impossible, murmura la femme. Vous mentez. Vous êtes arrière-grand-mère. Quel genre de sorcière êtes-vous ? »

Surie se laissa pesamment tomber sur le siège du monte-personne et appuya sur le bouton. Elle était épuisée. La chaise commença à monter en tressautant et en grinçant sur ses rails. Quoi qu'elle puisse dire, la famille de la petite réagirait par de la peur.

« Ce n'est pas de sa faute, avait-elle dit en prenant congé de la femme. Elle n'est qu'une enfant. Ce monstre la menaçait de nuire à sa famille si elle disait quoi que ce soit.

— Qu'est-ce qu'une femme comme vous fabrique dans un endroit où on fait des *avortements* ? avait lancé Mme Shnitzer à sa suite. Tant de gens vous respectent. Si seulement ils savaient quelle goyta vous êtes en réalité. »

Surie releva la tête. Elle se croisa les mains sur le ventre. Elle n'eut pas un regard vers le bas. Elle avait oublié de demander à Val de vérifier le rythme cardiaque des bébés.

Elle n'avait pas honte du travail qu'elle accomplissait. C'était du bon travail et elle en était fière. Elle se disait que si Lipa devait reparaître aujourd'hui à la maison, elle s'y prendrait différemment avec lui. Mieux. Peut-être pas aux yeux de la communauté, mais à ses yeux à elle. Elle allait être une meilleure mère pour les jumeaux, plus compatissante, plus gentille, moins craintive.

Au moment où la chaise passait devant l'appartement de Dead Onyu, celle-ci sortit sur le palier, et Surie se demanda ce qu'elle avait entendu de la conversation. Sa belle-mère avait l'ouïe fine, à la différence de Yidel.

« Onyu, que va-t-il advenir de moi ? demanda-t-elle, mais Dead Onyu se borna à lui sourire tandis que le monte-personne pivotait dans l'angle du palier et poursuivait son ascension.

— Les gens sont horribles, mais je ne pourrais t'aimer davantage », lui dit la vieille femme.

La chaise poursuivit sa montée, passa devant l'appartement de Tzila Ruchel et finit par déposer Surie devant le sien.

Ce soir-là, pour la première fois depuis des mois, elle remit les lits l'un contre l'autre et se pelotonna contre Yidel, le visage niché sur sa poitrine. Il battait des paupières, les mains en suspens au-dessus des épaules de sa femme, ne sachant qu'en faire. « Je peux ? » interrogea-t-il avant de l'attirer plus près encore. Elle lui toucha un mot de sa journée, s'efforçant de lui communiquer son état d'esprit sans toutefois lui en dire trop. Il la gardait enlacée, cela sans poser aucune question.

« Je ne suis ni une avorteuse ni une sorcière, dit-elle. J'essaie juste de faire quelque chose de bien pour les femmes de cette communauté. Quelque chose qui ne s'était jamais fait.

— Rappelle-toi, dit-il. À chacune de tes fausses couches tu as tenu à donner un prénom au bébé. Tu as toujours voulu savoir où ils étaient enterrés. Tu as toujours insisté pour les prendre quelques instants dans tes bras. Tu n'as jamais été adepte de vivre exclusivement au sein de la communauté. Tu as souvent pris des décisions dictées par ton cœur. Rien de ce que les rabbins ou moi-même aurions pu dire ne t'aurait fait changer d'idée. Des divergences assez vénielles. Et tu sais bien que moi non plus, je ne me conforme pas à cent pour cent à la règle. »

Son goût prononcé pour les émissions d'information à la radio. Son habitude de chanter sous la douche.

« On peut avoir de ces menues déviances. Elles ne font de mal à personne. »

Elle eut la certitude qu'il savait qu'elle était enceinte.

« Une fillette s'est présentée à la maternité aujourd'hui », commença-t-elle, tablant sur le discernement et la clairvoyance de son mari. Sans lui, elle n'était rien. « Elle a grandi à Williamsburg. Un d'entre nous… »

14

La mi-mai et la fête de Chavouot apportaient toujours un très beau temps, de douces brises et des ciels bleu bleuet. Les merles tiraient des vers du sol. Les cardinaux lançaient leurs appels du haut des fils électriques. Les canards, de retour des latitudes où ils avaient passé la mauvaise saison, voguaient de nouveau sur le fleuve. Surie trouva une cane et ses dix canetons dans la pataugeoire qu'on avait laissée se former cet hiver-là au fond de la cour. La mère sauta sur la terre ferme, mais ses petits n'étaient pas suffisamment robustes pour escalader le rebord. Après avoir regardé la cane sortir de l'eau et y retourner à plusieurs reprises, tous les canetons l'appelant avec des piaillements frénétiques, Surie ramassa une planche dont elle plaça une extrémité dans l'eau en manière de passerelle. Les petits la gravirent et purent quitter la mare. Ils se dandinèrent jusqu'à la clôture dans leurs petits souliers rouges et attendirent que Surie leur ouvre le portillon en treillage.

Les enfants de Tzila Ruchel confectionnèrent des roses en papier qu'ils collèrent aux fenêtres de leur appartement. Dehors, quelques roses véritables s'épanouissaient. Les ailantes fleurissaient aussi, lâchant par les rues leurs pollens vert pâle. Tôt le matin et tard le soir, des lapins émergeaient de sous les immeubles pour brouter les herbes hautes. Des mouffettes escaladaient les berges du fleuve pour venir s'intéresser aux sacs d'ordures déposés devant les entrées. Elles reniflaient le grillage, tentaient de fouir en dessous pour atteindre les volailles. Comme toute la famille allait venir chez elle, Surie se levait tôt chaque matin avant de se rendre à la maternité pour préparer cheesecakes, feuilletés à la crème, crêpes fourrées, boulettes au fromage, les laitages traditionnels de Chavouot.

Elle fit des bonshommes de pain d'épice et, tout en leur dessinant des visages à l'aide d'une douille, elle se prit à penser à quoi ressembleraient ses bébés quand ils seraient nés. Leur tendre épiderme rose, la « morsure de la cigogne » sur leur nuque ; les cheveux follets sur la fontanelle, leurs ongles, si minces et minuscules qu'on ne pourrait les couper aux ciseaux, si bien qu'il faudrait les rogner avec les dents.

« Tu as fait des bébés en pain d'épice ! » s'extasia Miryam Chiena en découvrant les biscuits avec leurs lavallières roses et leurs petites kippas bleues.

Il restait un peu moins d'un mois d'ici à la naissance. Surie avait la peau tendue, brûlante et parcourue de démangeaisons. À son grand embarras, son nombril saillant se voyait sur le devant de toutes ses robes. Il lui était difficile de trouver une position confortable pour dormir à cause de ses douleurs dans les hanches et les genoux. Mais il lui semblait que, depuis qu'elle avait rencontré l'adolescente à la maternité, il lui tardait de découvrir le visage de ses propres bébés.

La veille de Chavouot, elle fut tirée de son sommeil non par le besoin d'aller aux toilettes, mais par un bruit de pas précipités dans les escaliers et par Tzila Ruchel qui appelait son nom. L'esprit embrumé, elle enfila sa vieille *ponzhelo**, glissa les pieds dans ses mules et alla ouvrir.

« Vite, Mummy, dépêche-toi ! »

Elle dévala les marches à la suite de sa fille jusqu'à l'appartement de Dead Onyu. Le salon était en désordre. Dead Onyu s'était levée dans la nuit et, désorientée, avait fait une chute et s'était cogné la tête. Elle était maintenant allongée sur le canapé, enveloppée dans une couverture. Son turban était couvert de sang, elle avait les yeux clos, les bras et une partie du visage couverts de marques violacées. Sa respiration était très sonore. Il lui était déjà arrivé de tomber, une fois se brisant la hanche, une autre fois le poignet, blessures quand même autrement plus graves, non ? que ce qui venait de lui arriver.

« Elle ne se réveille pas. Tatie est venu voir où elle en était et il a dit que nous devrions appeler le Hatzolah », dit Tzila Ruchel.

À cet instant, une sirène retentit, puis on entendit un bruit de course dans les escaliers. Yidel indiqua aux ambulanciers bénévoles où se trouvait la blessée. Il les avait attendus en bas, en peignoir.

Surie prit la main de Dead Onyu. Elle était inerte et très froide.

« Onyu, dit-elle, ne t'en va pas. »

Mais il lui sembla, à ce moment précis, que la main était parcourue d'une brève trémulation accompagnée d'un étrange bruit de gorge, et elle sentit quelque chose passer rapidement à côté d'elle et franchir la porte, croisant les urgentistes qui entraient. Ceux-ci déposèrent leur matériel sur le sol et la poussèrent de côté.

« Laissez-lui de l'espace pour respirer », dit l'un d'entre eux avant de se pencher pour coller l'oreille sur le cœur de Dead Onyu. À la façon dont il se redressa sans tarder, il apparut clairement qu'elle était morte. Ces hommes, formés aux interventions d'urgence, échangèrent des paroles brèves, puis procédèrent à un massage cardiaque tout en insufflant de l'air dans les poumons de Dead Onyu. Recourant à leur défibrillateur, ils lui envoyèrent des chocs électriques. Ils tentèrent pendant vingt, trente minutes de la ramener à la vie, mais finirent par s'avouer vaincus.

« Qu'est-ce qui se passe ? demandait Dead Opa, qui ne pouvait qu'entendre ces bruits affreux, mais ne voyait rien. Qu'est-ce qui est arrivé à Faige Bruche ? »

Yidel le prit par la main pour l'emmener dans la cuisine. Il le fit asseoir et lui fit boire un peu de thé, puis, au bout d'un moment, le vieillard se mit à sangloter.

« Non, lança-t-il d'une voix brisée. Non ! C'est moi qui devais partir le premier. »

Quand les hommes du Hatzolah furent repartis, Surie s'assit par terre à côté du canapé sur lequel gisait sa belle-mère. Elle lui reprit la main et entreprit de lui dire dans un murmure combien elle était désolée de n'être pas toujours descendue aussitôt chaque fois qu'elle l'avait appelée, de n'avoir pas été une meilleure belle-fille, de ne pas lui avoir rendu visite pendant deux jours, de n'avoir pas vu qu'elle était sur le point de mourir. Elle regrettait de n'avoir pas tout révélé à Yidel, comme Dead Onyu le lui avait conseillé, de sorte qu'ils auraient pu célébrer tous ensemble la bonne nouvelle, plutôt que d'obliger la vieille femme à taire la chose à toute la famille. Elle baisa la main d'Onyu, puis la recouvrit d'un drap. Ensuite, elle et Tzila Ruchel la déposèrent sur le sol, les pieds orientés vers la porte, et allumèrent des bougies en cire d'abeille qu'elles disposèrent tout autour d'elle. Tzila Ruchel vida un verre d'eau sur le plancher et couvrit les miroirs avec des serviettes de table. À l'approche de l'aube, les aînés de Tzila Ruchel et les plus jeunes de Surie vinrent poser la main sur le drap dont Dead Onyu était recouverte, puis s'assirent autour d'elle et commencèrent à réciter les *tehillim** en compagnie de leurs parents, de leurs grands-parents et du pauvre Dead Opa, qui, bien qu'il sût les psaumes par cœur, ne parvenait à en dire aucun. « Onyu, murmura Surie, les mains croisées sur le ventre, si un de mes bébés est une fille, je lui donnerai ton prénom. »

Les femmes de la *hevra kadicha** arrivèrent de très bonne heure. Elles emportèrent Dead Onyu dans sa chambre, où elles la déposèrent sur des planches. Là, elles procédèrent avec ménagement à sa toilette, peignèrent ses cheveux, firent ses ongles et lui ôtèrent ses bagues, puis elles la séchèrent et l'enveloppèrent d'une toile de lin avant de l'allonger dans un cercueil en bois. Ce faisant, elles priaient sans discontinuer, de même que, dehors, Tzila Ruchel priait, tandis que Surie, allongée sur le canapé, épuisée, murmurait tous les psaumes qu'elle connaissait pour Faige Bruche, fille de Miryam Chiena, née en 1929 ; une enfant qui avait échappé aux nazis cachée dans une grotte des bords de la Tisa ; une jeune femme qui avait rencontré son mari en 1945 près de Vienne dans un camp pour personnes déplacées ; une mère qui avait donné naissance à seize enfants et les avait tous élevés dans la foi judaïque ; une femme qui l'avait traitée comme sa fille pendant près de quarante ans et lui avait appris à être une bonne belle-mère ; une grand-mère et arrière-grand-mère qui avait adoré ses petits-enfants et arrière-petits-enfants et qui n'avait jamais manqué, tous les vendredis soir, d'allumer une bougie pour chacun d'eux, leur nombre approchant de cent. Elle priait pour que l'âme de Dead Onyu vole directement jusqu'à Dieu. Pour que cette âme toute de pureté intercède auprès du Très-Haut et fasse que son accouchement soit facile, que les jumeaux soient en bonne santé et qu'elle-même ne meure pas en couches. Elle priait pour que la prochaine vie de Dead Onyu soit, cette fois, parfaite.

Tous les membres de la communauté prirent part au deuil. La mort était chose tellement commune, elle faisait si ordinairement partie de la vie, qu'on ne la dissimulait pas, à la différence de ce qui se pratiquait dans le monde extérieur. On n'injectait pas de substances chimiques dans la dépouille, on ne lui appliquait ni rouge à lèvres ni fard à joues pour lui donner l'aspect de la vie. Partout, des femmes firent du pain et des gâteaux, mirent au four des viandes et des volailles, râpèrent des pommes de terre, des carottes et des courgettes pour confectionner des kigelach afin de restaurer tous les gens qui allaient venir pleurer la disparition de Dead Onyu. Les jeunes gens, les fils de Surie, allèrent avec leurs cousins creuser eux-mêmes en partie la tombe, par marque de respect. Les obsèques devaient avoir lieu aussi tôt que possible dans la matinée, car Chavouot commencerait le soir même au coucher du soleil et l'on ne pouvait garder le corps pendant trois jours. Tzila Ruchel et Surie appelèrent au téléphone autant de monde qu'elles le purent, demandant à chaque personne d'en appeler à leur tour plusieurs autres, si bien qu'à dix heures du matin et bien que ce fût fête, une foule s'était formée devant la synagogue de Rodney Street, les hommes au plus près du bâtiment, les femmes, en perruque et foulard, de l'autre côté de la rue. Saviez-vous que le jeune homme qui loge chez le *rabbeini** Shlita est le promis de la fille de reb Shulem Modche Ashkenazy? La *levaya** se rend à la vieille *chelka** de Kiryas Joel. Combien de einiklach avait-elle? Combien de filles? Les voix du *ruv** et du *dayan** sortaient de la synagogue via des haut-parleurs. Quelle belle *yiddishe shtib** elle a bâtie. Ses einiklach suivent tous la bonne voie. Un fourgon noir vint se ranger le long du trottoir et le directeur de la hevra kadicha pénétra dans la synagogue avec quelques hommes pour descendre la bière au rez-de-chaussée, pieds en avant. Alors que les hommes s'en repartaient, Dead Opa s'avança pour tenter de les arrêter en se plaçant sur le seuil, bras écartés. « Ne l'emmenez pas encore, disait-il. S'il vous plaît, ne l'emportez pas tout de suite. » Il disait « s'il vous plaît » en anglais car, pour cela et maintes autres choses ardues, leur famille n'avait pas de termes yiddish.

Après les éloges funèbres à la synagogue, Surie demeura à la maison avec ses filles et belles-filles. Les voisines avaient apporté des chaises basses, des bagels et des œufs durs. Il n'y avait rien à faire. Il leur était interdit de s'attaquer aux préparatifs pour les festivités du soir. Elles ne pouvaient ni lire, ni converser, ni manger, aussi restaient-elles assises en silence, attendant que les hommes s'en reviennent du cimetière. Yidel, ses frères et tous les jeunes hommes s'étaient rendus sur la sépulture à bord de grandes berlines noires qui appartenaient à un service de la communauté uniquement dévolu à ce genre d'occasion. Ils avaient possédé une automobile voici longtemps, quand les enfants étaient petits, un vieux break monstrueux, mais ils n'avaient plus besoin d'un véhicule à présent. Après l'oraison funèbre, des inconnus étaient venus prendre les hommes pour les conduire à la campagne. Le cimetière se trouvait à Kiryas Joel, sur une colline pierreuse ceinte d'une affreuse clôture en béton.

Les fils de Dead Onyu allaient transporter le cercueil sans fioritures jusqu'en haut. Sur leurs talons,

Yidel guiderait Dead Opa. Le vieillard était sorti vêtu d'un peignoir léger de coton noir. La ceinture, défaite, battait à son côté. Sa chemise était déchirée du col jusqu'au cœur. Derrière les proches, tous les hommes suivraient sur une longue file, marchant les uns derrière les autres tant les tombes étaient étroitement espacées. Il n'y aurait pas de femmes au cimetière en dépit de l'immense affection que portaient à Dead Onyu celles qui avaient œuvré avec elle pour l'école et, plus tard, au bikkour holim.

Un faucon roux décrivait des cercles au-dessus du fleuve à hauteur de l'immeuble. Quand Surie alla à la fenêtre pour l'observer, elle vit, au lieu des eaux, du ciel et de l'oiseau, la déchirure du sol où Dead Onyu allait être enterrée. Combien profonde et sombre ! Elle s'attarda devant la croisée, le cœur battant par à-coups. Quelques-unes des amies de Dead Onyu, que celle-ci avait connues au camp pour personnes déplacées, étaient assises derrière elle. Entre leurs mains, des livres de psaumes épaissis et polis par des années d'usage. Elles en balbutiaient des passages de mémoire sans tourner les pages, mais tout ce qu'entendait Surie était la voix de Dead Onyu répétant : « Dis-le-lui. »

Au cimetière, Dead Opa prendrait la parole, puis ce serait Yidel, puis ses frères cadets, et tous diraient le *kaddish* en araméen pour la femme qui gisait sous terre. Même les anges ne pouvaient jalouser les êtres humains qui prononçaient d'aussi saintes paroles, car les anges n'entendent que l'hébreu.

Ainsi, Dead Onyu serait inhumée dans l'air pur de la campagne et sous le ciel bleu de cette journée, les larmes de son époux, de ses fils et de ses petits-fils se mêlant à la terre qu'ils jetteraient sur elle. Empoignant les pelles sur le monticule déposé à côté de la tombe, ses fils combleraient le trou avec célérité, car Chavouot allait débuter et ils avaient encore à couvrir tout le trajet pour rentrer en ville. Des grandes dalles scellaient les tombes. Des pierres grises ciselées donnaient les noms de celles qui reposaient dans la section de la Maison des morts réservée aux femmes. Pas une herbe n'y poussait. Pas un arbuste ni une fleur. Le vent soufflerait et les oiseaux chanteraient. *Dis-le-lui. Dis-le-lui.* Dehors, le faucon tournait et tournait. Après avoir suivi le corbillard dans Rodney Street et l'avoir vu disparaître au coin de Bedford Avenue, Surie, debout au milieu de la rue, avait regardé ses mains, elle avait agité en l'air ses doigts mouillés et c'est seulement alors qu'il lui était revenu que les femmes enceintes n'avaient pas le droit d'assister à l'inhumation.

Quand les hommes arrivèrent à la maison, beaucoup de gens les attendaient, prêts à dire des paroles de réconfort à Yidel et à ses frères et sœurs. On n'aurait que deux heures pour pleurer avant que commence Chavouot, et il faudrait alors faire semblant d'être heureux, car la joie d'une fête chasse la tristesse. Un repas fait d'œufs durs, de pain et de soupe aux lentilles avait été disposé sur la table. Yidel bredouilla une bénédiction, porta un œuf à sa bouche, mordit dedans, puis le reposa sur son assiette. Il mâcha longuement, trempa les lèvres dans un verre d'eau et avala.

Il n'était pas permis à Surie de pleurer car elle n'était pas enfant de Dead Onyu. Elle ne pouvait déchirer ses vêtements. Elle ne pouvait s'asseoir sur une chaise basse. Tzila Ruchel non plus n'était pas du nombre des pleureuses officielles. Toutes deux se cantonnaient à la cuisine, se tamponnant les yeux. Quand Yidel se leva pour aller chercher quelque chose dans la chambre, Surie l'y suivit.

« Yidel, dit-elle, j'ai quelque chose à te dire. »

Il ne la regarda pas directement. Ses yeux étaient bouffis, presque fermés. Il était blanc comme un linge.

« Je suis enceinte. »

Il ne réagit pas. Elle chercha sur ses traits un signe de colère et n'en vit point. Non plus que de joie.

« Ce sont des jumeaux. Nous pouvons en appeler un d'après ta mère. »

Toujours aucune réaction. Quand elle lui toucha le bras, il se dégagea. « Pas maintenant, Surie. Ce n'est pas le moment. » Elle le dévisagea. Elle regarda ses oreilles. Il ne portait pas ses sonotones.

« Yidel ! » hurla-t-elle comme il tournait les talons pour se diriger vers la porte.

Il se retourna pour la regarder, fronça les sourcils, porta un doigt à ses lèvres, puis sortit pour regagner la pièce principale.

Des mains sortaient du sol pour arracher les jumeaux de leur matrice. Au cimetière, la lourde pierre posée sur la tombe de la mère de Surie glissa de côté, un squelette méconnaissable repoussa la glaise comme si elle n'était qu'un drap, et se leva de sa couche de terre pour marcher vers elle. Elle ferma les paupières. Elle s'en voulait d'être allée aux obsèques. Elle regrettait que Yidel n'ait pas porté ses appareils. Elle aurait voulu aller poser la tête dans le giron de Dead Onyu. Elle était fatiguée, tellement fatiguée.

De retour à la cuisine, elle eut l'impression de s'effondrer en elle-même. Il y flottait une odeur poudreuse particulière qui lui rappelait Dead Onyu et lui donnait la nausée. Les machines de l'arsenal gémissaient, des bateaux mugissaient sur le fleuve. Passé le seuil de la cuisine, Breina Trabitsh, sa meilleure amie d'école, interrogeait du regard Yitel Moshkowitz, sa deuxième meilleure amie, cherchant comment s'adresser à elle. Pour finir, elles lui murmurèrent une brève parole de réconfort.

« Je suis enceinte », leur dit-elle.

Toutes deux battirent des paupières. « Viens manger quelque chose, Surie », dit Breina en l'entraînant vers la salle à manger avant de lui emplir une assiette.

Bien que Dead Onyu ne fût pas pour elles non plus une parente qu'il leur était permis de pleurer, Leah'le Schwimmer, Chaya Feiga Weisz, Toltzie Hirsch et Bunia Posen, Frimet Goldstein et Eidel Hornstein, d'anciennes condisciples, apportèrent toutes des plateaux de nourriture et des soupières, l'embrassèrent et lui dirent combien elles étaient désolées. « Je suis enceinte », dit-elle à chacune d'elles.

« Ne t'en fais pas, lui répondirent-elles. Tu te sentiras mieux après une bonne nuit de sommeil. »

« Une de tes filles va pouvoir donner à son enfant le nom de son arrière-grand-mère. »

« Moi aussi, j'ai été très affectée quand ma bellemère est décédée. »

L'une d'elles laissa échapper un rire, puis se plaqua une main sur la bouche. « Surie, dit-elle sévèrement, le moment est mal choisi pour plaisanter. »

Quand la dernière visiteuse sortit à reculons, l'heure était toute proche d'allumer les bougies. C'est à ce moment que Surie nota la présence de Val, debout sur le seuil, s'étreignant les mains, un sourire incertain plaqué sur le visage.

« Vous êtes venue », dit Surie en s'avançant, main tendue.

Au lieu de la lui prendre, Val l'attira à elle pour la serrer dans ses bras.

« Comment avez-vous su ce qui était arrivé ?

— Ne vous voyant pas venir, j'ai appelé et une de vos filles a décroché. J'avais d'abord pensé que vous aviez décidé qu'il était trop risqué pour vous de travailler avec moi.

— Je ne cours aucun risque en venant à l'hôpital, lui répondit Surie. Le risque est plus pour mes petits-enfants, mais que peut me faire la communauté ? Je suis une vieille dame. »

Ce n'était pas tout à fait vrai. Il y avait bien des choses que la communauté pouvait lui faire. Mais elle ne tenait pas à s'en ouvrir auprès d'une personne extérieure.

Sans bien savoir pourquoi, elle était reconnaissante à Val d'être venue. Quelqu'un qui la croyait.

Quelqu'un qui savait que cette vieille, vieille femme attendait des jumeaux. Et en était *heureuse*. De plus, toute la journée depuis le moment où elle avait été tirée du lit, elle avait ressenti à l'aine un tiraillement qu'elle connaissait bien. Elle était allée plusieurs fois aux toilettes pour voir si elle avait des saignements, mais ce n'était pas le cas. Et pourtant. Et pourtant.

« J'ai senti quelque chose aujourd'hui, dit-elle à Val. Là, en bas.

— Si vous voulez, je peux jeter un coup d'œil. »

Yidel, ses frères et leurs fils étaient en train de dire les prières de Min'ha* dans le salon en compagnie d'un groupe d'hommes de l'immeuble voisin. Les sœurs de Yidel étaient en chemin pour regagner leurs domiciles respectifs. Tzila Ruchel avait emmené les plus jeunes garçons chez elle. Surie conduisit Val jusqu'à la chambre à coucher et ferma la porte à clé.

Il n'y avait rien d'anormal. Une vague de soulagement passa sur elle. Sans s'en rendre compte, elle avait retenu son souffle pendant ces derniers jours, inquiète de l'absence de mouvements. La sage-femme lui glissa un bras dans le dos pour l'aider à se remettre sur son séant. « Tout va bien, répéta-t-elle. Mais ce qui est certain, c'est que vous vous apprêtez à avoir ces bébés. » Elle se mit à rire et Surie l'imita, mais elles s'interrompirent d'un coup en se rappelant que la maison était endeuillée. « Si vous vous sentez bizarre, c'est sans doute à cause de tout le reste. Buvez plus d'eau pour ne pas vous déshydrater. Quand on pleure beaucoup, on se déshydrate facilement et il est prouvé que cela exacerbe les contractions de Braxton-Hicks. »

Elles restèrent un moment assises au bord du lit sans échanger une parole. Dans l'autre pièce, les hommes psalmodiaient les prières.

« Quand vous disiez tout à l'heure que, si vous travaillez pour moi, cela ne peut que faire courir un risque à vos petits-enfants, aviez-vous oublié que vous aurez bientôt deux enfants de plus ? Est-ce que ce n'est pas risqué pour eux ?

— Non », répondit Surie. Puis, honteuse d'avoir momentanément oublié les jumeaux : « Oui. »

À côté, le chant se fit de plus en plus sonore et tous les hommes lancèrent : « Amen. » « Amen », marmonna Surie.

« Qu'est-ce qui pourrait leur arriver ? »

Comme le monde profane aimait à s'appesantir sur les moyens employés pour maintenir l'ordre au sein de la communauté. Excommunication. Incendie volontaire. Acide. Les journalistes n'étaient jamais rassasiés de boue. Des jeunes gens condamnés à une peine de prison coupaient leurs papillotes afin que ne soit pas flagrante leur qualité de hassidim lorsque leurs photos seraient étalées en grand dans tous les journaux. Même du plus profond de leur honte, ils restaient loyaux envers leur peuple.

Si quelqu'un d'extérieur à la famille découvrait qu'elle se formait pour devenir sage-femme, quand le moment arriverait d'inscrire ses enfants pour la nouvelle année scolaire, il n'y aurait aucune place de disponible dans tout Williamsburg. Nulle part. La calligraphie de Yidel cesserait d'être la plus prisée. Personne ne les embaucherait, lui ou ses fils, pour écrire un nouveau rouleau de la Torah. Une pierre serait lancée sur leur fenêtre. Il se pourrait que la barbe de Yidel lui soit coupée par la force à l'arrière d'un fourgon. Les petits ne seraient plus invités à venir jouer chez leurs camarades. La viande du boucher serait toujours trop grasse et le sac en papier se déchirerait sur le chemin de la maison. Les cookies seraient brisés et auraient goût de chlore. Les œufs auraient des taches de sang. Les propositions de mariage resteraient lettre morte.

Pire encore, des gens pourraient chercher à persuader Yidel de se séparer d'elle. Bien qu'ils se soient juré de ne jamais seulement prononcer le mot *divorce*, la communauté ne tolérerait pas que perdure une influence néfaste. Les gens tiendraient à se débarrasser d'elle. On recommanderait à ses enfants de ne plus parler à leur mère. Ses petits-enfants ne la verraient jamais plus. Si cela devait aller jusqu'aux tribunaux laïques, ceux-ci se rangeraient du côté des dirigeants de la toute-puissante communauté. Il y avait eu des précédents où des femmes ne s'étaient pas conformées aux règles. Elles ne se rasaient pas les cheveux, ou bien leurs collants étaient trop transparents, leurs talons hauts trop bruyants sur les trottoirs ou encore leurs robes trop moulantes. Surie avait contribué à chasser ces personnes de la communauté. Une fois, cela avait été parce qu'une femme s'était fait une jupe à partir de vieilles cravates d'homme en soie et avait tenu à s'en affubler. Le plus souvent, les fautives revenaient dans le droit chemin. Celle à la jupe en cravates n'avait rien voulu entendre. Elle s'était mise en rage. Cette femme avait lancé quelques pierres à sa manière.

Surie se balançait au bord du lit. Pourquoi avait-elle jugé que le risque de rapporter ce manuel à la maison en valait la peine ? Idem de cet emploi à l'hôpital ? Tout cela lui semblait soudain une vacuité, une énergie dépensée en pure perte. Un danger. Elle préférait s'abstenir de répondre. Au plus profond d'elle, cette sensation lancinante, une douleur aiguë de la cage thoracique à la hanche.

Yidel toqua à la porte.

« Surie ? J'ai envie de m'allonger. Je suis très fatigué. »

Quand Val lui ouvrit, il la regarda avec surprise. Bien sûr, il se souvenait d'elle, de Pourim et d'avant, de la naissance de tous leurs enfants.

« Elle m'a écouté le cœur, dit Surie. J'ai eu des palpitations toute la journée. » Il portait ses sonotones. « Elle s'apprêtait à partir. »

Val fronça les sourcils à l'adresse de Surie. Elle se passa la main sur le visage, s'appuya le bout des doigts sur la commissure des lèvres, posa ses mains gigantesques sur ses hanches.

« Dites-le-lui. » *Dites-le-lui. Dites-le-lui.*

« Me dire quoi ? demanda Yidel.

— C'est au sujet de l'adolescente qui est enceinte », improvisa Surie.

Maintenant que le moment était venu, elle entendait parler à Yidel des jumeaux en privé. Ce n'était pas une chose à partager avec Val ou qui que ce fût d'autre.

« Je sais que je n'étais pas censée parler d'elle. Question de confidentialité. Mais je ne peux pas faire autrement. Ça me ronge. »

Val se repassa la main sur le visage.

« Rabbin Eckstein, je suis désolée, mais je dois vous demander de garder pour vous ce que vous avez entendu à propos de la petite Shnitzer. Est-ce que c'est possible ? »

Le regard de Yidel passa de Val à Surie. Cette dernière, le visage empourpré, regardait Val sans aménité, et la sage-femme était tout aussi hors d'elle.

« Ne venez pas à l'hôpital demain. Appelez-moi.

— Formidable », dit Surie d'une voix blanche avant de faire entendre un rire enroué.

Val dit au revoir et se glissa hors de la pièce.

Yidel attendit d'entendre ses pas dans l'escalier avant de dire : « Ne t'enferme pas dans une pièce avec cette femme. Elle est bizarre. Elle ne m'inspire pas confiance. Je n'arrive pas à croire que tu aies accepté de travailler tous les jours à ses côtés. Et voudrais-tu, s'il te plaît, arrêter ce rire ? »

Il s'allongea sur son côté du lit et se prit à regarder Surie.

« Tu n'es pas… tu ne serais pas… vous deux ne seriez pas… ? » Il tressaillit. « Quel monde… À quand le Messie ? »

Surie enfonça le visage dans son oreiller et se mit à pleurer de frustration.

Yidel ressortit discrètement pour aller tenir compagnie à Dead Opa. Au bout d'une heure, il revint voir comment elle allait. À demi endormie, elle parlait toute seule à voix basse. Avait-elle besoin de quelque chose ? Elle ne paraissait pas dans son assiette. Son visage était emperlé de transpiration. Des tremblements agitaient la courtepointe qui lui couvrait la poitrine. Où en était son cœur ? Il vint lui prendre le poignet pour évaluer son pouls. Elle restait sans réaction. Il repartit après lui avoir dit dans un murmure qu'il reviendrait sans tarder. Au milieu de son sommeil intermittent, Surie avait eu conscience que quelqu'un était venu la voir, mais elle n'avait pas ouvert les yeux car elle parlait à Lipa.

Au cours du mois qui venait de s'écouler, à bord du bus, franchissant le pont à pied ou encore en faisant la vaisselle, elle s'était imaginée assise au jardin public, prêtant l'oreille aux bruits des écureuils, une poussette double flambant neuve devant elle, occupée par deux beaux bébés, et Lipa une fois encore à ses côtés. Dans ces rêveries, elle était jeune, son dos ne la faisait pas souffrir et elle n'avait jamais les jambes lourdes. En tant que mère, elle ressentait une certaine fierté d'avoir su puiser au fond d'elle-même cette vacillante lueur de bonheur. Elle avait maintes fois rêvé qu'elle révélait sa grossesse à Yidel, ce qui lui arrachait un cri de joie et l'envoyait se pavaner dans le quartier, annonçant à ses amis que lui, âgé de la soixantaine, allait être père. Et de jumeaux, encore.

Mais elle avait aussi rêvé de la maternité, s'y voyant travailler, étudier le manuel à l'heure du déjeuner, passer les examens pour devenir sage-femme auxiliaire, assistant ensuite à sa première naissance, puis accouchant une femme hassidique en lui donnant ses instructions en yiddish.

Elle était désormais coincée dans un cauchemar. Ses plus terribles craintes, ses terreurs l'assaillaient dans la nuit, survenaient et tapissaient les murs de la chambre. Les deux bébés étaient trisomiques. Ils ne possédaient pas de cerveaux. Ils étaient siamois, deux têtes sur un même corps, vivants mais monstrueux. Elle mourait en couches. Il y avait du sang, tellement de sang. Elle avait eu beau dire à tout le monde qu'elle était enceinte, personne ne la croyait. Les gens parlaient d'elle comme si elle avait perdu la raison. Ils déposaient dans l'entrée des brochures de l'hôpital psychiatrique de Bellevue.

Ses enfants étaient furieux contre elle. Des squelettes anatomiques dansaient dans ses penderies, raillant son ignorance. Val avait grossi de deux fois sa taille et lui montrait les dents, des dents de marbre poli qui avaient été taillées en pointe. De la poussière de gravier recouvrait toutes les surfaces de son intérieur. Des femmes passaient sous ses fenêtres, l'appelant à l'aide, mais elle était coincée dans sa chambre. Yidel pensait qu'elle lui avait été infidèle. Il croyait qu'elle avait fauté avec Satan. Son époux bien-aimé s'endormait chaque soir en pleurant et plus jamais il ne la touchait.

15

Elle avait un jour demandé à Dead Onyu si les usages étaient différents en Roumanie et la vieille femme, crispant le visage, avait fait appel à ses souvenirs :

Avant shabbat, mon père amenait l'oie chez le *shochet**. Celui-ci saisissait son long couteau et, ayant dit la prière, il lui tranchait le cou. Ensuite, ma mère et moi la plumions, nous jetions les plumes dans une enveloppe d'oreiller, un oreiller de plus pour mon trousseau, après quoi le rituel voulait que nous posions l'oie sur des planches percées de trous et il fallait la saupoudrer d'un sel que nous étions allés ramasser au bord de la mer. Cela fait, nous enlevions toute la graisse de la viande et la faisions réduire. Notre grand régal étaient les *gribenes**, ces bouts de graisse rissolée après que toute l'eau en était partie. Nous, les enfants, nous nous les disputions. Si tu avais un morceau, tu allais te marier quatre ans plus tard, si tu en avais deux, tu allais te marier dans deux ans, mais si tu en avais cinq, cela voulait dire que tu te marierais dans l'année.

Quand le marieur déambulait dans le village sous son parapluie, cela signifiait qu'il allait faire la causette avec Shifra Leah, le boulanger, mais s'il avait son parapluie noir, on savait qu'il allait parler mariage ; alors, tous les enfants se cachaient derrière les petites barrières bleues pour le suivre des yeux et voir où il se rendait. Ensuite, si on entendait des rires, on savait qu'il y aurait un mariage. Et si on entendait des pleurs, il était également possible qu'il y ait un mariage, mais ce serait un mariage pauvre, où il n'y aurait pas de hareng gras.

La rebbetzin portait une couronne faite de soie, de perles et de broderie en fil d'or à laquelle toutes les femmes avaient travaillé. La soie remontait le fleuve en chaland pour être vendue au marché. Ma mère était chargée de l'acheter, plusieurs toises en raison des nombreux ruchés qui devaient être faits, et c'est ma tante qui faisait l'emplette du beau fil doré. Pour les perles, ma grand-mère avait sacrifié son propre collier. Parce que je passais mes journées à dessiner des fleurs, des fougères, des sabres et des lions, on m'avait demandé de tracer les motifs de la broderie. J'étais rudement fière d'avoir été choisie pour cela. J'avais dix ans.

Avant Roch Hachana, mes frères se rendaient au bord de l'eau pour peler des bandes d'écorce de bouleau. Ils les enroulaient en forme de *shofars**, puis ils sillonnaient le village en soufflant dedans, tirant des sons impossibles de ces petites *trumpahten**, et les pères les coursaient afin de les leur confisquer. C'était bien la seule fois où les garnements pouvaient fuir leur père sans s'attendre à recevoir une bonne correction sur le derrière.

Je n'en menais pas large la première fois que je suis allée chercher mon père à la synagogue une fin d'après-midi avant Yom Kippour*. Il était à genoux sur le sol dans son *kittel** blanc, la barbe repliée sur le parquet, et mon oncle lui frappait les épaules avec une courroie, pas fort, note bien, juste de petits coups, mais n'empêche.

Les filles de notre famille se sont toutes mariées avec le même trousseau, deux lits de plumes, deux couvertures de plumes, six oreillers de plumes, une douzaine de gros draps en lin, quatre rideaux de dentelle, un canapé, vingt enveloppes de graines du jardin, dix bonnes poules pondeuses et une étagère de livres en hébreu d'une impression de qualité. Mon père donnait une montre en or au marié et ma mère lui cousait son suaire dans un tissu de lin. Mais ça, ce fut dans le cas de mes sœurs, parce que quand je me suis mariée au camp, je n'avais plus mes parents, rien qu'une sœur sur les sept, plus de frères ni de cousins, ni de nièces, ni de neveux.

Désormais, il n'y aurait plus de Dead Onyu auprès de Surie, assise à côté d'elle lors des festivités, écoutant ce qu'elle disait à ses enfants, la conseillant sur sa vie. De sa place à la table des femmes, Surie regardait Yidel, assis à celle des hommes dans la pièce voisine. Sa bouche s'ouvrait et se refermait, mais elle voyait bien qu'il ne chantait pas. Son visage oscillait entre une tristesse vague et une absence totale d'expression.

Chasser son affliction lui était impossible. Dead Opa, son vieux père, était assis à côté de lui, la tête entre les mains. Les fils, les gendres, les petits-fils, tous se balançaient de concert. Ils chantaient un air que leur arrière-arrière-grand-père, le père de Dead Onyu, avait composé. Au milieu de cette chanson sans paroles, les plafonniers s'éteignirent et il n'y eut plus que la lumière des bougies.

« Qu'est-ce qui se passe avec le minuteur ?

— *Yoish!** Un *yontiff** de deux jours et plus de lumière. »

Dans la bousculade qui avait fait suite aux obsèques, le programmateur était resté réglé pour un shabbat normal. Or, pour Chavouot, les lumières devaient brûler toute la nuit.

« Il y a plus grave. »

Le faible éclairage calma les enfants. Ils étaient appuyés les uns contre les autres, occupés à échanger des secrets à voix basse. Les bébés somnolaient dans le giron de leur mère. Les chants se firent plus doux, plus chaleureux. Les jeunes demoiselles bruissaient sur les bancs, elles gazouillaient comme des oiseaux perchés. La plus petite proposa une partie de *bahaltereich**. Qui allait commencer ? *Eins, tsvei, drai, lozr lokker-lai, okn bokn, beiner-shtokn, onk, bonk, shtonk*[1]. Elles allèrent se cacher dans des recoins sombres, s'effrayant toutes seules, poussant de petits glapissements lorsqu'on les trouvait. Les plus grandes se mirent à sauter à la corde, mais on leur dit de ranger la *shtrik**. Les plus âgées

1. Une comptine : « Un, deux, trois... »

se défiaient aux virelangues. « Est-ce que tu arrives à dire "*fir por portzelayne farfukes*[1]" ? » On apporta et remporta de gigantesques soupières, on escamota les assiettes sales pour les remplacer par des propres. Entre les services, les fils adolescents de Surie lavaient et essuyaient la vaisselle. Ce faisant, leurs voix s'élevaient et retombaient comme s'ils étaient occupés à étudier la Gémara* au lieu de rincer de la faïence. Ils répétaient les petits discours qu'ils avaient préparés pour la première longue nuit sans sommeil de Chavouot. Ils tortillaient leurs papillotes entre leurs doigts. Un couteau tomba et se planta dans le parquet. Ils se regardèrent et dirent : « Nous avons un ennemi. » Et d'éclater de rire avant de se rappeler à plus de mesure. Pour se réjouir ? Pour se lamenter ?

De petits garçons se disputaient, ils traitèrent l'un d'entre eux de *liggener*** et entraînèrent ce menteur vers les pères pour solliciter leur arbitrage. La maison s'emplit bientôt d'un discret murmure rappelant le bruit de souris grignotant par une nuit tiède des racines de pervenches. Un son ténu, trahi seulement par le soulèvement et la retombée des feuilles remuées par les rongeurs allant de plante en plante, par les gestes à peine ébauchés des cousins. À la lumière tremblante des bougies, Surie regarda une nouvelle fois Yidel, sa barbe grise et ses yeux noirs, et – désireuse de rompre le secret qui les divisait – elle sut avec la plus ferme certitude qu'elle lui

1. « Est-ce que tu arrives à dire "quatre paires de faïences en porcelaine" ? »

parlerait des jumeaux à l'instant où il rentrerait de la nuit de lecture, tôt le lendemain matin, juste avant l'aube. Au besoin, elle lui fourrerait elle-même ses sonotones dans les oreilles. Elle ne désirait rien de plus qu'effacer cette division entre eux. Elle le voulait tout entier. Sans barrières.

Ce soir-là, ses fils et petits-fils passèrent en coup de vent prendre des gâteaux sur la plaque du four et des cartouches de cigarettes qu'ils emportèrent à la synagogue, où tous les hommes allaient veiller, attendant la remise de la Torah. Quant à ses filles et ses belles-filles, elles s'attardèrent quelque temps au salon, se racontant des histoires du Baal Shem Tov[1] et plus d'une anecdote sur leurs familles et leurs amies, et l'on entendait des rires étouffés bien que la maisonnée fût endeuillée, car la joie de la fête prenait le pas sur la tristesse.

Surie avait transporté le candélabre au salon. À l'approche de minuit, les bougies commencèrent à crachoter et la pièce fut gagnée par l'odeur délicieuse de la cire d'abeille éteinte. Les enfants piaillaient et se rapprochaient des mères.

« Ce qu'il fait sombre, Mommy ! »

Les femmes, une douzaine et plus, étaient lasses et se laissaient emporter par la pénombre et l'heure tardive. Les plus petites filles, allongées à même le sol sur des couvertures, dormaient en suçant leur pouce. Les écolières tâchaient de jouer à kugelach* à la lueur du réverbère de la rue, leurs mains minuscules heurtant

1. (1698-1760), fondateur du hassidisme.

le sol, ramassant les petits cubes de métal, puis attrapant le cube principal à la volée.

« Je vais rester debout jusqu'à ce que Tatie rentre à la maison », se disaient-elles alors même que leurs paupières tombaient. C'était exactement comme à Pessa'h, quand les petits enfants s'efforçaient de rester éveillés pour le prophète Elijah et, n'en pouvant plus, s'endormaient sur leur chaise ou sous la table.

On était au commencement de l'été, c'étaient les plus belles nuits, quand retentissait le chant des reinettes et que les étoiles piquetaient les cieux audessus de l'arsenal de Brooklyn. Les enfants voyaient approcher le relâchement d'une part des contraintes de l'année. L'école finirait bientôt et beaucoup s'en iraient dans les Catskills, dormant dans des bungalows ou sous la tente. Les mères éprouvaient elles aussi cette sensation, même Surie. Promenant le regard sur toute cette progéniture, elle était emplie d'une joie profonde à la pensée que deux petits de plus allaient bientôt s'y ajouter. « Tzila Ruchel, dit-elle à l'oreille de sa fille, la famille va s'agrandir de deux nouveaux membres. »

Tzila Ruchel se leva et s'étira le dos. « À la bonne heure, Mommy. Je suis heureuse que tu aies trouvé quelqu'un pour Mattis. Tu me diras quand est prévue la rencontre. Je vais faire quelques beaux gâteaux, *bli neder**. Allez, c'est l'heure de descendre se coucher. Miryam Chiena, tu t'occupes des petites ? » Ce fut le signal indiquant aux autres femmes qu'il était acceptable qu'elles prissent congé, qu'elles étaient restées suffisamment de temps en cette veillée de Chavouot.

« Non, Tzila Ruchel, ce n'est pas ce que je voulais dire. » Surie prit appui sur l'accoudoir de son fauteuil et se leva à son tour. « Reste encore, je vais faire du café. » Elle n'était pas prête à voir cette paisible soirée prendre fin, car s'il était une occasion de mettre enfin sa fille au courant, en un moment où elles étaient toutes deux si détendues, c'était bien celle-ci.

Toutes les femmes s'étant retirées l'une après l'autre, Surie se retrouva dans sa cuisine avec sa troisième fille. « Finissons de ranger tout ça », dit-elle. Elles lavèrent les plats que les garçons avaient laissés de côté, les essuyèrent et leur trouvèrent une place dans les placards surchargés. Après quoi elles sortirent les mets du réfrigérateur et les disposèrent sur la table pour le lendemain matin. Elles travaillaient prestement et en silence. Toutes deux étaient fatiguées. « Il en reste », dit Surie quand la cuisine fut rutilante. Elle avait la cafetière à la main. « Ce serait dommage de le perdre. » Elle prit place devant la toute petite table et, les yeux levés vers Tzila Ruchel, s'emplit une grande tasse. Tzila Ruchel secoua la tête.

« Les filles vont se demander où je suis passée. » Elle ôta son peignoir humide et l'accrocha à un clou au-dessus de la fenêtre.

« Je ne parlais pas de Mattis, dit Surie. Je suis enceinte. Ça ne se voit pas ?

— Ne dis pas de bêtises ! C'est impossible ! »

Après avoir secoué la tête, Tzila Ruchel baissa les yeux vers le ventre de sa mère. « *Oy.* » Son visage fut parcouru de minuscules contractions. D'abord le sourcil, puis la narine, puis la joue, puis la lèvre.

« Tu es sûre qu'il ne s'agit pas d'une tumeur ? Tu as vu un médecin ? »

Surie prit une gorgée de café. Elle serrait ses mains tremblantes autour de la tasse.

« Ce sont des jumeaux.

— *Gevald!** Non, mais je rêve. À quoi pensais-tu ? » Tzila Ruchel était à demi sortie de la pièce, les pieds en mouvement bien que le reste du corps fût comme figé.

« Même mon médecin pense que c'est un miracle, mais ma fille, elle, me trouve abominable.

— Mommy…

— Mais si.

— C'est pour quand ?

— Dans deux mois. Peut-être un peu moins.

— Gottenyu ! C'en est fait de nous. Nous sommes absolument finis. Comme si Lipa ne suffisait pas ! Si tu n'as pas marié Mattis d'ici là, il va être immariable. Et Tatie, à quoi pensait-il… comment a-t-il pu… ? Tu es tellement…

— Vieille », dit Surie au moment où sa fille disait : "Obèse."

Elles se dévisagèrent. Surie avait une terrible douleur à l'estomac. Elle se força à sourire.

« Je suis tout excitée, dit-elle. Ils vont m'aider à rester jeune.

— Tais-toi ! Ah, c'est vraiment dégoûtant ! Je ne veux plus y penser ! »

Elle s'écartait à reculons de sa mère, qui souriait toujours.

« Je ne peux même pas supporter ta vue. »

Yidel allait-il réagir aussi mal ? Et les autres enfants mariés ? Surie avait les lèvres si desséchées qu'elles commençaient à se craqueler.

Après avoir bu la totalité du café, quoiqu'elle sût que ce n'était pas recommandé, Surie se découpa une grosse part de gâteau au chocolat et prit une bouchée. Elle ne mangerait jamais assez pour rassasier les jumeaux. Gagnant la chambre à coucher, elle vit Onyu et Lipa debout dans l'ombre sous le vasistas qui laissait passer l'eau. Une goutte tomba sur le plancher. Surie avança la main, celle qui ne tenait pas l'assiette, et elle traversa la poitrine de Lipa. Dead Onyu ouvrit la bouche. À l'intérieur, trois rangées de dents en métal luisant. Elle avait de la terre sur les lèvres, un pelage de givre sur les joues. Elle souriait. « Ce ne sera plus long, maintenant », dit-elle.

Lipa leva la main pour adresser un signe à sa mère. Il ressemblait de nouveau à son petit garçon, avec ses longues papillotes bouclées et le complet qu'elle lui avait confectionné pour ses douze ans. Il paraissait diminuer en taille sous ses yeux. Derrière lui, la paroi sombre se mit à briller de plus en plus. Il n'était plus qu'une ébauche au contour argenté. Quelques éraflures dans la peinture murale. Une vague odeur.

L'instant d'après, il avait disparu. « Non ! Attends ! » lança Surie. Un poing se referma à l'intérieur de son ventre. Elle frappa l'échelle en fer du plat de la main. Des bananes churent sur le sol. Ses oreilles bourdonnaient. Une bande de moisissures courait du haut en bas du mur. « Lipa ! Reviens ! » Elle piétinait les bananes. « Pourquoi faut-il toujours que tu me fuies ? » Elle se débarrassa de ses pantoufles poissées, sentit la pulpe s'insinuer à l'intérieur de ses bas. Partout, l'odeur des fruits écrasés.

Quand elle arriva dans la chambre à coucher, il y faisait un noir d'encre. D'habitude, elle laissait une veilleuse allumée, mais même celle-ci avait été affectée par l'arrêt de la minuterie. Il lui sembla qu'une brume obscure se tenait en suspension dans la pièce, occultant la carte d'Europe du plafond et les étroites fenêtres. Après avoir passé sa chemise de nuit, elle s'adossa à ses oreillers et mangea le gâteau avec colère. Ensuite, elle chercha à s'allonger dans une position confortable, mais elle ne trouva pas d'aise en quelque sens qu'elle se tournât, et le dos la faisait souffrir. Elle se fourra un polochon entre les jambes, l'en retira bientôt. L'eau de la citerne glougloutait. Dans le couloir, le vasistas gouttait. Une paire de moustiques tournaient dans la chambre. Quelque chose battait à coups sourds et réguliers du côté de l'arsenal de la marine. L'appartement était désert et pourtant les planchers grinçaient. Il y avait des bruits comme quand on arrache des pointes d'un bout de bois. Là-haut sur le toit, le vent faisait cliqueter les pinces à linge sur leur fil. Le lit, glacé dans un premier temps, fut bientôt trop chaud. L'oreiller, d'abord trop ferme, devint plat comme une galette. C'est seulement après avoir tourné et retourné une dizaine de fois ledit oreiller qu'elle s'aperçut que son ventre se durcissait à intervalles réguliers et que sa douleur dans le dos pouvait être le commencement d'un phénomène électrique qui la picotait et faisait le tour pour venir sur le devant. Elle se mit sur son séant pour prendre sa montre. Mais les aiguilles n'étaient pas visibles dans l'obscurité. C'était encore yontiff. Elle n'aurait pu allumer de toute façon.

Avait-elle bu suffisamment d'eau ? Elle avait certes fini le café. Mais elle se souvint que c'était un stimulant et peut-être pas le meilleur choix de boisson. Elle se releva et gagna la cuisine pour se verser un verre d'eau. Son ventre était souple. Son mal de dos ne pouvait être un effet des chaises basses de la chivah puisqu'elle ne s'y était pas assise. Elle sacrifia au rite puis but à petites gorgées. Emportant son verre au salon, elle s'arrêta devant la bougie de sept jours qui avait été allumée sur la commode pour l'âme de sa belle-mère. La flamme tremblotait au vent coulis venu de la fenêtre. Penser qu'une vie pouvait s'éteindre aussi facilement. Où l'âme allait-elle après avoir quitté le corps ? Elle rejoignait Dieu, bien sûr, mais où cela se trouvait-il exactement ? Et comment se détachait-elle de son enveloppe charnelle ? Elle ouvrit le tiroir du haut, y prit une bougie en partie consumée, l'alluma à celle du yahrzeit et l'emporta précautionneusement jusqu'à la chambre à coucher. Après y avoir fait tomber quelques gouttes de cire, elle la colla sur l'assiette. La pièce s'emplit d'ombres. La lueur mouvante se reflétait sur les vitres et sur les miroirs. Elle consulta sa montre. Il était trois heures vingt-sept. Plus d'une heure s'était écoulée depuis le départ de Tzila Ruchel. Yidel rentrerait passé cinq heures.

Alors qu'elle reposait la montre sur la table de chevet, son ventre commença à se contracter. Elle se pencha en avant en geignant. Ce n'étaient plus les spasmes plus légers dont elle avait à peine pris conscience plus tôt dans la soirée. Cette fois, c'était du sérieux. Cela la saisit autour de la taille, plongea profondément les doigts dans sa colonne vertébrale et ne lâcha pas. Elle se couvrit aussitôt de transpiration. Elle se tordait de douleur, en nage, grinçant des dents. La position était incommode, ainsi penchée par-dessus le chevet ; sitôt la contraction passée, elle en changerait. Elle fit jouer ses hanches d'un côté et de l'autre, les yeux sur le cadran de la montre. Une minute, une minute et demie. Cela n'allait pas du tout. D'aussi longues contractions survenaient en fin d'accouchement, pas au commencement. « Non, geignit-elle en se mordant les lèvres. Pas maintenant. C'est pas le moment. Pas maintenant. »

16

Cette première contraction la perturba grandement. Quand ce fut passé, elle n'entendit plus, pendant de longues minutes, que l'eau qui dégouttait sous le vasistas. Sous les lames de parquet pourrissantes, l'eau avait traversé jusque chez Tzila Ruchel. Dans cet angle, le plafond de sa fille était tout taché, et quand il pleuvait abondamment, au printemps et en automne, de l'eau en tombait pour lui noircir son plancher en dépit des cuvettes qu'elle plaçait sous les fuites. Les dégâts se prolongeaient jusqu'à l'appartement de Dead Onyu. Et jusqu'au sous-sol.

Après la deuxième contraction, des hommes passèrent dans la rue, le bruit de leur pas se répercutant entre les immeubles comme ils s'en revenaient chez eux après avoir dit le *tikkoun** pour Chavouot. Mais aucun d'eux ne semblait être Yidel, qui, sans claudiquer à proprement parler, marchait d'un pas pesant très reconnaissable, suivi d'un léger frottement de l'autre pied. Cela pouvait provenir d'une sorte de déséquilibre dû à sa surdité, car, jeune homme, il ne boitait pas.

Alors que la troisième contraction se relâchait, elle éprouva une torsion sous les côtes, une sorte de mouvement au plus profond, puis comme quelque chose qui crevait et une sensation d'humidité entre les jambes. Il régnait un silence étrange ; les bruits de la ville avaient cessé d'un coup, puis ils reprirent, grondant, vrombissant, sifflant, grinçant, bourdonnant, cliquetant, gouttant de nouveau.

En raison du jour saint, il ne lui était pas permis de décrocher le téléphone pour joindre la sage-femme avant d'être certaine que le travail avait commencé. Les contractions étaient irrégulières. Comment savoir s'il ne s'agissait pas d'un faux travail ? Commettrait-elle un péché si elle appelait et que cela ne tourne à rien ? Si Yidel avait été à la maison, elle l'aurait envoyé demander au rabbin s'ils pouvaient utiliser le téléphone. Il aurait réveillé un de ses collègues de l'équipe d'urgentistes. Elle se dit qu'elle appellerait elle-même la sage-femme quand les contractions surviendraient toutes les cinq minutes. Le trajet à pied jusqu'à la synagogue était trop long et, de toute façon, aucune femme ne s'y trouverait à quatre heures du matin. Quand bien même elle parviendrait à se transporter là-bas, elle ne s'y ferait pas entendre au milieu des voix de milliers d'hommes. Elle voulait avoir Yidel à portée, mais il n'arrivait pas et n'arrivait toujours pas, si bien qu'elle finit par ne plus y penser.

La première fois que Lipa parut à la maison avec ses lunettes vertes, Dead Onyu lui tendit les bras, le baisa au front et lui dit qu'il était son petit-fils préféré. Elle y voyait encore à l'époque.

La pluie avait redoublé. Elle tambourinait sur l'antique toiture et gouttait en crépitant sous le vasistas. Il y aurait des flaques dans la cave. Qu'est-ce que l'eau emportait au sous-sol, d'abord de cet appartement, puis de celui de Tzila Ruchel et enfin de celui de Dead Onyu ?

Que penseraient les autres grand-mères en la voyant passer avec de nouveaux bébés ? Nul ne croirait qu'ils étaient les siens. Sa parturition serait presque aussi miraculeuse que celle de Sarah, épouse d'Abraham. Elle n'était pas aussi âgée que la matriarche, mais elle portait des jumeaux !

Elle allait et venait entre son lit et les toilettes. Il arrivait qu'une contraction la saisisse dans le couloir ; alors, elle s'appuyait contre le mur en retenant sa voix afin que Tzila Ruchel, en dessous, n'entende rien. Et parfois, les douleurs la prenaient alors qu'elle se trouvait aux toilettes ; elle s'agrippait alors au sèche-serviettes et s'accroupissait, les yeux clos, la sueur lui roulant sur le visage. C'était comme si elle ne se rappelait plus, au terme d'un très court laps de temps, à quoi elle avait pensé pendant une contraction. À présent, la douleur se partageait entre ténèbres et éclats de lumière vive à l'intérieur de ses paupières, pulsations d'éclairs vermillon et jaunes explosions. Elle renversa le verre d'eau de sa table de chevet et, du pied, poussa les éclats de verre sous le lit. « *Mazel tov* », marmonna-t-elle. Chaque fois qu'elle revenait auprès de son lit, elle oubliait et marchait de nouveau dans la flaque, emmenant ensuite cette eau dans le couloir, où elle foulait les bananes écrasées, pour ensuite ramener le tout dans la chambre. Il était trop tard pour enlever ses bas ou retrouver ses pantoufles. Trop tard, l'eût-elle voulu, pour descendre chercher Tzila Ruchel, car elle n'était plus capable que de faire quelques pas sur la pointe des pieds, et cela avec difficulté. Mais était-ce là le vrai travail ? Elle n'en était pas certaine.

Entre deux contractions, elle prenait appui, toute tremblante, sur ce qui se trouvait à portée.

Elle avait oublié de vider la machine à laver et de mettre en route le sèche-linge. Hier. À moins que ce ne fût avant-hier. Elle détestait l'odeur de moisi.

Elle n'avait jamais demandé à sa mère comment s'était passée sa naissance. Facile ou difficile ? Il ne restait plus personne à qui elle aurait pu poser la question.

Il arrivait qu'elle s'endorme une minute ou deux pour se réveiller quand un fourmillement pressant survenait dans sa colonne vertébrale. Elle se dit qu'elle ferait bien de mesurer l'espacement entre les contractions, mais elle ne put remettre la main sur sa montre. Elle pensa que le moment était venu d'appeler la sage-femme et puis cela lui sortit de la tête.

Elle s'assit sur la cuvette et éprouva un peu de soulagement, puis, quand son ventre se serra, elle se releva, comme pour fuir la douleur, et se mit à gémir. Val lui avait recommandé, des années plus tôt, de dire :

« Oui ! » au lieu de crier : « Non ! », mais voici qu'elle lançait des « Non ! Non non non non ! » qui, se fondant les uns aux autres, devinrent un affreux mugissement.

Elle n'était pas assez forte pour endurer le travail.

Bien que des femmes entre deux âges vinssent à la maternité pour tenter une FIV et qu'il fût techniquement possible de les aider à concevoir, la grossesse se révélait pour elles une forme de torture. Aucune ne s'y serait risquée si elle avait su ce que cela ferait à son corps. Il leur était déjà suffisamment difficile de monter un escalier.

Elle avait les pieds gonflés et engourdis. Ses oreilles résonnaient d'un bourdonnement aigu. Elle avait l'impression qu'on lui avait glissé des lames de rasoir entre les os des genoux. Elle avait envie de tuer Yidel.

Penchée en avant au-dessus de la lunette des toilettes, elle se palpa entre les jambes. Dans l'obscurité, elle n'aurait su dire si ce qu'elle sentait était du sang ou quelque autre fluide. Elle se redressa, s'approcha de la fenêtre et leva la main contre la vitre dépolie. La lumière manquait pour qu'elle y voie quelque chose. Elle était sûrement suffisamment avancée dans le travail pour que les lois ordinaires des jours saints ne s'appliquent plus ? Lui était-il permis d'allumer sa lampe de chevet ? Elle allait devoir attendre Yidel. Où était-il ? Pas à la maison, comme d'habitude. À la synagogue, comme d'habitude. Pourquoi n'était-il jamais présent quand elle avait besoin de lui ? Elle pouvait mourir, ouverte en deux sur le lino, et il serait toujours dehors avec ses compères, en train de chanter, de fumer et de manger du gâteau.

C'était se montrer injuste. Elle le savait bien. Yidel était un homme bon. Mais à la contraction suivante, elle hurla son nom. Elle était certaine de n'avoir jamais été à ce point en colère. Elle mordait dans le nom de son mari et le secouait furieusement, grinçant des dents, se déchirant les lèvres.

Avant la contraction suivante, elle commença les mouvements nécessaires pour s'agenouiller sur le sol. Elle voulait à tout prix faire le gros dos. Elle combattait la douleur comme s'il s'était agi d'un tigre. Un *non* prolongé jaillit de sa gorge, le plus fort hurlement qu'elle eût jamais produit. Cela ne s'arrêtait pas. Elle mugissait et rugissait. Une nouvelle sensation s'empara d'elle, complètement inconnue et cependant profondément familière, un glissement et une torsion, une brûlure qui monta de ses jambes et s'accusa au long de sa colonne vertébrale. Elle bloqua sa respiration et se mit à repousser cette chose. Elle se remit à hurler. En équilibre à mi-chemin entre cuvette et lino, un pied levé, elle ferma les yeux et se mit à pousser, aveuglée par mille lumières intenses éclatant derrière ses paupières. Le seul soulagement face à une brûlure aussi terrible était de pousser, aussi poussa-t-elle de nouveau. Elle appellerait la sage-femme sans tarder. Tout allait bien se passer.

Elle entendit sa petite-fille Miryam Chiena crier de l'autre côté de la porte :

« Bubbie ? Bubbie ? Est-ce que ça va ? »

La poignée tournait, la porte était secouée dans son encadrement. Surie se jeta contre le battant, le maintenant fermé de tout le poids de son corps, prenant une profonde inspiration et retenant son souffle tout le temps de la contraction, de force moindre, qui suivit.

« Ça va, dit-elle d'une voix altérée lorsque ce fut passé. Miryam Chiena, mon ange, redescends te coucher.

— C'était quoi, tout ce bruit ?

— Quelque chose a du mal à passer », répondit-elle.

Et de produire un affreux bruit mouillé de la bouche et des lèvres, facétie qui la faisait rire dans son enfance, ceci afin de suggérer la nature intime de l'embarras.

« Ne t'en fais pas pour moi, mon agnelle. »

Elle eut à peine le temps de se pencher pour actionner la chasse d'eau avant de devoir à nouveau fermer les yeux et retenir son souffle, tout en souhaitant ardemment dans un dernier instant de maîtrise de soi que Miryam Chiena retourne se coucher.

« Bonne nuit, Bubbie. Je suis contente que tu ailles bien. Je vais dire à Mommy que tu es barbouillée. »

Les pas de la petite décrurent dans le couloir. Surie avait les lèvres en sang à force de les mordre pour n'émettre aucun son.

« Ouvrez les yeux pour voir naître votre bébé », lui avait dit la sage-femme. Mais ce n'était pas encore le moment. Sûrement pas. Pourtant, Surie se campa sur ses deux pieds, s'accrocha au rebord de la cuvette, s'accroupit et se mit à haleter. Elle portait toujours ses bas. Elle aurait dû les détacher du porte-jarretelles.

Cela se déroulait trop vite. Ce n'était pas normal. Cela ne s'était jamais passé ainsi.

Ces considérations furent enfouies sous l'avalanche de la contraction suivante.

« Non ! » lança-t-elle avant de convertir ce cri en un « Oui ! » prononcé d'une voix chancelante. Un *oui* en forme de pied-de-biche forçant une serrure. Rouvrant les yeux, elle comprit que quelque chose allait de travers. Impossible qu'elle soit sur le point d'accoucher. Est-ce que ce n'étaient pas de fausses contractions ? Elle n'avait même pas appelé Val. Le médecin lui avait répété cent fois que cela devait se faire à l'hôpital, où elle serait sous surveillance. Il y avait trop de risques. Quelle était la taille des jumeaux ? Elle avait craint de manger. Au septième mois, il avait dit qu'ils pesaient probablement moins de deux livres chacun, un cinquième du poids de ses autres bébés au même stade. C'était sa faute s'ils étaient aussi petits.

Elle ne vit pas le crâne de l'enfant avec son vernix crémeux et ses mèches de cheveux mouillés. Elle ne vit pas non plus de petit arrière-train violacé par la constriction. Il n'y avait pas assez de lumière. Au lieu de cela, elle sentit une étrange membrane emplie de fluide bombant hors d'elle comme une baudruche pleine d'eau. Son cœur battait la chamade. Une pastèque avait poussé à partir d'une minuscule graine négligemment jetée dans sa jachère, et voici que ce fruit s'était mis à dévaler périlleusement la pente, de plus en plus vite. À la poussée suivante, la poche se tordit, il y eut une motilité amortie, un doux mouvement, la chose glissa encore et, avec une nouvelle poussée, Surie la saisit entre ses mains.

Le soleil avait dû commencer à se lever, car la fenêtre dessinait un rectangle bleu pâle. Il était peut-être cinq heures et demie ? Le carillon avait sonné, mais combien de fois ? Elle était toujours emplie de l'insoutenable besoin de pousser.

Ils avaient vu le jour à quelques secondes d'écart, leur coiffe toujours intacte. Leurs cheveux luisaient et dansaient comme neige qui tombe à l'intérieur de globes translucides et iridescents qui se renflaient à chacun de leurs mouvements. Elle les déposa sur son ventre chaud et se prit à contempler la lumière du soleil naissant se réfractant à travers leurs sacs amniotiques identiques et projetant des arcs-en-ciel sur le carrelage. Ils en étaient à parcourir la traite la plus longue, et, alors que les poches s'affaissaient, elle entendit un cri ténu, une note mourante jouée par un archet imparfaitement placé sur son violon.

17

Peu après l'expulsion des placentas, Yidel rentra à la maison. Au bruit de ses pas dans l'escalier, Surie se releva et rajusta sa chemise de nuit pour s'en couvrir les jambes. Il lui était toujours possible, peut-être, de continuer impunément à ne rien dire.

« Tu es debout ? demanda-t-il. Je suis resté un peu plus longtemps pour aider au ménage. »

Il attendit, comme il le faisait toujours, de l'autre côté de la porte et se mit à lui rapporter en long et en large ce que chaque homme avait dit et ce que le rabbin avait dit, cependant qu'elle ne pipait mot, occupée à essuyer silencieusement le sol et la cuvette, à s'essuyer elle-même. La petite pièce s'emplissait lentement de la lumière vive qui entrait par la fenêtre exposée au sud. L'endroit redevenait une simple salle de toilettes.

« Est-ce que tu veux un thé ? interrogea-t-il. Je ne suis pas vraiment prêt à aller dormir. L'adrénaline, il faut croire. Et puis j'ai quelque chose pour toi. »

Il lui rapportait toujours de la synagogue une petite part de quatre-quarts. Elle serait desséchée et en miettes, enveloppée dans une serviette en papier brun. Il la lui déposerait dans la main et elle serait, comme toujours, prise de l'envie d'appliquer un baiser sur sa joue chérie.

Elle s'accota à la porte. Comment avait-elle pu lui cacher quelque chose ? Et pourquoi ? Pour toutes ces raisons stupides qui se pressaient dans sa tête. Et son cœur alors ? « Oui, j'arrive », répondit-elle. Elle lui dit d'attendre un peu, qu'elle n'était pas tout à fait prête, et il dit qu'il allait mettre de l'eau à chauffer. Il ajouta qu'il serait dans la cuisine, et ce fut presque comme si cette part de lui-même qui entendait le langage tacite avait compris qu'elle voulait l'entretenir d'une chose particulière. Et pourquoi l'ignorerait-il ? Il était son mari. Cela faisait quarante ans qu'ils étaient mariés.

Dehors, le soleil montait et montait encore. De minuscules lambeaux de nuages blancs se défaisaient, absorbés par le grand ciel bleu. Dans l'ailante qui faisait face à la fenêtre, des chardonnerets se chamaillaient, volant de branche en branche, se balançant sur les plus fines brindilles, et leur poids dérisoire en ployait à peine les extrémités. Sur l'escalier d'incendie, les bettes, les laitues et les radis de Dead Onyu poussaient toujours dans leurs bacs, sans savoir qu'elle était partie.

Quand Surie entra d'un pas traînant, Yidel se leva comme il le faisait toujours, par respect, et elle le salua en inclinant la tête.

« Ho ho, lança-t-il joyeusement, je vois que je ne suis pas le seul à avoir un cadeau ! Qu'est-ce que tu as là-dedans ? demanda-t-il en désignant le sac à provisions qu'elle tenait devant elle. Serait-ce une tarte ?

— Buvons ce thé », dit-elle.

Combien de fois ne s'étaient-ils pas assis autour d'un thé aux petites heures du matin, quand la lumière se fait bleue ! Chaque fois, Yidel avait sorti l'exemplaire fatigué de *Tzeina U'Reina* pour lui en lire une histoire, avec toujours ce commentaire : « Ces récits valent la meilleure des nourritures. »

Mais cette fois lorsqu'il s'assit, il ne sortit pas le vieux volume relié en cuir ni ne le feuilleta à la recherche d'un passage favori. Il n'y avait entre eux que la table avec son revêtement plastifié, la théière en terre de fer, la part de gâteau en miettes et les deux verres. Sans oublier la coupelle de morceaux de sucre, car tous deux préféraient boire leur thé avec un sucre entre les dents plutôt que dissous dans le breuvage. La cuisine était d'une impeccable propreté. Surie se tenait courbée vers l'avant, foulard de travers en sorte que se voyait sur sa nuque un espace de cheveux rasés. Elle semblait souffrante, et elle l'était. Était-il donc aveugle ? Et il y avait ce sac en plastique posé sur la table. La terrible culpabilité qu'elle en éprouvait.

Yidel déplaça sa chaise pour venir se ranger à côté d'elle, puis il voulut lui prendre la main, mais elle se dégagea. « C'est interdit », lui rappela-t-elle. Une femme qui saigne ne doit pas toucher son mari et réciproquement.

« Qu'est-ce qui t'arrive ? » interrogea-t-il, interdit, deux rides se creusant entre ses sourcils. Il y avait des années qu'elle n'avait plus eu ses règles.

« J'ai essayé de te le dire. Mais tu n'avais pas tes sonotones. » Allait-elle vraiment lui en faire reproche ? « C'est venu d'un coup et ça a été terminé avant que j'aie pu appeler de l'aide.

— C'est le cancer ? » balbutia-t-il. Des années plus tôt, il y avait eu une alerte, mais ils s'en étaient sortis. Cette maladie restait peut-être la plus grande hantise de Yidel.

« Non, non », dit-elle. Des larmes lui emplirent les yeux, qu'elle essuya avec humeur, parce que le ton de Yidel était tellement tendre et cesserait de l'être quand il saurait. Elle allait se contraindre à lui révéler la vérité, à abattre tous les mensonges, sinon jamais ils ne pourraient redevenir comme avant.

Il l'examina attentivement. Son foulard était couvert d'empreintes de doigts brun foncé. De petits vaisseaux avaient rompu sur son visage et dans ses yeux. Elle haletait et tremblait comme si elle avait une forte fièvre. Elle avait du sang sous les ongles. Tout secouriste qu'il était et bien qu'il l'eût vue maintes fois dans cet état, son cerveau mettait du temps à comprendre.

« Veux-tu que j'appelle une ambulance ? demanda-t-il au bout d'un moment d'une voix hésitante.

— C'est trop tard, répondit-elle. C'est déjà terminé. Je n'ai besoin que de m'allonger et de dormir. Je peux me débrouiller toute seule. »

Il se mit debout comme s'il allait l'aider à se lever, puis, perplexe et effrayé, demanda : « Qu'est-ce qui est terminé ? » Elle eut un geste vers le sac en plastique, mais quand il le tira à lui et commença à l'ouvrir, elle lui appliqua une tape sur la main.

« Non. Ne les regarde pas. »

Il la dévisagea.

« Les quoi ? Mais de quoi parles-tu ?

— Je leur donne un nom. Comme j'ai toujours fait. Le premier, le garçon, je lui donne celui de Lipa. L'autre, je crois que c'était une fille, je la nomme Onyu. »

Le visage de Yidel se décomposa.

« Qu'as-tu fait, Surie ? »

Ses épaules s'étaient affaissées, ses joues s'étaient empourprées.

« C'est avec quelqu'un de l'hôpital ?

— Espèce d'imbécile ! Tu me connais, quand même ! Jamais je n'irais avec un autre que toi !

— Mais pourquoi ne m'as-tu rien dit ? » interrogea-t-il d'un ton pitoyable.

Là-dessus, il se retourna et – alors que c'était fête – composa le numéro du Hatzolah sur leur antique téléphone à cadran. Il demanda qu'une ambulance soit dépêchée à leur adresse. Au bruit de la sirène, les voisins allaient converger pour chercher à savoir quelle catastrophe venait de se produire, et ils ne manqueraient pas d'échanger des conjectures à voix basse. Il était trop tard pour empêcher l'ambulance de venir, mais cela ne voulait pas dire qu'elle serait obligée de descendre dans la rue avec les secouristes, le foulard de travers, l'arrière du peignoir ensanglanté. Elle refuserait tout net.

Le téléphone à peine raccroché, il se jeta sur le sac, le lui arracha et regarda à l'intérieur. Puis il le referma vivement et se laissa retomber sur sa chaise.

De grosses larmes jaillissaient de ses yeux et lui tombaient dans la barbe.

« Je ne veux pas qu'ils soient enterrés dans ce cimetière. Je veux qu'ils soient dans un bel endroit. Où il y a des arbres et peut-être aussi des fleurs. Qu'ils soient caressés par le vent. Et de l'eau. Il doit exister un endroit comme ça. Peut-être qu'ils pourraient être enterrés avec Lipa à San Francisco.

— Ah, Surie. Un pareil miracle nous était arrivé et je n'en savais seulement rien. Mais pourquoi ? Pourquoi ne pas avoir eu confiance en moi ? »

Elle se saisit du bout de gâteau, le reposa.

« Je ne le comprends pas moi-même », dit-elle.

Après un long moment, il murmura : « Je t'en prie, ne me quitte pas. »

Il était exactement comme un des enfants. Il enfonça le doigt dans le gâteau, le scindant en deux morceaux qu'il ramena l'un contre l'autre. Ils se défirent en plusieurs fragments qui se désintégrèrent et ne furent plus qu'un amas de miettes jaunes. Il leva les yeux vers Surie et, comme elle ne disait toujours rien, un étrange bruit de toux lui sortit de la bouche. Elle s'aperçut avec horreur qu'il pleurait.

« Mais je n'ai pas la moindre intention de partir », dit-elle.

Elle lui emplit son verre de thé et poussa vers lui un carré de sucre.

« J'aurais dû te le dire. J'ai essayé. Et puis j'ai laissé passer le moment de le faire. »

Mais là n'était pas le pire. Leurs petits visages. Les vaisseaux sanguins transparaissant dans leurs minuscules oreilles. Elle se raccrocha au rebord de la table.

Il murmura la bénédiction avant le thé – tout se crée par Ta parole –, puis but plusieurs gorgées. Il promena un regard circulaire sur la cuisine avant de déclarer : « Je veux qu'ils soient enterrés avec ma mère. Si c'est autorisé. Qu'est-ce que tu en penses ?

— Je vais mettre les enfants au courant de ce qui est arrivé, dit-elle d'une voix bien trop forte. J'ai parlé à Tzila Ruchel hier soir. C'était avant… cela. Et je vais leur révéler aussi toute l'histoire de Lipa. »

Leurs mèches de cheveux transparentes tombant comme une brume entre ses doigts, se dissolvant.

« Qu'est-ce que ça a à voir avec Lipa ?

— Je vais tout leur dire. Tu ne m'en empêcheras pas. J'en ai plus qu'assez de taire les choses. Nous sommes une famille. »

Leurs deux bouches. Les os fragiles de leurs mâchoires.

« Non. Enfin, Surie ! Ce n'est pas la chose à faire. Je sais bien que tu n'es pas dans ton état normal. Je vais te trouver de l'aide. Tu pourrais peut-être aller faire un séjour dans un de ces établissements pour les femmes qui relèvent de couches ? Qu'est-ce que tu en dis ? Je crois que celui de Seagate est fermé, mais il y a celui, superbe, de Kiryas Joel.

— As-tu perdu la tête ? »

Elle hurlait presque, elle qui n'élevait jamais la voix.

« Moi ? Aller dans une maison de convalescence pleine de jeunes femmes avec leurs nouveau-nés ? »

Elle agrippa son foulard, se gratta le cou.

« Parfois, tu déraisonnes. »

Elle ferma les yeux, les rouvrit. Elle avait toujours la vision de leurs lèvres ourlées, de leur peau qui pelait. Elle avait encore leur odeur sur les mains.

Yidel baissait le nez.

« C'est vrai. Si j'étais un meilleur mari, le mari que tu mérites, j'aurais remarqué que tu étais... Il eut un geste vers le ventre de Surie. Quel genre d'homme... ? »

Elle ne savait pas à quoi s'en tenir avec lui. La façon dont il ne cessait de lancer des regards vers le sac, les larmes accrochées dans sa barbe comme autant de gemmes minuscules, son incapacité à prononcer le mot *enceinte*, le fait qu'il se montrait toujours tellement gentil même quand elle ne l'était pas, mais alors pas du tout. Elle eut le sentiment que le long silence qu'elle avait observé s'en trouvait presque justifié. Et elle ne voulait pas avoir raison. Leur peau. Leurs yeux. Leurs orteils, si petits. Elle voulait plus que tout se tromper sur la communauté, sur Yidel, sur eux en tant que couple. Elle voulait être dans l'erreur également à son propre sujet. C'est pourquoi elle dit : « J'en ai assez de la façon dont on fait un secret de tout. »

Elle ignorait que Yidel se trouvait à deux doigts de basculer dans la fureur. En surface, il semblait égal à ce qu'il était toujours. Les épaules arrondies autour du buste comme pour protéger son cœur. Ses mains reposaient immobiles sur la table. Les rides autour de ses yeux et aux coins de sa bouche pouvaient donner à penser qu'il allait peut-être, à tout moment, se mettre à sourire. Mais une ombre noire qu'elle ne lui avait jamais vue lui gagna le visage, une teinte cramoisie, le noircissement de la peau d'une aubergine grillant sur le feu, juste avant qu'elle ne se change en cendres.

« Tu veux rire ? » lança-t-il.

Il se redressa. Ses doigts se replièrent étroitement dans la paume de ses mains.

« C'est toi qui as fait des secrets.

— Parce que j'étais obligée.

— Tu n'y étais pas obligée. Tu l'as décidé. Le mari que je suis a-t-il jamais été contrarié à la nouvelle d'une grossesse ? Est-ce que je suis le genre d'homme à qui on ne peut pas parler ? »

Il se tapotait la poitrine, ses grandes mains produisant des *pfff pfff pfff.*

« Est-ce que tu as peur de moi ? Qu'est-ce que tu ne me dis pas, Surie ? »

Se levant à son tour, elle manqua de le heurter malencontreusement et il leva le bras comme pour parer un coup. Peut-être une simple réaction de surprise.

*Shlimazel** était le mot qui vint à l'esprit de Surie. Il avait la chemise sortie du pantalon, des miettes de gâteau dans la barbe, les yeux humides et cernés de rouge, et ses vêtements dégageaient une odeur de renfermé. Il était l'image même du mendiant, de l'individu qui tendait la main au coin des rues pour récolter des pièces jaunes, évitant tout vrai contact avec autrui, un regard vide fixé sur le caniveau. Ce n'est que de sa bouche qu'elle tenait que ses travaux de calligraphie étaient appréciés. Il le lui avait rappelé à tout bout de champ. En se rengorgeant.

Et puis il était gras.

Elle était sans cesse obligée de l'excuser. « Oh, mon mari ne sort pas beaucoup. Il est bien trop occupé. » Yidel n'aimait pas les inconnus, il ne frayait qu'avec les membres de la famille, et encore, seulement les jours de fête. Il n'appréciait pas les petites singularités des gens ni la diversité de leurs accents, alors qu'il avait lui-même tant de menues bizarreries et un accent étrange se situant quelque part entre celui d'un amish et celui d'un chien. Il avait une mauvaise attitude face à la vie, un air supérieur.

C'était en fait lui qui n'avait pu accepter Lipa. C'était apparu clairement après les obsèques. Si Lipa était venu à elle en premier, elle aurait appris à l'aimer tel qu'il était, homosexuel. Yidel se bornait à dire des choses, il ne les pensait pas. Quarante ans de mariage et ils en étaient arrivés là. Toutes ces années de fidèle engagement perdaient tout leur sens s'il en arrivait à l'accuser d'adultère. Il ne la connaissait décidément pas du tout. Elle alla soulever le châssis de la fenêtre. Les oiseaux n'étaient pas encore de sortie, mais il y avait l'odeur du fleuve, la rumeur en provenance du pont. Peut-être que, quand tout ceci serait terminé, elle descendrait prendre le bus comme elle l'avait fait chaque jour. Les banquettes trop chaudes, la montée vers le ciel, le défilé rapide des poutrelles d'acier, l'eau très loin en dessous, puis la redescente dans la ville, une ville entièrement différente quoique distante d'une vingtaine de minutes, la thermos de café lui réchauffant les cuisses, le manuel d'obstétrique avec ses photographies d'une réalité échappant à la vue comme à l'imagination, ses notes en Post-it pastel s'échappant d'entre les pages. Il arrivait qu'elle somnole pendant le trajet. À neuf heures, elle serait à l'hôpital, revêtue de la blouse bleu pâle avec son nom brodé sur le devant. Elle serait en train d'enfiler sa première paire de gants en nitrile et de parcourir la liste des patientes du jour. Mais où se situait Yidel dans cette rêverie ? Où Tzila Ruchel et Miryam Chiena et Dead Opa y avaient-ils leur place ?

Elle se pencha en avant, plongeant le regard dans la douce lumière bleutée du matin. Le soleil faisait luire un à un les carreaux blancs de la cuisine. Elle rajusta son foulard. Cela avait toujours été le moment de la journée qu'elle préférait, quand tous les enfants étaient partis et que les mères avaient disparu, quand les rues étaient silencieuses et désertes, parcourues de temps à autre par un sac en plastique roulant sur le bitume. Deux étages plus bas, la basse-cour et le béton du trottoir. *Je veux quelque chose de différent.* Il lui semblait avoir ressassé cette pensée plusieurs fois par jour depuis de nombreux mois.

« Il ne fait pas chaud », observa Yidel. Elle n'avait rien remarqué de tel. Dans sa poitrine, un feu ardent dévorait ses chairs de l'intérieur.

« Est-ce que tu pourrais refermer ?

— Fais-le toi-même, si ça te dérange », lui retourna-t-elle. Elle abaissa néanmoins le châssis. Il avait toujours eu tendance à se coincer. Elle dut forcer un peu. Ses iris, dans le reflet, paraissaient orange.

« J'ai appelé la sage-femme, dit-il.

— Val ?

— Qui d'autre ? Je crois que je la hais. Mais tu pourrais y laisser la vie. Je me trompe ? Elle dit que le mieux est de t'emmener aux urgences.

— Ça m'est égal », dit-elle.

Il l'examinait de ses yeux rougis et las. Elle lui sourit.

« Ce n'est pas drôle.

— Je le pense vraiment.

— Les gens du Hatzolah ne vont pas tarder. »

Elle regagna sa chaise. Il s'assit à côté d'elle.

« Tu reveux du thé ? » demanda-t-il avant de lui remplir à nouveau son verre et de lui avancer un morceau de sucre.

Val lui manquait, à laquelle elle parlait facilement, une sorte d'amie, qui n'avait pas connu Lipa, mais auprès de laquelle il avait été brièvement possible d'être la mère d'un fils homosexuel défunt. Elle dévorait du regard le vieux téléphone en bakélite. Mais Val lui tenait probablement rigueur d'avoir parlé à Yidel de l'adolescente enceinte. Braver les secrets d'autrui, alors que, de tout ce temps, elle n'avait pas été capable de parler à ses proches ! Et aussi de lui avoir fait croire qu'elle avait annoncé sa grossesse à Yidel, alors qu'elle n'en avait rien fait. Il y avait cela en plus. Surie ne pensait pas qu'il lui serait possible de retourner à la maternité. Val pensait que savoir garder un secret révélait quelque chose de la force de caractère d'une personne et Surie avait un temps pensé de même. Mais elle savait à présent qu'il n'en était rien. Les secrets étaient la racine de toute faiblesse.

Sitôt arrivés, les ambulanciers se mirent à parler de Surie comme si elle ne se trouvait pas dans la pièce, et elle-même regardait dans le vide comme si elle n'était pas là.

« La patiente est âgée de cinquante-sept ans. » Leur chef, un des meilleurs amis de Yidel, tapotait la table du bout du doigt tout en parlant dans son talkie-walkie.

« Elle vient d'accoucher de jumeaux, toute seule, par terre dans les toilettes. Signale une parturition dans de sales conditions et monte-moi un brancard.

— Qu'est-ce que ça change ? demanda Surie. Les bébés sont morts. Ma pire crainte s'est déjà produite. »

Elle ramena le nœud de son foulard sur ses cervicales, le défit et le renoua étroitement. Une image : les cordons passés autour des cous des bébés. Était-ce réellement arrivé ? Ou bien était-elle en train de superposer leur mort à celle de Lipa ? Elle se dit que quelque chose d'autre, pas la strangulation, avait affecté les jumeaux. Ces bruits, les sifflements monocordes, si semblables à la respiration de l'asthmatique Mme Shnitzer. Une cascade de termes peu familiers rencontrés dans le manuel : *maturation pulmonaire fœtale, corticostéroïdes prophylactiques, surfactant, stress.*

« Tu as meilleure mine. Du moins, c'est ce qu'il me semble. Veux-tu encore du thé ? Un petit gâteau avant qu'ils t'emmènent à l'hôpital ? » lui proposa Yidel.

Elle avait toujours le regard tourné vers la fenêtre. De temps en temps, une mouette passait devant. Ou un pigeon. Yidel se moucha.

« Je ne vais nulle part, dit-elle. Sinon dans mon lit.

— Ma mère qui meurt et aujourd'hui ceci. »

Elle avait momentanément oublié Dead Onyu.

« Ne parlez de ça à personne, recommanda Yidel aux infirmiers après que Surie eut refusé de partir avec eux. Pas même à votre femme. Cela ne doit pas sortir d'ici. »

Ils s'attardèrent une demi-heure dans l'espoir de la voir changer d'avis. Pour finir, ils se tournèrent vers leur ancien chef, secouèrent la tête et s'en furent.

« Je peux te faire des œufs. Ou bien un sandwich ? Veux-tu que je te réchauffe un peu de soupe ?

— Non, dit Surie. Ça ne me dit rien. »

Elle était gelée, elle grelottait de tout son corps. Un des urgentistes lui avait pris la tension à trois reprises. *Accouchement problématique*, avait-il écrit dans ses notes. Proposé de l'oxygène. Patiente peu coopérative.

« Comme tu voudras, dit Yidel. Et maintenant, que fait-on ? »

Elle ne voulait pas qu'il l'approche. Une demi-heure plus tard, elle se rendit dans la salle de bains et en ressortit vêtue d'une nouvelle chemise de nuit. Elle avait passé beaucoup de temps à contempler le sol. Elle avait attendu que quelque chose se hisse hors des joints du carrelage. Ses enfants avaient été là, puis ils n'y avaient plus été. Où étaient-ils passés ? Ses mains étaient douloureuses de ce vide.

« Je vais t'examiner un peu », déclara Yidel. Il posa son nécessaire de secouriste sur le lit, l'ouvrit et commença à en sortir des paquets emballés de papier. Il était à vif, cela se voyait.

« Arrête ça. Je n'ai pas envie de tes gentillesses. Envoie-moi plutôt Tzila Ruchel. »

Allongée dans son lit, elle s'imagina faisant à sa mère le récit de sa grossesse et de son accouchement précipité. « Ma pauvre chérie », aurait dit cette dernière. Elle avait cinquante ans lorsqu'elle avait perdu son mari, le père de Surie. Elle aurait su à quoi ressemblait ce sentiment, cette profonde vacuité qui se déroulait devant sa fille. La hantise de toutes ces années d'esseulement. « Ressaisis-toi », lui aurait dit sa mère. Tout plutôt que vivre seule.

Elle dirait quelque chose à Yidel la prochaine fois qu'il se présenterait dans la chambre.

« Excellente idée », approuva sa mère.

À onze heures, Yidel entra à reculons, poussant la porte avec son postérieur, transportant un plateau de soupe à la tomate, de pain et de jus de raisin.

« Comment te sens-tu ? lui demanda-t-elle sans regarder dans sa direction maintenant qu'il se trouvait dans la pièce.

— J'ai connu des jours meilleurs. » Il posa son plateau sur le lit et le verre sur la table de chevet. « Merci de t'en informer. Pendant un temps, j'ai pensé que cela t'était égal. »

Bientôt, le responsable de la hevra kaddisha viendrait emporter les petits cadavres. C'était le premier matin de yontiff. Les garçons allaient se lever et vouloir leur petit déjeuner, et les petits-enfants monter dans l'espoir de manger un morceau du cheesecake de leur bubbie. La vie n'allait pas s'arrêter pour l'attendre. Tout à l'heure, quand elle avait demandé à Yidel comment il se sentait et qu'il l'avait remerciée, cela lui avait fait plus de bien que tout ce qu'elle avait traversé au cours des derniers mois.

Toutes ces allées et venues à l'hôpital. Elle n'avait fait que fuir un certain nombre de conversations pour lesquelles elle ne trouvait pas les mots. Elle se dit qu'elle abhorrerait sans doute désormais l'odeur de l'antiseptique avec lequel on lavait chaque soir les sols. Et le fumet des mets étrangers. Ce médecin, avec son visage anguleux et plein d'arrogance. Cela avait été très bien de faire l'interprète pour les patientes, mais cela ne pouvait remplacer ceci, qui était bien réel, qui comptait, qui était sien.

Yidel lui fit des œufs pour le déjeuner. C'était la seule chose qu'il s'entendît à cuisiner correctement. Ces poules stupides avec leurs caquetages au moment de pondre – cela faisait des années qu'elles la réveillaient au point du jour, et pourquoi ? Elle aurait pu utiliser des bouchons d'oreille. Elle aurait pu emmener le shochet dans la cour et lui demander d'égorger tous ces volatiles jusqu'au dernier. Mais ces créatures ridicules avaient fait son bonheur. Leurs sautillements. Leurs caquetages et leurs gloussements. La façon dont, dès qu'elle sortait, elles s'attroupaient à ses pieds en levant des yeux pleins d'adoration. Le fait que chacune d'elles ne manquait jamais de lui donner un œuf chaque matin, un œuf frais dont elle pouvait faire ce qui lui chantait. Quand avait-elle cessé de se lever à leur appel ? Quand elle s'était mise à utiliser un réveille-matin afin de ne pas rater son bus pour Manhattan ?

Assis sur son lit, Yidel la regardait dormir.

« Bonjour, dit Surie en ouvrant les yeux. N'aie crainte. Je ne vais pas mordre.

— Cela t'arrive parfois.

— Oui, ça m'arrive. Je me demande comment tu fais pour me supporter. »

Il fut tout près d'ébaucher un sourire. Il chercha ses yeux, mais elle faisait de nouveau semblant de dormir. Elle distinguait son visage à travers ses cils.

« Je ne tiens pas à faire la cuisine pour toute la famille jusqu'à la fin de mes jours, dit-il. D'ailleurs, ils se plaindront tous de ce que je ne m'en tire pas aussi bien que toi.

— C'est tout ce que tu as trouvé ? C'est la table qui doit nous maintenir ensemble ? »

Elle se sentait insultée, et pas qu'un peu. Se pouvait-il que, assis là sur son lit, il ne se souvînt pas de leurs conciliabules, de leurs moments d'intimité ?

« Je plaisantais, Surie, tu sais bien que je plaisantais. »

Jamais elle ne lui avait entendu une voix aussi éteinte, aussi plaintive.

« Si tu le dis.

— Je n'ai pas l'habitude de parler de… »

Il se leva, fit le tour de la pièce, ouvrit et referma la porte de la penderie. Des rais de lumière coururent sur le couvre-lit.

« De tout et n'importe quoi.

— Ma foi, inutile de changer maintenant. »

Elle se serait donné des coups de pied. Elle ouvrit les yeux.

« Comment te sens-tu ? Pour ta mère ? Pour tout le reste ?

— Tu me connais. »

Elle se remonta les couvertures jusqu'au cou. « Tu devrais faire un somme. Moi, c'est ce que je vais faire. »

Il prit son oreiller et sa couverture et elle l'entendit descendre les marches pour gagner l'appartement de Dead Opa. Elle eut l'impression que son cœur dégringolait les étages de l'immeuble, tombant sans discontinuer comme les gouttes de pluie sous le vasistas. Elle ne dormit pas. Son regard se mit à errer dans la chambre, s'attardant sur leur photo de mariage accrochée au-dessus du lit de Yidel, sur la carte que Tzila Ruchel avait faite pour lui, glissée sous le dessus en verre de la commode, sur ses mules noires en cuir souple, un talon plus usé que l'autre. Elle regardait, regardait toutes ces choses et pensait à Yidel, le calligraphe, le père, le mari, l'homme. Tous ces mois passés à se demander ce qui arrivait à sa femme. Il avait dû vivre un enfer.

« J'ai du mal à croire qu'il ne t'a pas jetée dehors. » Tzila Ruchel était juchée sur le lit de son père, le foulard noué si serré que ses yeux n'étaient plus que deux fentes.

« C'est ce que j'aurais fait. Je crois bien que c'est ce que j'aurais fait.

— Ne dis pas de bêtises », dit Surie. Sa fille pouvait se montrer tellement exaspérante.

« Ce n'est pas comme si je lui avais caché quelque chose pendant quarante ans. Cela n'a duré que quelque mois. Et puis ce n'est pas un péché selon la Torah.

— C'était une grossesse. Deux grossesses. Ce n'est pas rien. »

Sa pharisienne de fille avait raison, bien sûr, et cela n'en rendait la situation que plus agaçante. Elle se serait volontiers plainte de Tzila Ruchel auprès de quelqu'un, mais Dead Onyu n'était plus là. Et d'ailleurs, cette dernière lui aurait tenu le même langage. Quand Mattis vint lui réciter le kiddouch ce soir-là, deuxième soir de la fête, elle l'interrogea sur ses professeurs.

« Nous n'avons pas à proprement parler de professeurs au *zal**, Mamme. Nous sommes censés apprendre de façon indépendante. »

À dix-sept ans. Dix-huit ans. Ne pensant qu'à courir à l'hôpital, elle avait laissé passer son anniversaire.

« Est-ce que je le savais déjà ?

— Oui. On te l'a tous dit. »

Et voilà, une fois de plus. Alors qu'elle se félicitait d'être une bonne mère, le quotidien de la vie de ses enfants lui avait échappé. Elle avait la poitrine oppressée et brûlante, bien qu'il n'y restât supposément pas de tissu mammaire pouvant s'emplir de lait. Ses fils allaient à l'école dans un vieil immeuble sombre où elle n'avait jamais eu le droit d'entrer. Leur vie tout entière était en fait un mystère pour elle. Elle était certaine que Mattis n'était pas venu dans sa chambre de lui-même.

« Est-ce que tu me raconterais une anecdote amusante qui s'est produite dans ton école ? Quelque chose qui t'aura fait rire ? »

Il regarda à gauche puis à droite, comme s'il pouvait y avoir un autre Mattis assis à proximité. Il ressemblait tellement à son père.

« Je ne sais pas. Peut-être. Pourquoi me demandes-tu ça ? »

Elle ne se souvenait pas d'avoir été dure avec lui, mais elle avait dû l'être pour qu'il craignît d'être puni à son âge.

« Je ne vais pas te faire d'ennuis. »

Elle n'avait jamais puni ses enfants. C'était le rôle de Yidel, même s'il détestait cela.

Mattis lui jeta un coup d'œil, puis détourna le regard. Il était assis sur ses mains.

« La semaine dernière, commença-t-il, il y a quelque chose qui s'est passé la semaine dernière… »

Elle n'était pas certaine de l'avoir jamais entendu lui parler de quoi que ce fût, de quelque chose qui ne fût pas de nature purement pratique. Sa voix se transforma à mesure qu'il racontait son histoire, adoptant un ton plus bas, que, si elle avait dû le décrire, elle aurait qualifié d'amical. La même chose s'était-elle produite entre Yidel et Lipa quand ils étaient allés marcher le long du fleuve ?

« Est-ce que ça va aller, Mamme ? » Mattis se tenait maintenant debout à son chevet.

Elle leva les yeux vers lui. Quand elle irait mieux, elle appellerait le marieur. Il n'y avait rien qui n'allait pas chez lui. Il était ravissant.

« J'ai perdu un bébé, lui dit-elle. Deux bébés en fait, mais ça va. Ça va aller. Ne t'inquiète pas.

— Tatie est complètement bouleversé. »

Pauvre Mattis. Il avait violemment rougi. À lui qui n'était pas encore marié, qui ignorait tout des choses de la procréation, on avait dit que sa mère souffrait de violentes brûlures d'estomac. Rien de plus.

« Ton père est facilement bouleversé. Tu sais comment il est. » *Faible*. « Frileux. Tzila Ruchel pense qu'il devrait me mettre à la porte parce que je lui ai caché ma grossesse. Elle dit qu'à sa place, c'est ce qu'elle ferait. Mais de qui tient-elle ? D'où lui vient cette attitude de goy ? Pas de ton père, assurément.

— La prochaine fois qu'elle aura besoin de toi pour garder les petits, elle oubliera tout ce qu'elle a dit. »

Mattis avait déjà la main sur la mezouza. Il battait en retraite. Son visage luisait d'un voile de transpiration.

« C'est vrai, concéda Surie. Après les choses horribles qu'elle m'a dites, je devrais refuser si jamais elle fait appel à moi. Mais je n'en ferai rien. Pas la peine que mes petits-enfants en pâtissent. »

Les jours commençaient de rallonger en prélude aux longues heures diurnes de l'été. Dans cette salle à manger que, jeune mariée, elle avait décorée dans les années 1960 et n'avait jamais remise au goût du jour, le repas s'éternisait. On entendait des raclements de chaises. Les convives allaient et venaient. Il y eut des chansons. Il était fort tard quand Yidel reparut dans la chambre à coucher avec une assiette de mets froids.

« Mange, dit-il.

— Ça fait un moment que j'attends mon dîner. »

Il aurait pu passer la tête par l'entrebâillement et constater qu'elle était bien réveillée, mais il n'en avait rien fait. Elle avait consacré d'innombrables heures à faire de lui un bon mari, et cependant il n'avait aucun scrupule à laisser sans nourriture une femme relevant de couches. La pire infirmière de l'hôpital avait plus de jugeote.

« Nous pensions que tu dormais. »

Elle n'aimait pas que l'on cherche à se disculper. Faire les choses correctement et sans retard, telle était sa devise. Ainsi, nul besoin de se chercher des excuses.

« Non, je rêvais tout éveillée, dit-elle.

— Dommage que je n'aie pas eu la possibilité de rêver aux jumeaux. »

Elle eut un reniflement méprisant.

« Dommage que je n'aie pas eu celle de parler de Lipa. Je me suis fait chaque fois rembarrer.

— Surie, mais c'est *toi* qui m'as demandé de ne pas te parler de lui. Tu disais que cela t'était trop douloureux. »

Cela lui revint. Elle se vit lui criant dessus dans la cuisine. Lui jetant un objet à la tête. Peut-être n'était-ce qu'un torchon. Il est vrai que cela lui était trop difficile. Elle avait préféré, à l'époque, ne plus entendre prononcer le nom de Lipa, ne plus voir ses photos dans les albums. Son petit visage lumineux.

« Je voulais que tu remarques la chose par toi-même.

— Il t'aurait suffi de me le demander. »

Il se tenait tout près d'elle, penché en avant afin de pouvoir parler à voix basse. Ses grands yeux marron ne quittaient pas les siens.

« Surie. Cela a dû être une épreuve, de garder ça pour toi. »

Une plainte fluette lui échappa, qu'elle aurait voulu retenir.

« Oui, dit-il. Oui, je sais. »

Ils demeurèrent ainsi, elle pleurant presque sans bruit, lui dodelinant de la tête, jusqu'à ce que s'éteignent les lumières dans les pièces de devant. Installés au jardin public dans une poussette double, deux enfants gigotant des jambes au soleil. Leurs petites mains sur sa robe, dans son dos, sur son visage, tant de fois en une journée. Leurs doigts minuscules. Leur pâle épiderme bleuté. Le regret. Puis il fit aussi noir que la nuit précédente, un noir d'encre, quand elle avait eu tellement peur.

« Est-ce que je peux me lever ? demanda-t-elle. Je ne veux pas rester dans cette chambre. » Les coins de la pièce bombaient vers l'extérieur. Sa chemise de nuit paraissait énorme et grossière, une peau de saucisse en tissu et toute trempée. Elle l'avait confectionnée elle-même en prévoyant large au cas où, mais peut-être avait-elle vu trop grand.

« Viens. » Il l'entraîna hors de la chambre à coucher, dans le couloir avec sa bande de moisissures et jusqu'à la fenêtre de devant. Elle était un paquebot en remorque.

« Je vais t'approcher une chaise, dit-il. Tu n'es pas obligée de rester debout.

— Comment sais-tu où j'ai envie de m'asseoir ? » demanda-t-elle. Il s'assit, lui, sur la marche la plus basse du tabouret pliant, qui grinça sous son poids.

« C'est ton endroit préféré. Combien de fois, en rentrant de la shil, je t'ai trouvée debout ici en train de contempler le fleuve. » Il avait les yeux levés vers elle. Elle se pencha en avant et montra un hamac en nylon qui flottait sur l'eau, éclairé par le puissant projecteur vert d'un entrepôt situé de l'autre côté du chenal.

« Est-ce que c'est là que tu te transportes par la pensée ? demanda-t-il. Quand tu ne veux pas être ici, à Williamsburg, avec nous ? »

Ça suffit, fut-elle tentée de rétorquer. Tu crois me connaître, mais tu ne connais pas *alef**.

Pourtant, par toute la terre, il n'était qu'une seule personne qui pouvait l'avoir conduite jusqu'à cette fenêtre.

Un autre homme tempêterait, lancerait des objets, taperait du pied, exigerait des réponses. Était-ce cela qu'elle aurait voulu ? Yidel était presque… le mot qu'elle cherchait était *impuissant*. Mais était-ce si affreux ? Assis à côté d'elle, il était en train de confectionner un bateau dans une feuille de papier journal, se rappelant soudain que c'était jour de fête et que plier du papier n'était pas permis, puis l'oubliant derechef. Ce bateau possédait trois voiles. Il était pourvu de tout petits fanions agités par une brise invisible. Toute autre femme aurait été ravie de s'en tirer à si bon compte. Pourquoi désirait-elle voir un signe de fêlure chez Yidel ?

Elle et lui avaient toujours gardé des secrets, mais qu'ils partageaient entre eux deux. Leur premier baiser dans la pièce du *yi'houd** après qu'ils furent mariés. Comment il avait fermé les yeux et appuyé légèrement le visage contre son oreille. La fois suivante, il avait gardé les yeux ouverts. Leurs lèvres s'étaient touchées et cela avait été enivrant. Oui ! Voilà quelque chose dont elle n'avait jamais parlé ni ne parlerait jamais à personne. Toutes ces fois, la nuit, eh bien, c'était quelque chose que chacun tenait secret. Ce qui se passait entre les quatre murs de leur chambre à coucher était privé. Et si elle était honnête avec elle-même, elle ne voulait que Yidel – pas quelque autre nébuleux individu avec toute une nouvelle batterie de défauts. Tout ce qu'elle voulait, c'était qu'il lui prenne les doigts entre les siens et fasse ce geste dont il raffolait, de lui lever la main en l'air comme si elle était une reine.

Mais quel niais il faisait ! Il n'était même pas fichu de hurler sur sa femme quand elle le méritait. Il avait à peine émis une plainte rapport aux jumeaux. Il craignait de devoir manger de la pâtée pour chats au lieu des bonnes boulettes de poisson de Surie. Dieu du ciel, en soixante années, il n'avait seulement jamais quitté la maison ! Les gens de l'hôpital avaient ri quand elle le leur avait dit. « Le fils à sa maman, avaient-ils lancé en échangeant des clins d'œil. Je parie que c'est le genre d'homme qui demande le sein. Comme un nourrisson. »

Surie avait tellement craint de ramener à la maison des bébés abîmés, des enfants affectés d'un problème qui accaparerait le plus clair de son temps pendant les quarante dernières années de sa vie et marquerait toute la famille d'une tache indélébile. Paradoxalement, elle était toujours furieuse après Yidel parce qu'il ne s'était pas inquiété de ces choses. Cela alors même qu'elle ne lui avait pas dit qu'elle était enceinte. La colère était un personnage si perfide. Elle ne pouvait être défaite par la logique.

Jamais ils ne divorceraient, mais il y aurait désormais cette chose entre eux. Est-ce que tous les couples mariés de longue date connaissaient dans leur parcours de tels embrouillements, aussi compliqués que chaotiques ? Est-ce qu'ils les ruminaient la nuit ou bien cherchaient-ils à les oublier ? Il ne semblait pas que Dead Onyu et Dead Opa eussent traversé quelque chose de ce genre. Surie aurait été au courant. Mais peut-être que non. Peut-être était-il impossible de savoir ce qui se passait dans la vie d'autrui.

Et si elle venait à mourir ? Le temps d'un instant, elle se représenta Yidel assis dans le salon du marieur, y rencontrant des femmes entre deux âges, plus minces qu'elle, avec boucles d'oreille tape-à-l'œil et tailleur moderne. Ces femmes portaient des talons hauts et un beau collier de diamants, elles avaient les mains adoucies par une crème hydratante et fleuraient délicatement la rose. Le marieur décrirait Yidel comme un bon parti. Un saint homme. Bon père et bon grand-père. Ce qu'il était. Mais si c'était lui, Dieu l'en garde, qui disparaissait le premier ? Qu'est-ce que l'entremetteuse trouverait à dire sur elle ? Au mieux, une mère égarée, étourdie, trop grosse. Négligée de sa personne. Au pire, une dissimulatrice. Sournoise. Séduite par le monde profane. Elle articulerait peut-être silencieusement, en se cachant la bouche avec la main, le mot *meurtrière*. Surie se prit à penser à la dalle de béton de la basse-cour où le shochet tranchait la gorge de ses poules. Cela se trouvait juste sous sa fenêtre du deuxième étage. Ce béton pourrait lui offrir une fin rapide si la complication entre eux se révélait insoutenable.

18

« Nous devrions aller voir un thérapeute », dit Yidel dans la nuit, à un moment où ni l'un ni l'autre ne dormait. Tu sais, celui qui reçoit chez lui. »

Elle le haït presque à cet instant. Ne lui avait-elle pas raconté l'histoire de l'adolescente enceinte rencontrée à la maternité ? Ils avaient déjà envoyé un fils chez cet homme, ce soi-disant thérapeute, et il fallait voir où cela l'avait conduit. À la morgue. Elle ne tenait pas à expédier son mariage en chambre froide.

De plus, elle n'avait que faire d'un psy à qui narrer sa vie. Elle était esseulée depuis la Californie, depuis Lipa. C'était un peu comme si le poste à transistors éprouvé qu'était son mariage avait quitté la fréquence qui diffusait une apaisante musique classique, et qu'elle n'entendît plus que des bruits parasites. Même appareil, résultats différents. Elle n'avait même pas essayé de le remettre sur la bonne longueur d'onde. Au lieu de cela, elle avait tourné le bouton et mit le type de musique qu'elle savait interdite. N'importe quoi pour refouler l'épouvantable silence.

« Dors, Yidel, dit-elle.

— Je ne veux pas te perdre à cause de ça.

— Personne ne va perdre personne. Est-ce que tu ne pourrais pas passer à autre chose ?

— À part les jumeaux. Eux, nous les avons perdus.

— À part les jumeaux. »

Et Lipa.

En fin d'après-midi, le deuxième jour de Chavouot, estimant que tout le monde avait quitté l'immeuble, elle descendit les escaliers, une marche après l'autre, et sortit dans la rue. Elle portait une vieille robe d'intérieur, un turban et ses pantoufles. Les bas qu'elle avait retrouvés sous le lit, souillés de marques de doigts ensanglantés et de banane écrasée. Les gens qu'elle croisait, la regardaient mais ne disaient rien. De sorte à ne plus les voir, elle traversa pour gagner le côté de la rue qui ne comportait pas d'habitations, et poursuivit sa marche. Des hypocrites. Elle avait du mal à seulement mouvoir ses pieds, elle tremblait, épuisée.

Elle descendit lentement Division Avenue jusqu'au bord de l'eau. Le fleuve était tel qu'il avait toujours été. La frange de graviers à l'intersection de la rue et du sentier. Le bruissement du courant. Son odeur. L'appel des oiseaux. Les bateaux allant et venant. Les hauts miroirs sinueux qu'étaient les gratte-ciel de Manhattan, les nuages jaune et violet amoncelés au nord-ouest pareils à des meurtrissures. Les chuintements et gargouillements des vagues sous la jetée. Quelque part derrière elle, de petits garçons jouaient au chat. Elle s'appuya au garde-fou cabossé et regarda l'eau se déployer comme un drapeau, comme un foulard de soie. Elle se mouvait si rapidement. Elle n'était jamais la même et restait toujours la même.

Yidel sortit en hâte de l'immeuble, à cloche-pied, finissant de nouer une de ses grosses chaussures. Ses chaussures de tous les jours, pas ses souliers de fête, qui ne comportaient pas de lacets. Il regarda dans les deux directions, vers le haut et vers le bas de la rue. Marchant rapidement, le souffle court, il rejoignit Surie.

« Où est-ce que tu vas ? » lui demanda-t-il.

Elle le considéra. Il avait tout d'un gâteau au chocolat, bombé et coulant, glissé dans le sac en plastique d'une boulangerie de second ordre, un *babka*. Mais sa mère venait de mourir. De même que les jumeaux.

« Je suis arrivée, dit-elle. Au bord du fleuve. »

L'eau était presque noire à cette heure de la journée. Elle se convulsait autour des pilotis. Les grues de l'arsenal étiraient leurs ombres à la surface et sur le visage de Surie. Elle secoua la rambarde fatiguée d'avant en arrière. Des paillettes rouges s'en détachèrent pour tomber dans l'eau, y flottèrent quelques secondes puis coulèrent.

« Ma mère est venue en Amérique à bord d'un navire qui a accosté à cet endroit précis, dit Yidel en tendant le doigt. Mon père aussi. »

Les parents de Surie aussi.

« C'est l'heure d'aller à la *shil*, dit-elle. Est-ce que tu ne devrais pas te mettre en route ? » Si c'était la dernière fois qu'elle lui parlait, que lui dirait-elle ? Et pourquoi le soleil oblique donnant dans les yeux de

Yidel lui fit-il penser qu'elle pouvait voir directement à l'intérieur de ceux-ci ?

Il lui répondit quelque chose, mais elle ne lui prêtait pas attention.

« Je voulais être une bonne mère, dit-elle. J'ai eu dès mes six ans un carnet où je griffonnais des idées, des choses dont je pensais qu'elles contribueraient à me faire… aimer.

— Tu es aimée. »

Les beaux yeux marron de Yidel paraissaient fatigués.

« Lipa n'est pas venu me parler de ses problèmes. C'est toi qu'il est allé trouver. Tous nos enfants font ça.

— Et cela te tracasse ? S'ils se tournent vers moi, c'est parce qu'ils t'aiment trop pour te rendre triste. »

Dans l'eau, aux pieds de Surie, il y avait une longue planche noire. Elle était creusée de profondes cannelures et toute luisante de pétrole. Une chaîne la reliait à une ligne de flotteurs. Une cloche retentit du côté de l'arsenal. Tout de suite après, elle entendit la sonnerie automatique marquant la fin des cours au heder de ses petites-filles, alors qu'on était un jour férié et que tous les enfants se trouvaient chez eux. Derrière elle, les garçons poussèrent des cris de joie. Le plus petit venait d'être attrapé. Du haut de sa fenêtre, une mère enturbannée les appela et ils lui répondirent. Surie se boucha les oreilles pour ne plus les entendre. Du bout du pied, elle envoya quelques graviers sur la planche, qui s'inclina, si bien qu'ils glissèrent dans l'eau. Les couleurs de la nappe de pétrole tournoyèrent, se modifièrent, se fondirent et se dissocièrent de nouveau.

« Je voulais bien faire les choses cette fois et regarde comme j'ai tout raté.

— Que croyais-tu qu'il se passerait ? Le fait que tu ne m'as rien dit pour les jumeaux me donne le sentiment que tu me tiens responsable de ce qui est arrivé à Lipa. Est-ce que tu avais espoir de partir toute seule quelque part ?

— Non. Bien sûr que non. Je ne crois pas. Je ne sais pas. »

Qu'aurait-elle dit s'il était venu un jour la trouver avec la volonté de reprendre leur vie commune à zéro, en incriminant quelque chose qu'ils avaient tous les deux aimé ? Serait-elle restée de marbre, comme il l'était, un pied sur le longeron inférieur du garde-fou, le regard tourné vers le fleuve ?

Elle fit trois ou quatre pas qui l'éloignèrent encore de chez eux, et elle n'attendit pas de voir s'il la suivait.

« Alors, considères-tu que tout est de ma faute ? Parce que c'est moi qui ai parlé avec Lipa ? interrogea-t-il en s'approchant. Nous parlons *tous deux* avec nos fils. Ils se tournent vers toi en quête d'une forme d'amour maternel que je ne peux leur donner. Ils se tournent vers moi pour des conseils qu'ils ne trouveront pas auprès de toi. C'est pour cela que nous sommes là tous les deux. En sorte que, entre toi et moi, nos enfants puissent obtenir ce dont ils ont besoin. »

Elle aurait voulu s'allonger, mais elle n'avait jamais été une *farshloffener**, le genre de femme qui dort dans la journée. Elle fit plusieurs autres pas sans rien répondre. Elle se trouvait maintenant contre la palissade du marchand de bois. Y était peint à la bombe, en lettres bleues hautes de quarante centimètres, le mot *paix*. Les premières gouttes de pluie tombèrent sur le devant de son vêtement. Yidel avait la main posée non loin de la sienne sur le garde-fou. Il parlait d'une voix forte. Tout comme son cœur à elle battait fort. Elle avait de la peine à respirer.

Deux enfants dévalèrent l'impasse, s'immobilisèrent, la montrèrent du doigt.

« Goyta ! » lança le plus âgé dans un criaillement de goéland. Il la traitait de non-juive. Est-ce que c'en était arrivé là ?

« *Farvos hot zi nakete fis ?*[1] » demanda le plus jeune à son aîné.

« Laissez-la tranquille ! cria Yidel en s'élançant à leurs trousses, les basques de son long manteau noir se soulevant, pareil aux ailes d'un corbeau, à quelque ange exterminateur. Elle n'est pas pieds nus ! Elle est arrière-grand-mère ! Et elle est fatiguée ! » lança-t-il encore, tapant du pied et montrant le poing. Les garnements filaient avec des cris perçants et des rires. Baissant les yeux, Surie s'aperçut qu'un de ses bas s'était décroché et lui était tombé sur la cheville. Une étroite bande de peau blanche se voyait au-dessus. Le sang lui monta au visage. Elle avait l'impression de brûler sur place. Promptement, elle se pencha, remonta son bas et manipula l'attache à travers sa robe.

1. « Pourquoi a-t-elle les pieds nus ? »

Un groupe de femmes qui cheminaient en devisant arrivèrent au bout de la rue et, la voyant, firent silence et repartirent en sens inverse.

« Selon toi, reprit Yidel, pourquoi Lipa m'a-t-il parlé plutôt qu'à toi ? Penses-tu honnêtement qu'il m'aimait plus ? »

Le socle des énormes pylônes était percé de boulons. De longues algues y étaient suspendues, qui oscillaient avec les mouvements de l'eau.

« Non, répondit-elle. Peut-être. » Une chaîne tinta en se balançant au vent qui se levait.

« Surie.

— Quel genre de mère suis-je pour que mon fils ait craint de me parler ? Je voudrais pouvoir tout effacer, toutes les fois où je lui ai parlé durement, chaque fois que j'ai critiqué sa coiffure ou ses vêtements ou ses stupides – elle essuya ses larmes – lunettes.

— Tu lui as fait tous ses vêtements. Chaque bouchée de nourriture qu'il a portée à sa bouche. Tu lui as appris à lire longtemps avant qu'il aille à l'école. Et son cœur sensible ? C'est de toi qu'il le tenait, Surie. Pas de moi.

— Tu te rappelles comme il aimait passer la main dans la fourrure de tes peaux ? Tu reculais pendant des mois le moment de mettre les plus douces dans la chaux.

— Il raffolait des challoth avec un petit nez luisant que tu confectionnais spécialement pour lui.

— Il allait se placer derrière toi pour te regarder écrire. Je crois bien que tu ne t'en es jamais aperçu, tant il était silencieux.

— La dernière chose qu'il m'a dite ? Qu'il ne supportait pas de te faire encore du chagrin. Ce ne sont pas là les mots de quelqu'un qui a peur de sa mère. »

Le ponzhelo de Surie, à l'origine de couleur claire, avait complètement foncé sous la pluie. Que faisait-elle dehors dans le jour déclinant, avec ses bas souillés et cette robe d'intérieur plaquée sur la peau ? Il pleuvait dru. L'eau courait dans les caniveaux remplis à ras bord. Là où ils prenaient fin, de part et d'autre, l'eau poursuivait sa course, décrivant un arc avant de tomber dans le fleuve. Elle se retourna vers son mari.

« Pour devenir adulte, un enfant doit haïr les personnes qu'il aime le plus, dit Yidel. Lipa me haïssait moi aussi. Il lui arrivait de nous haïr en bloc. Ils font tous ça. Mais ils nous aiment également.

— Tzila Ruchel ne pouvait pas poser les yeux sur moi aujourd'hui.

— On ne peut guère le lui reprocher.

— C'est gentil. »

La pluie s'insinuait à l'intérieur de l'encolure de Surie. Elle tremblait de froid. Un groupe de filles s'était arrêté non loin, frissonnant sous les arbres. Bientôt, elles s'éloignèrent à grands pas, les mains au-dessus de la tête, muettes, ne pensant qu'à gagner un abri. Surie regardait en contrebas, s'interrogeant sur la façon dont les gouttes de pluie produisaient des notes en tombant sur le film de pétrole, triste musique silencieuse, quand Yidel lui tendit la main.

« Viens, rentrons à la maison. »

Elle s'essuya le visage d'un revers de manche et lui fit face. Il possédait une très belle main, avec de longs doigts soignés. Nulle trace d'encre aujourd'hui. Il regarda alentour pour voir si quelqu'un dans la rue avait remarqué son geste. Plus personne en vue. D'un mouvement de l'index, il lui fit signe de la suivre, au risque d'être désapprouvé par l'ensemble de la communauté, car cela ne se faisait pas. Lui prendre la main maintenant, alors qu'elle saignait, serait allé à l'encontre des règles auxquelles ils se conformaient. Il aurait été scandaleux, même si elle ne saignait pas, de se donner la main en public. Licencieux. Elle fit un pas, un seul, pour s'écarter de lui et fut alors saisie de voir comme son visage se décomposa, les rides se creusant aux coins de sa bouche. Yidel, qui ne lui avait jamais fait le moindre mal. Non sans hésiter, elle fit un pas vers lui.

« Merci », dit-il. Il poussa un soupir. « Ils t'appellent Dead Onyu. Nos petits-enfants. Il faut qu'il y ait une femme irascible au sein de la maisonnée, une femme qui dit ce qu'elle pense et qui sait s'affranchir des conventions. Ma mère t'a formée pour ce rôle. Je t'en prie, reviens. »

Debout sous la pluie, silencieux, ils contemplaient le fleuve. Les eaux écumeuses étaient vert olive, brunes, noires et violacées, pleines de feuilles et de brindilles, de seringues, de cartes de métro et de tickets désagrégés.

« Un vieux comme toi ne peut pas tenir la maison tout seul. »

Il sourit. « Je peux essayer. Il faut que je trouve à m'occuper pendant ma retraite. » Elle lui avait fait pour son anniversaire, qui arriverait dans quelques semaines, un beau gâteau en forme de Torah qu'elle avait caché dans le congélateur.

La main de Yidel était toujours en suspens entre eux. « Viens, dit-il. Demain, les gens en parleront au mikvé : le vieux Eckstein donnait la main à sa femme en pleine rue, quelle honte, croyant que personne ne les voyait. Au moins aurai-je quelque chose à confesser à Yom Kippour.

— Ce ne sera pas la pire chose, je parie », dit-elle en inclinant la tête de côté pour mieux contempler les adorables yeux marron de son mari. Pourtant, elle se gardait toujours de le toucher.

« J'ai remis à Lipa l'argent qu'il lui fallait pour partir, dit-il. Il ne l'a pas volé dans ton sac. C'est moi qui le lui ai donné. Je crois que je voulais qu'il quitte Williamsburg. J'avais honte de lui. Quel genre de père est-ce là ? Avoir honte de son propre fils. » Il secoua la tête. Ses papillotes mouillées projetèrent des gouttelettes qui tombèrent sur les mains de Surie, là où elle les tenait, refermées, contre son ventre vide. « Mais à la gare routière, au moment où il montait à bord du Greyhound, je me suis précipité. Je l'ai enlacé, je ne pouvais plus le lâcher.

— J'ai conservé ses lunettes, dit-elle en les sortant de sa poche.

— Ces choses que les parents font…

— Oui », dit-elle, et elle lui prit la main.

Ils tournèrent les talons et commencèrent à remonter leur rue. La pluie tombait sans discontinuer, chassant les détritus d'entre les pavés et les fissures, tous les rebuts de Williamsburg, les charriant dans la pente pour les précipiter dans un crescendo de bruit vers le fleuve, qui les emportait dans les immensités de l'océan Atlantique.

GLOSSAIRE

p. 19
bikkour holim : visite aux malades

p. 21
nachas : fierté

p. 22
schtreimel : chapeau de fourrure
kabbolas ponim : réception avant le mariage
houppa : dais de mariage

p. 28
Chas vecholila : Dieu me/nous en garde ; voir aussi *chas v'shalom*, p. 187
goyim, goy, goyta : termes par lesquels les juifs désignent les non-juifs.

p. 29
der Oibershter : le Tout-Puissant
bashert : destin

p. 30
mazel tov : bonne chance

p. 33
klei kodesh : instruments de sainteté, traduction donnée dans le texte
mezouza : rouleau fixé aux portes
megillos : fragments du Livre d'Esther, lus à Pourim

p. 34
rebbé : rabbin
rebbetzin : épouse du rebbé

p. 36
shabbos ponzhelo : robe de shabbat
tcholent : mijoté de bœuf
kigel : gratin, casserole
sheva brochos (ou **sheva berakhot**) : bénédictions de mariage
tallis (ou **talith**) : étole de prière

p. 37
izei : truc, chose (hongrois)
kiddouch : bénédiction
bundt : gâteau cuit dans un moule Bundt, kouglof
bilkelach : petit rouleau de challah

p. 38
catinkelach : des petits chats, chatons

p. 40
zaidy : grand-père ; forme anglicisée de *zayde*

p. 41
challoth (pluriel de **challah**) : brioche

p. 43
Dead Opa : arrière-grand-père
Roch Hachana : fête célébrant la nouvelle année civile du calendrier hébraïque
Souccot : fête des Cabanes
soucca : cabane

p. 46
Tshebiner yeshiva : nom d'une organisation caritative de Brooklyn

p. 49
néni : tante (hongrois)

p. 50
shil : synagogue (*shul)*

p. 51
Bubbie : forme anglicisée de *bubbe* (grand-mère)
heder : école élémentaire
di alte heder : la vieille heder

p. 52
mefunek : pointilleuse

p. 58
cohen : prêtre

p. 60
einiklach : petits-enfants

p. 65
Dead Onyu : arrière-grand-mère

p. 68
yeshiva : centre d'étude de la Torah

p. 70
Der roite godeh : la rue en briques rouges

p. 73
mikvé : bain rituel
babka : gâteau marbré

p. 77
matsoth : pain azyme (au singulier *matsa*)

p. 79
Hanoucca : fête des Lumières

p. 81
menora : chandelier à sept branches

p. 82
gogosha : du roumain *gogoşi*, « beignets » (voir papanaşi, p. 84)
latkes : paillassons de pomme de terre
bar-mitsva : cérémonie qui célèbre la majorité religieuse du jeune juif.

p. 84
delkelach, aranygaluska, papanaşi, flódni : divers gâteaux ou beignets
krumplileves : soupe aux pommes de terre

p. 91
Sha, shtiller : chut !, faites silence

p. 92
rav : rabbin

p. 95
kollel : académie talmudique

p. 96
chivah : période de deuil entre la Pâque et Chavouot

p. 99
goyishe kop : tête de goy
Pessah : Pâques

p. 101
tish : table, repas de fête

p. 104
yahrzeit : anniversaire de la mort
kaddish : prière de deuil
minian : quorum de dix hommes, nécessaire aux grandes prières

p. 105
shamash : bougie servant à allumer les autres de la menora

p. 121
baleboste : bonne ménagère

p. 124
tishri : premier mois du calendrier juif

p. 125
mizinkel : danse du balai

p. 126
Pourim : fête qui commémore les événements relatés dans le livre d'Esther

p. 136
shpitzel : couvre-chef

p. 141
yentas : bonnes femmes bavardes
feh ! : interjection de dégoût

p. 143
parasha : chapitre, division du texte biblique

p. 146
bubbelahs : chéris
Tou Bichvat : « nouvel an de l'arbre »

p. 147
tefillins : deux étuis cubiques de cuir contenant un petit morceau de parchemin sur lequel sont inscrits quatre passages essentiels de la Loi, fixés par des lanières, lors de la prière, au front et au bras gauche.

p. 151
kishkes : intestins

p. 155
shviger : belle-mère

p. 158
shuluch muh-nes : corbeille de fruits secs

p. 161
meguila : rouleau, livre d'Esther

p. 162
geduld : patience

p. 170
farloiren : perdu

p. 173
mesivta : école secondaire
mois de nissan : mars-avril
tsitsit : franges

p. 191
chas v'shalom : Dieu me/nous en garde (voir aussi *chas vecholila*, p. 28)
Shabbos HaGadol : le shabbat avant Pessah

p. 193
beth din : tribunal religieux
accent bobover : des hassidim de Bobov ; originaires de Bobowa, une ville galicienne dans le sud de la Pologne.

p. 195
séder : rituel de Pessah

p. 198
Pesach'dik : cacher pour Pessah

p. 199
tchotchkes : bibelots

p. 207
mitsva : prescription ou commandement

p. 212
Gottenyu : Dieu tout-puissant

p. 221
erev shabbos : veille de shabbat

p. 223
tayerinke : chérie

p. 233
treif : non casher

p. 234
Tatie : père ; forme anglicisée de *tate* ou *tata*
shiddoukh : mariage arrangé

p. 236
l'alef-beis : alphabet hébraïque et yiddish

p. 239
Lag Ba'omer : fête juive donnant souvent lieu à des feux de joie.
s'chach : matériau végétal pour le toit des souccas

p. 241
gonef : voleur
atoros (ou **atarahs**) : couronnes, décors de tallis
talleisim : pl. de *tallis*, voir p. 34
shomrim : patrouille, police privée
apikorsim : apostats

p. 250
shaygetz : un goy, non-juif

p. 251
parasha : section hebdomadaire de lecture de la Torah

p. 255
Noam Elimelech : un des ouvrages particulièrement importants de la pensée hassidique.

p. 256
Chavouot : fête célébrée au printemps

p. 265
ponzhelo : peignoir (voir aussi *shabbos ponzhelo*, p. 35)

p. 267
tehillim : psaumes
hevra kadicha : « assemblée sainte », accompagnateurs d'un défunt. Elle désigne l'ensemble des personnes, hommes et femmes, qui officient dans la préparation et l'organisation de l'inhumation.

p. 269
rabbeini, reb : rabbin
levaya : inhumation, ici : la défunte
chelka : l'ancienne section du cimetière
ruv : grand rabbin
dayan : juge religieux
yiddishe shtib : maison yiddish

p. 276
Min'ha : prières de l'après-midi

p. 283
shochet : boucher rituel
gribenes : grattons

p. 284
shofars : instruments de musique, cornes
trumpahten : trompettes

p. 285
Yom Kippour : une des plus grandes solennités de la religion juive, célébrée dix jours après le nouvel an juif.
kittel : tunique solennelle

p. 286
yoish : interjection
yontiff : fête
bahaltereich : cache-cache
shtrik : corde

p. 287
la Gémara : commentaire de la Mishna
liggener : menteur

p. 288
kugelach : jeu d'osselets

p. 289
bli neder : sans le jurer (au sens religieux)

p. 291
Gevald ! : au secours !

p. 297
tikkoun : « réparation », récitation de la nuit de Chavouot

p. 315
shlimazel : malchanceux, raté

p. 325
zal : salle d'étude

p. 330
alef : première lettre de l'alphabet hébraïque

p. 331
yi'houd : isolement

p. 339
farshloffener : qui dort trop longtemps, paresseuse

Toute ma reconnaissance

à mon agent et à mes éditeurs, aussi clairvoyants et persévérants que généreux : Rebecca Caine, Emily Forland, Jenna Johnson (un gros surcroît d'affection), Georgia Richter, Fred Shafer, Sona Vogel et Lydia Zoells,

à mes bien-aimés premiers lecteurs : Leah, Shterna, Yuda et Ariellah Goldbloom, Tova Benjamin, Lisa Burnstein, Bruce Aaron, Pam Marcucci et Shterna Friedman,

à de bienveillants autant qu'encourageants camarades en écriture : Ray Daniels, Riva Lehrer, Nami Munn, Audrey Niffenegger, Matthue Roth et Rolf Yngve,

à de si drôles et plaisants *fact-checkers* : Chavie Laufer, Sheindy Weichman et Moishe Schwartz.

Cet ouvrage a été mis en pages
par IGS-CP à L'Isle-d'Espagnac (16)
Impression : CPI Firmin-Didot
Dépôt légal : février 2021
Premier Dépôt légal : janvier 2021 – N° 2484-2 (162658)
Imprimé en France